中國語言文字研究輯刊

十 五 編

許 錟 輝 主編

第 6 冊

《六書故》音注研究

王 鐵 軍 著

花木蘭文化事業有限公司

國家圖書館出版品預行編目資料

《六書故》音注研究／王鐵軍 著 -- 初版 -- 新北市：花木蘭
文化事業有限公司，2018〔民 107〕

目 4+230 面；21×29.7 公分

（中國語言文字研究輯刊 十五編；第 6 冊）

ISBN 978-986-485-453-0（精裝）

1. 六書故 2. 聲韻 3. 研究考訂

802.08　　　　　　　　　　　　　　　107011326

ISBN-978-986-485-453-0

9 789864 854530

中國語言文字研究輯刊

十五編　　第 六 冊　　　　　　ISBN：978-986-485-453-0

《六書故》音注研究

作　　者　王鐵軍

主　　編　許錟輝

總 編 輯　杜潔祥

副總編輯　楊嘉樂

編　　輯　許郁翎、王　筑　美術編輯　陳逸婷

出　　版　花木蘭文化事業有限公司

發 行 人　高小娟

聯絡地址　235 新北市中和區中安街七二號十三樓

　　　　　電話：02-2923-1455 ／傳眞：02-2923-1452

網　　址　http://www.huamulan.tw 信箱 hml810518@gmail.com

印　　刷　普羅文化出版廣告事業

初　　版　2018 年 9 月

全書字數　165299 字

定　　價　十五編 11 冊（精裝）　台幣 28,000 元

《六書故》音注研究

王鐵軍　著

作者簡介

王鐵軍，北京大學中國語言文學系碩士、博士，專業方向爲漢語音韻學。現供職於北京大學出版社。發表論文《宋詞韻山攝舒聲分部考》（《語文研究》）、《經典釋文中間接註釋的體例》（《傳統中國研究集刊》）等。另著有普及讀物《詩詞寫作入門》、《漢字裏的中國》（合著）。

提　要

　　《六書故》是南宋戴侗編纂的一部大型的字書。本文對《六書故》中的音注進行系統的整理，運用比較法和系聯法，與《廣韻》、《集韻》相比較，並參考其他韻書、字書，結合宋代語音研究成果，探討《六書故》音注中體現的南宋時音。

　　本文共有六章。第一章緒論，介紹了《六書故》的主要內容和前人的研究成果，分析了《六書故》音注的來源、體例和性質。第二、三、四章是論文的主體，分別從聲母、韻母、聲調三個方面對《六書故》音注進行全面的比較和分析。第五章分古音叶讀音和時音異讀兩方面總結了《六書故》音注中特殊的單字音。第六章爲結論。

　　本文得出主要結論如下：

　　《六書故》音注體現南宋通語的特點有：聲母方面輕重唇分化，非敷母合流，輕唇音演變爲洪音；知、莊、章組聲母合流；喻三、喻四合流。韻母方面韻系大大簡化，同攝內各等重韻合併，四等韻與三等韻合流；江、宕攝合流；梗、曾攝合流；部分佳韻系字轉入麻韻；齊、祭、廢韻與止攝各韻相混；戈三等韻轉入麻韻；部分侯韻唇音字轉入模韻。聲調方面主要是全濁上聲變去聲，正在轉變的進程當中。

　　《六書故》音注體現南宋吳方音的特點有：聲母方面微母與明、奉母相混；部分知組字保留端組讀音；齒音知、莊、章組與精組合流；從（崇、船）母與邪（禪）母相混；日母與禪（船、從、邪）母相混；匣母與喻三、喻四相混。韻母方面主要是蟹、山、咸攝的一二等字的特殊關係，包括蟹攝一等泰韻舌音字轉入二等；山攝一等寒韻牙喉音字與桓韻相混，舌齒音字與二等韻相混；咸攝一等談韻牙喉音與覃韻相混，舌齒音字與二等韻相混等。

　　作爲系統性音變的例外，不規則的單字音也是語音史研究的重要材料。《六書故》音注中記錄了許多有價值的單字音，反映了通語時音的新變和吳語方言中的特殊字音。此外，還有部分特殊單字音是古音叶讀音，顯示了戴侗的古音研究成果。本文將《六書故》中所有特殊的單字音列出，並加以討論，以期爲漢語語音史的深入研究提供參考和借鑒。

目
次

第 1 章　緒　論

1.1　《六書故》及其研究概況

1.1.1　作者戴侗

　　《六書故》作者戴侗，歷史文獻記載頗少。以往學界關於戴侗是宋人還是元人，以及《六書故》成書於宋代還是元代都有着不同的觀點，主要因爲戴侗的生卒年沒有確證。《四庫全書總目提要》：「考《姓譜》，侗字仲達，永嘉人。淳祐中登進士第，由國子監簿守台州。德祐初由祕書郎遷軍器少監，辭疾不起，其所終，則莫之詳矣。」光緒《永嘉縣志》卷十三《人物志·儒林》載：「侗字仲達，登淳祐辛丑第，由國子監簿守台州，德祐初由祕書郎遷軍器少監，辭疾不起。著有《周易尚書家說》、《六書故》。」均有登第、遷官、辭疾事蹟，但未有生卒年。戴侗的生卒年長期處於「不詳」的狀態。

　　隨着新材料的發現，戴侗的生卒年有了確切的證據。《溫州文獻叢書·六書故》根據清道光丁酉年間重修《菰田明文戴氏宗譜》中的記載，定戴侗生卒年爲 1200 年和 1284 年。這個觀點證據明確，也可與其他記載相契合〔註1〕，得到

〔註 1〕戴侗之父戴蒙，宋光宗紹熙庚戌（1190 年）中進士第，中第時應已成年。戴侗有兄一人、弟三人，生於 1200 年（其父中進士後十年）還比較合理。若按党懷

了研究者的承認。〔註2〕南宋滅亡於 1279 年，其時戴侗已八十歲。《六書故》規模宏大，且戴侗屢言其成書「積三十年之功」，所以主要寫作時間應在南宋。本文研究的《六書故》的音注，作爲南宋時代語音的體現。

1.1.2　《六書故》的特色與價值

戴侗精通六書之學，以一人之力，積三十年之功，撰成《六書故》。全書三十三卷，分爲「數、天文、地理、人、動物、植物、工事、雜、疑」等九個門類，部首按其意義納入各個門類，部首之內再以「象形」、「指事」、「會意」、「諧聲」之順序排列文字。全書共收有 7603 個字頭，字頭下多以「別作（又作、亦作、今作等）」列各種異體及音義相關的字，實際收字數量遠超出字頭數量。其在析形注音釋義方面都頗有特色，簡述如下。

1、古文字形與隸古定字

《六書故》中的字形來源相當複雜，党懷興指出：「《六書故》字頭所依字形，是戴侗經過仔細考證，然後選擇他認爲是較古老、比較符合文字本眞的字形，其中有鐘鼎文、小篆，《說文解字》所收古文、籀文，當然也有戴侗用幾種古字形拼湊成的字形。此外，《六書故》中還用了大量的隸古定字，這對後來的學者也造成一定的不良影響。」〔註3〕戴侗利用鐘鼎文考釋文字，多有創獲，可彌補《說文》的失誤與不足〔註4〕，但自造字形以及使用隸古定字也給人的閱讀帶來諸多不便。因本文的主旨不在於研究其字形，在引用原文時，自造字形和隸古定字一般改爲通行字體。

2、釋語、音注有大小字之分

《六書故》釋語有大字和小字之分，戴侗於《六書故目》中言：「凡訓義正

興曾考證的生於 1225～1226 年（見下注），則過晚，那樣的話，戴侗出生時，其父恐已近六十歲了。

〔註 2〕党懷興《〈六書故〉研究》書中曾考證戴侗生於宋理宗寶慶年間（1225～1226），卒於元武宗至大年間（1310～1311），《六書故》應成書於元大德八年或九年（1305～1306），寫作於元代。後來在中華書局版《六書故》前言中依《菰田明文戴氏宗譜》及《溫州文獻叢書・六書故》作了修正。

〔註 3〕党懷興《〈六書故〉研究》32 頁，陝西師範大學出版社，2000 年。

〔註 4〕可參見党懷興《〈六書故〉研究》59～69 頁，陝西師範大學出版社，2000 年。

而通者大書，不著所出，眾之所同，非一家言也。義之隱者，表其所出，示有徵也。凡義之疑者，注於下方。」《六書故》中把被普遍接受的常用義以大字注出，不列出處；生僻的不常用義說明出處；若有疑問或不贊成的意義則以小字注文的形式列出，一般也說明出處。可見戴侗的態度非常嚴謹。書中的音注也是如此，其認為「正而通者」，以大字標注，「不著所出」；不贊同或存疑的讀音則會列在小字注文中，往往著明出處。

3、重視引申和假借

《六書故》釋義注重引申。戴侗於《六書通釋》中提出「充類」、「推類」之說：「道從辵，本為人之行路；理從玉，本為玉之文理。引而申之，則道之廣大，理之精微者無不通，此充類之術也。」「六書推類而用之，其義最精。昏本為日之昏，心目之昏猶日之昏也，或加心與目焉（按，加『心』即『惛』字、加『目』即『睧』字）。嫁娶者必以昏時，故因謂之昏，或加女焉（按，加『女』即『婚』字。」「充類」、「推類」是其引申的理論基礎。而在實際應用中，多有精到的分析。

這種釋義方式在字書中可以說是有獨創意義的，「基於對詞義引申及其重要性的深刻認識，《六書故》拋棄了《說文》只是通過分析字形說明本義的傳統，也不採納《玉篇》、《類篇》等雜列眾義的作法，而細緻地分析多義詞的引申義，並根據詞義引申規律描畫出該詞詞義由近及遠的引申行程。」〔註5〕

雖然《六書故》中有很多精到的分析，但因為缺少更系統的分類，其在同一字頭下列出的所謂「別作（又作、亦作）」的字，關係並不盡相同，其中包括異體字、假借字、古今字、同源字等，還有少數只是音義相近的字而已。

1.1.3　《六書故》中的語音理論

《六書故》雖然是一部文字方面的著作，但戴侗對語音也相當重視。他的語音觀念體現在其《六書通釋》和《六書故》的文字訓釋中。主要有以下幾個方面。

1、文字與語音的關係

戴侗認為，語音是文字的來源，他在《六書通釋》中說：「夫文，生於聲者

〔註 5〕張博《〈六書故〉同族詞研究述評》，固原師專學報，1990 年第 1 期。

也。有聲而後形之以文。義與聲俱立，非生於文也。」在此基礎上，他論證了六書與語音的關係，其中關於諧聲和假借的論述如下：

> 至於諧聲，則非聲無以辨義矣。雖然，諧聲者猶有宗也，譬若人然，雖不知其名，猶可以知其姓，雖不察其精，抑猶未失其粗也。至於假借，則不可以形求，不可以事指，不可以意會，不可以類傳，直借彼之聲以爲此之聲而已耳。求諸其聲則得，求諸其文則惑，不可不知也。書學既廢，章句之士知因言以求意矣，未知因文以求義也；訓故之士知因文以求義矣，未知因聲以求義也。夫文字之用，莫博於諧聲，莫變於假借，因文以求義而不知因聲以求義，吾未見其能盡文字之情也。

這段論述相當精彩，是符合語言實際的。特別是對於假借的理解和「因聲以求義」的主張，與清代學者以聲音通訓詁的理論已經相當接近了。而從其對於諧聲和假借的理解，也可以看出戴侗對語音的重要地位的認識。

2、聲通義近說

戴侗在探討字音和字義的關係中，有一個理論，就是聲通義近：

> 聲，陽也；韻，陰也。聲爲律，韻爲呂。今之爲韻書者，不以聲爲綱，而鑒者每以韻訓字，故其義多忒。聲之相通也，猶祖宗眾姓之相生也，其形不必同，其氣類一也。雖有不同焉者，其寡已矣；韻之相逼也，猶猩爰之似人，鱓之似蛇，蜀之似蠶也，其形幾似，其類實遠。雖有同焉者，其寡已矣。台、余、吾、我、卬，皆爲自謂之名；尔、汝、而、若，皆爲謂人之名；誰、孰、若，皆爲問人之名，此所謂聲之相通者也。春之爲言蠢也，夏之爲言假也，秋之爲言愁也，……此所謂韻之相擬者也。不能審聲而配韻以立義，未有不爲鑒説者也。

戴侗認爲聲母相通者，字義多有關聯，而韻母相通則不然，這個觀點未免有失偏頗。但從他採用的例證，也可看出其視角的敏銳，對於聲母相通的三類人稱代詞，後世的研究者多有認同。而他關於韻母相通的例證，多出於前人聲訓，表達了其對某些穿鑿附會的聲訓方式的否定，但因爲某些聲訓的不合理便否定韻母之間的關係，不免有矯枉過正之嫌。

聲通義近也是戴侗討論引申和假借、將音義相關的字系聯起來的一個理論基礎。我們利用他的這個理論和實踐，可以觀察他的實際語音特點。如《六書故》中「邾」字音陟輸切，「鄒」字音側鳩切。「鄒邾同聲，實一字也。春秋時邾莒用夷，故邾謂之邾婁。婁亦兩音，力俱切者合邾婁之音爲邾，力溝切者合邾婁之音爲鄒也。」「邾」爲知母，「鄒」爲莊母，戴侗認爲「邾、鄒」同聲，說明其實際語音中知母與莊母已經混併了。

3、關於古音的研究

宋代的古音學有很大的發展，戴侗的《六書故》在古音方面也頗有研究。如「躬」字音居戎切，「又作『躬』」。下有小字注云：「弓，古音姑弘切。《詩》躬與宮宗茄，見於《雲漢》；弓與繩、膺茄，見於《小戎》、《采綠》，較然不紊。弓非躬之聲也。……躬與宮皆从呂，殆古音也。」戴氏證古音利用《詩經》押韻和諧聲偏旁，與清代古音學家的思路已經相當一致了。

党懷興《〈六書故〉研究》引顧炎武《音學五書》：「元戴侗《六書故》曰：『經傳行皆戶郎切，未嘗有協生韻者；慶皆去羊切，未嘗有協敬韻者，如野之上與切，下之后五切，皆古正音，非叶韻也。』」指出戴侗提出「古正音」，反對叶韻，在陳第之前，並對清儒產生了影響。〔註6〕張民權也認爲「戴氏之說成爲清代顧炎武古音學的一面旗幟，《音學五書》常引戴氏之說以說明《詩經》古音問題。」〔註7〕

《六書故》音注中，有一小部分是其根據《詩經》用韻或諧聲得出的古音叶讀音。如「慶」字，丘畺、丘竟二切。其中丘畺切，就是根據《詩經》用韻得出的。古音是歷代文人所尊崇的，特別是《六書故》這種考求字義源流的書，自然會重視古音，所以戴氏把古音叶讀音置於首，與標準時音並舉，是可以理解的。雖如此，但戴氏並不拘泥於古音，時音還是其採用的主流，當「慶」作反切下字時，用的仍是丘竟切一音，這由《六書故》給「竟」字注音居慶切可以看出。

〔註6〕党懷興《〈六書故〉研究》96～155 頁，陝西師範大學出版社，2000 年。

〔註7〕張民權《元代古音學考論》，陝西師範大學學報（哲學社會科學版），2003 年第 4 期。

4、關於方音的論述

對於方音之間的語音關係，戴侗《六書通釋》中也有論述：

> 凡方言往往以聲相禪，雖轉爲數音，實一字也，不當爲之別立文，
> 姑舉其略。那，如何之急言也，溫人呼奴諧切，台人合作、那二字
> 爲則皆切，括人奴弟切。吳人越人呼人爲奴紅切，今俗書作儂，台
> 人魚鄰切，溫人奴登切。……

雖然他用「以聲相禪」的方式分析方音未必全面，但他能夠從語音的角度尋找方言之間的聯繫，探尋其共同的來源，則是難能可貴的。戴侗保存下來的這些材料，是研究宋代方音的證據。

1.1.4　《六書故》的研究概況

20 世紀 80 年代以前，現代學者對《六書故》的論述只出現在語言學史等通論性著作中，其後對《六書故》的專門研究，主要有以下幾個方面。

1、綜合研究的專著與論文

党懷興《〈六書故〉研究》（2000）是第一部也是迄今唯一一部全面的介紹和評價《六書故》的專著。全書從《六書故》的成書、版本、體例、收字、形義關係、音義關係、釋義、引書等多個角度進行了詳細的歸納和梳理，肯定了其理論和實踐上價值，包括對「因聲求義」的整理和闡發、對詞義引申理論的歸納分析、對戴侗利用鐘鼎文考釋文字的總結等，並對其引用唐本、蜀本《說文》的情況作了全面的考證。此書的大部分內容和觀點都收入中華書局影印本《六書故》的前言中，部分內容還曾以單篇論文的形式發表〔註8〕。

關於《六書故》的總體介紹和評價，還有多篇論文，劉斌《戴侗與〈六書故〉》（1988）、《論戴侗文字學理論的價值》（1989）可與党懷興的論著互相發明。其餘論文也均以不同的形式和角度闡明《六書故》的理論及價值〔註9〕。

〔註 8〕包括《〈六書故〉詞義系統研究》（1988）、《〈六書故〉「因聲以求義」論》（1992），
　　　　《〈六書故〉所引唐本〈說文解字〉》（1999）、《〈六書故〉運用鐘鼎文考釋文字評
　　　　議》（2001）、《論戴侗的〈說文解字〉研究》（2001）。

〔註 9〕如楊清澄《論戴侗的文字觀》（1998）、陳會兵《〈六書故〉的六書理論和語言學
　　　　思想》（2005），《〈六書故〉的漢語漢字系統論》（2006）、郭瓏《戴侗語言文字

2、文獻研究

對於《六書故》的文獻學方面的研究主要在《六書故》引用各本《說文》上。党懷興《〈六書故〉研究》中對《六書故》引唐本、蜀本《說文》的條目作了窮盡性的列舉，其中引唐本《說文》的內容以單篇論文《〈六書故〉所引唐本〈說文解字〉》（1999）發表。田耕漁《〈六書故〉所引〈說文解字〉唐本、蜀本材料輯評》（2012）在党懷興論文的基礎上，新發現唐本《說文》材料 5 條。但可能是因爲田耕漁只看到了党懷興的論文，未參考党懷興的《〈六書故〉研究》一書（據其徵引可知），田文單獨統計的蜀本《說文》材料 12 條，較之《〈六書故〉研究》中的 17 條，還少了 5 條。兩相比較，田文「衮、裒」2 條，爲党文未收；党文「鑄、槀、嗇、京、豐、干、鼓」7 條，爲田文未收，兩人共輯出 19 條。此外，田耕漁《〈六書故〉所引李陽冰〈廣說文解字〉輯論》（2011）則對《六書故》中引用李陽冰《廣說文解字》的情況作了統計和列舉。

3、詞彙研究

詞彙方面的研究，張博《〈六書故〉同族詞研究述評》（1990）頗有新意，他歸納出《六書故》中的 200 多組同族詞，分類爲「義分同族詞」和「音轉同族詞」。其中義分同族詞與詞義引申相關，而音轉同族詞的產生則是因爲古今方言間的語音變化。李智慧《〈六書故〉詞義引申術語研究》比較了「引、因、故、凡」等術語，統計了其出現次數、形式特點和意義。李智慧、崔竹朝《〈六書故〉詞義引申條例研究及釋義指瑕》（2004）和李智慧、陳英傑《〈六書故〉引申規律及其影響》（2003），則是在術語研究的基礎上對《六書故》引申的形式和內容的進一步研究。吳澤順《戴侗的充類說》（2004）對《六書故》中引申的性質、形式和途徑作了更爲系統集中歸納和概括。

「因聲以求義」是戴侗理論和實踐的一個重要特色，也得到了研究者的關注。党懷興《〈六書故〉研究》第七章從音義關係的角度討論了《六書故》「因聲以求義」說和「聲通、聲轉、聲近」的體例。〔註 10〕劉福根《戴侗因聲以求義的理論與實踐》（1996）從戴侗對假借現象的處理，對連綿字、疊音詞的訓解，對異類同名的同源詞的探索等方面肯定了其價值。陳穎《試論方以智對戴侗「因

學思想述評》（2008）、田耕漁《戴侗〈六書故〉考論》（2012）等。

〔註10〕党懷興《〈六書故〉研究》96～155 頁，陝西師範大學出版社，2000 年。

聲以求義」說的繼承與發展》（2006）則從學術源流的角度探討了方以智對戴侗理論的繼承，並從古音、方音、假借、同源詞等幾個角度比較了兩者的差異，論證了方以智在理論和實踐上的發展。

4、宋代時音與方音研究

鄭張尚芳《溫州方言志》（2008）中介紹了《六書故》中記載方言的情況，舉例了《六書故》中的一些方言字音和方言詞彙，說明溫州方言的某些特徵在宋代已經出現。陳源源《戴侗〈六書故〉所見宋代溫州方音三例》（2012）將《六書故》中「人呼若能」、「母俗呼莫假切」、「眙讀爲丑吏切」三個讀音與今天溫州話比較，進行了詳細的分析。

綜上，前人關於《六書故》的研究，主要集中於詞彙和文字理論方面，宋代時音與方音的研究還比較稀少，僅限於一些舉例性的描寫。本論文的主旨就是全面分析《六書故》中的音注材料，考察其中體現的宋代時音和吳語方音。

1.1.5 《六書故》的版本和音注校勘

《六書故》的版本有元趙鳳儀刊本、明影抄元刊本、明張萱校訂本、清西蜀李元鼎刊本、《四庫全書》本等。〔註11〕其中李元鼎刊本最爲通行，中華書局影印此本，並以其餘各本參校，解決了大部分刊刻訛誤，本文主要依據此本。另溫州市圖書館藏永嘉黃氏敬鄉樓舊藏明影抄元刊本，精於李元鼎刊本，由上海社會科學出版社影印出版。中華書局影印李元鼎刊本已採用明影抄元本參校，出校勘記，列出了兩者的大部分異文，校正了李元鼎刊本的大部分錯誤，但仍有少部分沒有校出，特別是音注方面。下面列出中華書局影印《六書故》中未校出的李元鼎刊本的音注訛誤：

光，李元鼎刊本「始黃切」，「始」字誤，明影抄元本作「姑」。

犾，李元鼎刊本「儒佳切」，「佳」字誤，明影抄元本作「隹」。

黗，李元鼎刊本「佗口切」，「佗」字誤，明影抄元本作「他」。〔註12〕

〔註11〕詳見中華書局版《六書故》前言，8～11頁，中華書局，2012年。

〔註12〕《六書故》「佗」字首音唐何切，又湯何切。若取又音湯何切，也可作透母反切上字。但明影抄元本中，「佗」字僅作 1 次反切上字，「脂」，佗沒切，正是定母。透母反切上字均爲「他」字，相當整齊。《廣韻》中「他」是「佗」

蟻，李元鼎刊本「佗昆、佗官二切」，兩「佗」字誤，明影抄元本作「他」。〔註13〕

㳟，李元鼎刊本「佗典切」，「佗」字誤，明影抄元本作「他」。

洮，李元鼎刊本「佗刀切」，「佗」字誤，明影抄元本作「他」。

汏，李元鼎刊本「廷皆、佗蓋二切」，「佗」字誤，明影抄元本作「他」。

涕，李元鼎刊本「佗計切」，「佗」字誤，明影抄元本作「他」。

湯，李元鼎刊本「佗郎切」，又「佗浪切」，兩「佗」字誤，明影抄元本作「他」。

太，李元鼎刊本「佗達切」，「佗」字誤，明影抄元本作「他」。

澒，李元鼎刊本「古頃切」，「頃」字誤，明影抄元本作「項」。

丹，李元鼎刊本「得于切」，「于」字誤，明影抄元本作「干」。

顃，李元鼎刊本「笐經、補經二切」，「笐」字誤，明影抄元本作「普」。

攬，李元鼎刊本「魯故切」，「故」字誤，明影抄元本作「敢」。

觖，李元鼎刊本「遺惢切」，「遺」字誤，明影抄元本作「遣」。

觡，李元鼎刊本「竹魚切」，「魚」字誤，明影抄元本作「角」。

餐，李元鼎刊本「食安切」，「食」字誤，明影抄元本作「倉」。

醪，李元鼎刊本「即刀切」，「即」字誤，明影抄元本作「郎」。

縶，李元鼎刊本「遺禮切」，「遺」字誤，明影抄元本作「遣」。

奘，李元鼎刊本「但朗切」，「但」字誤，明影抄元本作「徂」。〔註14〕

另外，中華書局影印《六書故》中尚未校出的還有李元鼎刊本與明影抄元本之間一些反切用字的不同，我們不能根據讀音確定孰是孰非，如下：

軀，李元鼎刊本「豈居切」，「居」字，明影抄元本作「俱」。

佇，李元鼎刊本「丈侶切」，「侶」字，明影抄元本作「呂」。

鯿，李元鼎刊本「賓筵切」，「筵」字，明影抄元本作「延」。

的俗字，但《六書故》中戴侗特意聲明「他與佗二字不可合」，是明確區分的。

〔註13〕按，此例中華書局本《六書故》出校，但只校了第二個「佗」字，不知何故。

〔註14〕《六書故》無「奘」字頭，此例在「壯」字頭下，小字：「《爾雅》釋曰：『秦晉之間凡人之大謂之奘。』徂朗切。」

柏，李元鼎刊本「博佰切」，「佰」字，明影抄元本作「陌」。

還有幾例音注，版本之間並無差異，但也很可能有誤，爲後續研究方便，暫加以校改，討論如下。

1、瞚，舒閩切……又作瞬

瞚，《說文》大徐本舒問切。《廣韻》舒閏切，同「瞬」字。《集韻》輸閏切，與「瞬、眣、眴、瞤」同。由《廣韻》、《集韻》可見，「瞚」與「瞬」是異體，《六書故》所注亦如此。「閩」在平聲，且《六書故》中用作反切下字只此 1 例，很可疑。很可能爲「閏」或「問」之誤。這例暫改爲「舒閏切」。

2、疝，所晏切。又去聲

小字「又去聲」有誤，因爲所晏切本就是去聲。「疝」字《廣韻》又有所開切音（《集韻》師間切），平聲。這例暫改爲「又平聲」。

3、㚒，山洽切，又色洽切

「山、色」同爲生母，且《六書故》中「山」音色閑切，山洽切與色洽切同音，不應該形成又音對立。「㚒」《廣韻》山洽切，《集韻》、《類篇》又有色輒切音，《六書故》「色洽切」很可能是「色輒切」之誤。這例暫改爲「色輒切」。

4、聶，尼輒切，又女輒、質涉二切

「女」與「尼」同爲娘母，且《六書故》中二字互爲反切上字，則必然同聲母，尼輒切和女輒切理應同音，不應作又音對立。《六書故》「聶」，又作「囁」、「讘」。《廣韻》「聶」，尼輒切；「囁」，之涉切，又而涉切；「讘」，而涉切。《集韻》「聶」字亦有質涉切和日涉切二音，日涉切義「附耳小語」。如對應，則《六書故》女輒切，或爲「而輒切」（字形上看也很可能是「汝輒切」）之誤。這例暫改爲「而輒切」。

5、弨，蚩遙、尺招二切

反切上字「蚩、尺」同爲昌母，下字「遙、招」同在宵韻。「弨」，《說文》尺招切，《類篇》蚩招、之遙、齒紹三切。《六書故》「蚩遙切」或爲「之遙切」之誤。這例暫改爲「之遙切」。

1.2 《六書故》音注的體例和來源

1.2.1 《六書故》音注的體例

1、音注的位置

《六書故》在每個字頭下，先注音，再釋義。若有別義異讀，則隨釋義標注讀音。如：

> 畜，丑六切，於經傳爲畜積畜止之義。……又許六切，爲鞠養之義。
> 又許救切，牲之豢養者曰畜也。

> 丈，直兩切，十尺也。人手中尺，故从十从又，長十尺以爲度。老
> 者、疾者之所扶象之，故亦曰丈。別作杖。老者然後丈尊之，故曰丈
> 人。丈，所倚也，故凡所馮倚者皆曰丈，去聲。別作仗。

異讀若不別義，則隨機標注，如：

> 晟，承正切，又平聲，日精光充盛也。

> 暗，烏紺切，又於禁切，昏甚也。

> 燠，乙六切，溫也。又威遇切。古通作奧。

> 坏，步枚切，以土封罅隙也。《記》曰：「坏牆垣。」又曰「蟄蟲坏
> 戶。」亦作阫，莊周曰：「日中穴阫。」又步侯切。疑與培一字。

「晟、暗」兩字異讀標在釋義之前，「燠、坏」兩字異讀標在釋義之後，均不別義。

我們把《六書故》每個字頭下以大字標之於首的讀音稱爲首音，把其餘的讀音稱爲又音。有時《六書故》會在首音的位置上標注多個讀音，如：

> 漫，莫官、莫母二切。

> 鐏，祖寸、祖管、徂寸三切。

> 岣，共于、居侯、果羽、古后四切。

首音多音的情況，是同義異讀，往往沒有主次之分。有時其中會有戴侗收錄的古音，並非當時的實際讀音，如上節中提到「慶」字。《六書故》中首音多音的情況並不是很多，7603 個字頭中共有 379 個，包括首音二音 355 個，首音三音的 22 個，首音四音的 2 個。

此外，《六書故》中還有 174 個無首音字，這些字多爲不常用的僻字，戴侗不能確定其讀音，而用小字注釋的形式引用前人音注，如「畐」字，《六書故》無大字注音義，僅小字注云：「《說文》曰：『二百也。』孫氏彼力切。按，古今無用畐字者，然奭、盡皆以畐爲聲。」也有個別的字沒有標注首音是因爲戴侗無法確定本義，如：

> 省，《說文》：「省，視也。從眉毛省，從中。省古文從囧。按，省有二義，其一爲省視，所景切。其一爲減省，所梗切。疑減省爲本義，從少，囧聲者是也。若以省視爲本義，從目固當，從少、從眉、從中俱無義。

戴侗爲「省」字注二音各義，區別很清楚，但他不能確定哪一個意義爲本義，所以未列首音。

2、注音形式

《六書故》的音注主要採用反切的形式，除反切外，還有少量的直音和聲調標音。聲調標音出現在上文已標反切，又音與前音只有聲調之別時，如：

> 陂，彼爲切，澤之豬漳者也。……又去聲，險側也。……

此外，還有比較特殊的反切加注聲調標音，在反切下字下面以小字標注聲調，只有 3 例：

> 迸，北爭去聲切。
>
> 跕，去知去聲切。
>
> 施，又施知去聲切。

1.2.2 　《六書故》音注的來源

《六書故》的音注是有繼承性的，戴侗參考了多部字書、韻書、音義書的音注，這從其注明來源的引音中可以看出來。來自字書、韻書的，主要有：

1、稱「孫氏」者來自《說文》大徐本，引音 302 例，如：

> 嬸，巨禁切，今人謂舅之妻曰嬸。亦作妗。《說文》曰：「妗，姅也。」孫氏丑廉切。「妗，姅也，一曰善笑貌。」孫氏火占切。
>
> 泍，止忍切。《說文》曰：「水不利也。」孫氏郎計切。按，彡非郎計之聲。
>
> 姿，即移切，女安態也。又作婆，《說文》曰：「婦人，小物也。」孫氏音同。

2、稱「孫愐」者來自《唐韻》。《六書故》引「孫愐」多為釋義，如：

> 搶，千羊切。賈誼曰國治搶攘。孫愐曰：「拒也，突也。」

也有少量引音，僅 6 例，如：

> 奞，息追切。孫愐息晉切。象鳥將飛頸項毛羽先奮張之形。

> 湩，多貢切，乳汁也。又竹用切。孫愐曰冬字上聲。

> 射，⋯⋯古有僕射之官，御射者也。孫愐讀爲羊謝切，乃俚俗之音。

3、稱「《唐韻》」者共 5 例，引音 2 例：

> 淰，《說文》曰：「濁也。」《唐韻》淰字凡三見，其一曰式荏切，二皆乃忝切。

> 搭，德合切。搨，吐盍切。《唐韻》搭，吐盍切，摸搭也；搭，都合切，打也；搨，都盍切，手打也，又作揊。按此皆俗書，今人以搭爲拍搭，德合切；搨爲摹搨，吐盍切。

綜上 2、3，《六書故》書中不言「《廣韻》」，其所引「孫愐」、「《唐韻》」例均與今通行宋本《廣韻》相合。

4、稱「《集韻》」者 17 例，大多數為釋義，引音 7 例，如：

> 麥，莫獲切。《集韻》又紀力切。⋯⋯

> 始，⋯⋯《月令》：「蟬始鳴。」陸氏市志切。《集韻》式吏切。按今俗音猶有式吏之音者。

5、稱「《類篇》」者 155 例，大多數為釋義，引音 16 例，如：

> 捎，師交切。⋯⋯《類篇》曰：「又山巧切，擊也。」

> 跰，古顯切，足繭也。⋯⋯《類篇》經天切，「久行傷足也。一曰足指約中斷傷爲跰。」

6、稱「顧野王」者來自《玉篇》，共 19 例，絕大部分為釋義，引音 2 例，如：

> 孱，⋯⋯顧野王曰不肖也，士連切。

來自音義書的，主要有：

1、稱「陸氏、徐氏、劉氏、李氏、沈氏」等均來自《經典釋文》。

主要是陸氏（陸德明），其中有釋義的，如：

> 菽，期遙切。《詩》云：「視爾如菽。」……陸氏曰：「似蕪菁，華紫綠色，可
> 食，微苦。」

大部分爲引音，有 132 例，如：

> 僤，《詩》云：「我生不辰，逢天僤怒。」毛氏曰：「厚也。」陸氏曰：「都但
> 反。本亦作亶。」

《經典釋文》中收錄的各家音義，《六書故》中也有稱引，如徐氏（徐邈）14
例、劉氏（劉昌宗）14 例、李氏（李軌）3 例、沈氏（沈重）3 例等。如下例：

> 駣，《周官》：「教駣攻駒。」……徐氏音肇。劉氏音道。李氏湯堯切。沈氏徒刀
> 切。

此例《經典釋文》作：「徐音肇。劉音道。李湯堯切。沈徒刀切。」可見戴侗是
完全照錄《經典釋文》。

2、稱「顏師古、師古、漢書音義」者來自《漢書》顏師古注，多數爲釋義，
引音 24 例，如：

> 洨，胡交切，《漢志》：水出常山石邑井陘山，今眞定井陘縣也。南
> 至廮陶，今趙州寧晉縣入泜。顏師古音效。又水出沛郡洨縣入淮。師古
> 音爻。

> 請，七井切，稟求也。《漢書》「奉朝請」，顏師古才姓切。

3、稱「徐廣」者來自《史記》裴駰集解，引音 5 例，如：

> 羠，延脂切。《說文》曰：「騬羊也。」徐廣曰：「音兕，健羊也。」一曰野羊。

此外，還有個別稱引「鄭漁仲」（鄭樵）、「朱子」（朱熹）、「《通鑑釋文》」（《資
治通鑑釋文》）的情況。

戴侗稱引各家音多爲存疑，有時列數家，或加以評判，如：

> 姧，《傳》曰：「商有姧邳。」《說文》：「殷諸侯爲亂者。」疑姧。陸
> 氏西典、西禮二切。孫氏所臻切。

> 㬉，乃昆切，溫㬉和煦而不烈也。孫愐曰奴案切。按，《說文》：「㬉
> 讀若水溫㬉。」孫氏曰乃昆切。今俗語水溫㬉，實乃昆切。

寁，《詩》云：「無我惡兮，不寁故也。」毛氏曰：「速也。」《說文》曰：「居之速也。」孫氏子感切。陸氏市坎切。《類篇》又疾棄切。按詩義實未可曉，疾棄之音似是。

從上面稱引各家音的數據來看，戴侗於韻書、字書方面的音注，主要參考的是《說文》大徐本，其次則是《類篇》。音義書中，主要參考《經典釋文》和《漢書》顏師古注。

《六書故》中音注「正而通者」，一般不說明出處的音注，絕大多數是反切的形式，這些音注的主要來源也是前代的字書、韻書。爲了觀察其來源情況，我們選取《六書故》人部「人之龤聲」前 100 字與之前的字書、韻書相比較。字書、韻書取七種：《說文》、《廣韻》、《玉篇》、《集韻》、《類篇》、《附釋文互注禮部韻略》（下文都簡稱《韻略》）、《增修互注禮部韻略》（下文都簡稱《增韻》），列表如下〔註15〕：

字頭	六書故	說文	廣韻	玉篇	集韻	類篇	韻略	增韻
匈	許容	同	同	旴容	同	同	同	同
伯	博陌	同	同	同	同	同	同	同
仲	直眾	同	同	同	同	同	同	同
倫	龍春	力屯	力迍	力遵	同	同	同	同
儔	陳留	直由	直由	直流	同	同	除留	除留
儕	士皆	仕皆	同	仕皆	牀皆	牀皆	牀皆	牀皆
僚	力簫	落蕭	落蕭	旅條	憐蕭	憐蕭	蓮蕭	蓮條
侶	力舉	同	同	力莒	兩舉	兩舉	兩舉	兩舉
伴	薄滿	同	蒲旱	蒲滿	部滿	部滿	蒲滿	蒲滿
俱	舉朱	同	同	矩俞	恭于	恭于	恭于	恭于
侔	莫浮	同	同	莫侯	迷浮	迷浮	莫侯	莫侯

〔註15〕表中以《六書故》音注爲比較對象，選取各韻書字書中與其相對應的音注列舉，若各韻書字書有多出《六書故》的讀音，則不列出。《類篇》是配合《集韻》所作，其反切與《集韻》基本相同，但也有一部份不同（可參見楊小衛《〈類篇〉對〈集韻〉注音的繼承與革新》，華中科技大學學報（社會科學版），2008 年第 6 期）所以表中二書分列。各書中與《六書故》反切用字完全相同的則標同。

倅	七內	同	同	倉憒	取內	取內	取內	取內
儲	直魚	同	同	直於	陳如	陳如	陳如	陳如
僎	祖倫	士勉	將倫		蹤倫	蹤倫	蹤倫	蹤倫
侑	于救		同	禹救	尤救	尤救	爰救	爰救
佽	七四	同	同	且利	同	同	同	同
倪	研奚	五雞	五稽	魚雞	同	同	同	同
侍	時吏	同	同	時至	同	同	同	同
傅	後遇 方遇	方遇	方遇	方務	符遇 方遇	符遇 方遇	方遇	符遇 方遇
佾	夷質	同	同	餘質	弋質	弋質	弋質	弋質
使	疏士 去聲	疏士	疎士 疎吏	所里 疎事	爽士 疏吏	爽士 疏吏	爽士 疏吏	爽士 疏吏
伻	悲萌 披耕		普耕	普萌	同	同	補耕 披耕	補耕 〔註16〕
俾	并弭	同	同	必弭	補弭	補弭	同	同
仕	鉏里	同	同	助理	上史	上史	同	同
僕	蒲沃	同	蒲木	薄沃	同	同	同	同
倌	古寬	古患	古丸	古丸	古丸	沽丸	沽丸	沽歡
傜	餘招		餘昭	余招	同	同	同	同
僸	詰念	苦念	苦念	去念	同	同	無	同
何	胡哥	胡歌	胡歌	乎哥	寒歌	寒歌	寒歌	寒歌
佗	唐何	徒何	徒何	達何	同	同	同	同
他	湯加		湯何	吐何	湯何	湯何	湯何	湯何
儋	都函	都甘	都甘	丁談	都甘	都甘	都甘	都甘
任	如林	同	同	耳斟	同	同	如深	如深
俠	檄頰	胡頰	胡頰	胡頰	同	同	同	
參	倉含 楚今 所今	所今	倉含 楚簪 所今	七含 楚今 所今	倉含 初簪 疏簪	倉含 初簪 疏簪	倉含 疏簪	倉含 丑林 疏簪
仔	子之	同	同	則之	津之	津之	津之	津之
健	渠見	渠建	渠建	渠建	渠建	渠建	渠建	渠建

〔註16〕伻,《增韻》補耕切,下注:「又音怦」。「怦」是小韻字,音披耕切,但怦小韻
中並未收「伻」字,當是失誤。

仡	魚訖	同	同	語訖	魚乙	魚乙	魚乞	
佶	巨乙	同	同	其吉	極乙	極乙		
俊	子峻	同	同	同	祖峻	祖峻	祖峻	祖峻
偉	于鬼	同	同	同	羽鬼	羽鬼	羽鬼	羽鬼
僴	下簡	同	下報	下板	下報	下報	下報	下報
儼	魚檢	同	魚埯	宜檢	同	同	魚掩	魚掩
優	於求	同	同	郁牛	同	同	於丘	於尤
儀	魚羈	同	同	語奇	同	同	魚奇	魚奇
允	余準	樂準	同	惟蠢	庾準	庾準	庾準	庾準
俶	詳六 昌六	昌六	昌六	尺竹	神六 昌六	神六 昌六	昌六	昌六
倘	他朗		同	同	坦朗	但朗	他曩	他曩
儆	居景	居影	居影	羈影	舉影	舉影	居影	居影
侗	徒紅 他紅	他紅	同	吐公	徒東 他東	徒東 他東	同	徒紅 佗紅
儒	人朱	同	同	如俱	汝朱	汝朱	汝朱	汝朱
儉	巨險	同	同	渠儼	同	同	同	同
侈	尺氏	同	同	昌是	敞尒	敞爾	同	同
備	平祕	同	同	皮祕	同	同	平秘	同
倩	倉見	同	倉旬	此見	倉旬	倉旬	倉旬	倉旬
佚	弋質	夷質	夷質	余一	同	同	同	同
傳	重緣 直戀 張戀	直戀	直攣 直戀 知戀	儲攣 儲戀	重緣 柱戀 株戀	重緣 柱戀 株戀	重緣 柱戀 株戀	重緣 柱戀 株戀
匍	薄乎	同	薄胡	步乎	蓬逋	簿乎	無	無
匐	薄北	蒲北	蒲北	步北	鼻墨	蒲北	蒲墨	蒲墨
俛	模貶		亡辨	無辯	美辨	美辨	美辨	美辨
僂	力主 郎侯 龍珠 力候	力主	力主 落侯 盧候	力矩	隴主 郎侯 龍珠 郎豆	隴主 郎侯 郎豆	隴主	隴主 盧侯 郎豆
傴	於武 衣口	於武	於武	郁禹	委羽	委羽	於武	於武

俯	夫戶		方矩	弗武	匪父	匪父	方矩	方矩
仰	魚兩去聲	魚兩	魚兩魚向	魚掌	語兩魚向	語兩魚向	魚兩魚向	魚兩魚向
倨	居御	同	同		同	同	同	同
偃	衣遠	於幰	於幰	乙蹇	隱憶	隱幰	於幰	於幰
傲	丘其	去其	去其	同	同	同	同	同
俄	五何	同	同	我多	牛河	牛何	牛何	牛何
偏	滂連	芳連	芳連	匹研	紕延	紕延	紕連	紕連
側	阻力	同	同	莊色	札色	札色	札色	同
偋	普丁	同	同	同	傍丁	滂丁	同	同
依	於希	於稀	同	於祈	同	同	同	同
倚	於起	於綺	於綺	於擬	隱綺	隱綺	隱綺	隱綺
偯	於起	於豈	於豈	於豈	隱豈	隱豈	無	隱豈
儺	乃可囊何	諾何	諾何	奴可奴何	同	同	奴可奴何	奴可奴何
偄	相然	同	同	司連	同	同	同	同
作	側各	則洛	則落	子各	即各	則洛	即各	即各
俟	牀史	同	同	同	同	同	同	牀士
傒	戶禮		胡禮	戶礼	同	同	同	無
候	胡冓	胡遘	胡遘	胡遘	下遘	胡遘	胡茂	胡茂
伺	相吏	同	同	司志	同	同	同	同
偵	知盈	丑鄭	丑貞	恥慶	同	同	丑成	丑成
佇	丈呂	直呂	直呂	除呂	同	同	直呂	直呂
停	唐丁	特丁	特丁		同	同	同	同
住	廚遇朱遇		持遇中句	雉具徵具	廚遇株遇	廚遇株遇	廚遇	廚遇朱戍
值	直吏	同	同	除利	同	同	同	同
催	倉回	同	同	且回	同	同	同	同
儳	倉監去聲	士咸	士咸	仕咸仕鑒	鋤咸蒼鑒	鋤咸蒼鑒	士咸仕陷	鉏咸仕陷
仞	而震	同	而振	如震	而振	而振	而振	而振
仂	六直力得		林直盧則	六翼音勒	六直歷德	六直歷德	歷德	歷德

低	都黎	都兮	都奚	丁泥	同	同	同	同
億	於力	同	同	同	乙力	乙力	乙力	乙力
例	力制	同	同	力世	同	同	同	同
俗	似足	同	同	同	松玉	松玉	祥玉	祥玉
俚	良耳	良止	良士	良子	兩耳	兩耳	良士	良士
但	杜旱	徒旱	徒旱	達亶	蕩旱	蕩旱	徒旱	徒旱
僅	渠各	同	渠遴	巨鎭	同	同	同	同
俁	魚禹	同	虞矩	牛矩	五矩	五矩	虞矩	虞矩
伾	鋪悲	敷悲	敷悲	匹眉	攀悲	攀悲	攀悲	
仳	淺尒	斯氏	雌氏	七紙	淺氏	淺氏	雌氏	雌氏

統計一下與各書切語異同的數量，如下：

六書故	說文	廣韻	玉篇	集韻	類篇	韻略	增韻
全同	47	43	10	37	37	32	30
部分同	4	6	0	6	6	7	6
不同	49	51	90	57	57	61	64

　　上字表及統計數量也可以充分說明，《六書故》的音注有繼承性的，與《說文》大徐本音切相同最多，與《玉篇》相同者最少，這與上面標明來源的稱引數據也是相符合的。《六書故》與《說文》、《廣韻》、《集韻》、《類篇》、《韻略》、《增韻》相同的都在 30 個以上。《六書故》與《廣韻》反切相同的有 43 個字，其中與《說文》大徐本不同的有 5 個；《六書故》與《集韻》、《類篇》反切相同的有 37 個字，其中與《說文》大徐本不同有 17 個。可見，《六書故》音注與《集韻》、《類篇》也有較密切的關係。

　　如果《六書故》的反切完全都是繼承前代的，那就很難體現時音了，但事實並非如此。除了繼承前代的反切，戴侗也有自造的反切，上字表中，《六書故》與各書都不相同的切語有 21 個，其中音韻地位不同的有 10 個。比較其與前代韻書字書的差異，可以發現其音系的特點。如上表中「偏」，滂連切，《說文》與《廣韻》同作芳連切；「伾」，鋪悲切，《說文》和《廣韻》同作敷悲切，這種差異是因爲輕脣音從重脣音中分化出來，在《集韻》、《類篇》中就有所體現了。再如「健」，渠見切，霰韻，各書皆作渠建切，願韻，體現《六書故》中霰韻與願韻的相混；「儋」，都函切，覃韻，各書皆爲談韻，體現《六書故》覃韻與談

韻相混；俛，模貶切，用咸攝琰韻字作反切下字，各書皆爲山攝獼韻，體現咸攝唇音字與山攝相混；倚、偎並於起切，止韻，各書分別在紙、尾二韻，體現止攝各韻系的混同，這些都是符合語音演變的規律的。

也有一些特殊的現象，如「偃」字，衣遠切，與其他各書都是開口不同，《六書故》作合口。再如「俶」字的詳六切一音，《說文》、《廣韻》均未收，《集韻》、《類篇》有神六切，從《六書故》注解上看，詳六切與昌六切同義，對應的正是《集韻》、《類篇》的神六切。但二者在音韻地位不同。祥，邪母。神，船母。船母與昌母清濁相對，語音相近，而邪母屬精組齒頭音。船、邪相混，是吳方言的特點。戴侗對於「俶」字讀音應是相當熟悉的，因爲他的弟弟就叫戴俶，這種因熟悉而出現的混用更有可能體現方音的特點。

再如「儳」字，《六書故》原文如下：

> 儳，倉監切，越次進也。《記》曰：「長者不及，毋儳言。」謂言未
> 及之而言也，與攙同。徐氏士鑑、倉鑑、倉陷三切，並非。失次不整爲儳，
> 去聲。《說文》曰：「儳互不齊也。」《傳》曰：「鼓儳可也。」謂乘敵眾之
> 未成列，鼓而攻之也。陸氏仕衡、仕減二切，並非。《記》曰：「君子不以
> 一日使其躬儳焉，如不終日。」謂苟且不整肅也。鄭氏曰：「可輕賤之皃。」
> 徐氏在鑑、仕鑑切，並非。

這裏面引徐氏、陸氏音，皆與今本《經典釋文》相合（用字稍有不同）。「儳」字《集韻》、《類篇》有七音，鋤咸切對應《說文》大徐本士咸切，其餘均對應《經典釋文》音。對於《經典釋文》音，戴侗並未像《集韻》、《類篇》那樣盡數收入，而是認爲徐氏、陸氏音並非，自己最終定爲兩音。首音倉監切不見於前人舊音，戴侗言「與攙同」，是參照了「攙」字的讀音。《六書故》「攙」音初咸切，初母。說明戴侗語音中，清母和初母也有相混。通過這一例我們也可以看出，戴侗對音注的選擇是有審音的，是根據其實際語音情況進行取捨的。

比較中的差異除了通語音系的變化和方音的因素，還有個別字音的演變，如上表「悺」字，古寬切，下有小字注文「孫氏古患切」。小字注文，表示戴侗並不大認可這個讀音，而孫氏讀音，正是《說文》大徐本的音注。「悺」字，唐代的故宮本王韻僅有古患反一音，小徐本《說文》也注古患反。《廣韻》有桓韻古丸切，諫韻古患切兩音，同義。其中桓韻古丸切注釋詳細，並引《說文》。另

宋本《玉篇》也可參證，《篆隸萬象名義》「倌」字僅有去聲一音，宋本《玉篇》作古宦、古丸二切，去聲在前，可見平聲音後起或者是後代增修的痕跡。從故宮王韻到《六書故》，可以歸納為「倌」字從古患反一音，到兩音並存，再到平聲讀音取代去聲讀音的過程。

再如「偵」字，知盈切，知母清韻平聲。《說文》作丑鄭切，徹母勁韻去聲。《玉篇》與《說文》音同。《廣韻》有二音，徹母清韻，丑貞切；徹母勁韻，丑鄭切，顯然，去聲讀音與《說文》同，平聲則與《六書故》接近。《集韻》已有知盈切一音，但是作為「貞」的異體字的。從以上的比較，可以看出「偵」字讀音從徹母勁韻，發展到徹母清韻，再到知母清韻的過程，這個過程也是和其聲符「貞」字的讀音接近直至同音的過程。

再如「他」字，湯加切，麻韻，其他各書都在歌韻，甚至其後的《中原音韻》也收在歌韻。但是「他」字這種不合音系變化的特殊讀音在宋代押韻中已很普遍，據鍾明立考察，「宋詞中，『他』字用作押韻字共有 41 次，其中用作麻蛇韻的有 34 次，占總數的 83%」。〔註17〕《六書故》的音注反映了時音的發展變化。

上面，我們討論了《六書故》的音注的來源，和戴侗對於音注的選擇。可以看出，《六書故》的音注並非照搬前人反切，而是有自己的審音，其中包含着大量的語音信息。如果能對《六書故》中的音注材料進行準確詳細的比較分析，我們就能充分發掘出這些語音信息，為漢語語音史的研究添磚加瓦。

1.3　選題意義、研究目標和研究方法

1.3.1　選題意義

以往對於南宋時音和方音的研究，在音義書和詩詞用韻方面都取得了大量的成果，但是音義書收字不夠完備，為常用字注音較少；而押韻材料則只能反映韻部的變化。對字書音注的研究，恰恰能彌補這兩方面的不足。

字書音注雖然不像韻書那樣清晰直觀，字書的寫作目的也不是為了直接體現語音系統，但是對於語音史的研究，大型字書的音注仍然是相當完整的材料。

〔註17〕鍾明立《漢字例外音變研究》48 頁，廣東高等教育出版社，2008 年。

因爲收字量大，且爲其中的每一個字都注音，包括大多數常用字，所以其音注更容易展示出時音的發展演變。上節中我們已經看到，戴侗並非完全照搬前人的音注，他選取或自造反切是有審音的，有實際語音依據的，所以《六書故》的音注是研究南宋時音和吳方音的不可多得的材料。

1.3.2　研究目標

從戴侗著書立說的宗旨來看，《六書故》的音注首先應是一個讀書音的體系，代表當時的通語。但難以避免的是，其中也有很多方音的反映。本書主要的目標，就是考察《六書故》音注與《廣韻》音系的差異，分析其中體現出的南宋通語和吳方音，討論南宋的語音發展。

1.3.3　研究方法

《六書故》中未標明引用的音注，可代表戴侗的實際語音，共 9395 個（包括反切 8979 個，直音 26 個，聲調標音 390 個〔註 18〕），是本文研究的主要材料。本文主要使用比較法〔註 19〕，以系聯法爲參照。在方法運用和音系分析上有以下標準。

一、比較法

1、將《六書故》的音注與《廣韻》比較，《廣韻》未收的字音與《集韻》比較，觀察其音系與中古音系的異同。

2、有時一字頭之下注又音又形，可分爲不同的字比較。主要有三種情況：

a、字頭首音是文字學意義上本字的讀音，如「莫」字，首音莫故切，小字注：「別作暮，再加日，非。」則此莫故切是「暮」字的讀音。「莫」又音莫各切，才是字頭的實際讀音。這種情況，分爲「暮」，莫故切；「莫」，莫各切二字。

b、爲假借用法注音，則以假借本字與《廣韻》比較，如「隹」字，《六書故》又音于追切，注「鐘鼎文皆借此爲惟字」，此音義以「惟，于追切」與《廣

〔註 18〕 另有 3 例特殊體例的反切加注聲調標音字（見 1.2.1），因不便歸類，且音韻地位都與《廣韻》相同，不列入統計數字中。

〔註 19〕 因《六書故》音注反切占了絕大部份，僅少量直音和聲調標音，下文比較數據中自切和混切數只統計反切注音的次數。若《六書故》直音和聲調標音對應的音類與《廣韻》不合，在列舉混切和特殊字音中附入相應的類別中。

韻》比較。

　　c、戴氏常常以聲母相同、意義相關將兩字聯繫起來，但又標注異音，如「怖」字，普故切，小字注「又普駕切，俗作『怕』。戴侗認爲「怕」即是「怖」的俗字，所以普駕切是「怖」的又音。不論「怖」與「怕」之間是何關係，〔註20〕還是分爲二字與《廣韻》比較：怖，普故切；怕，普駕切。又如「代」字，「徒耐切，更也。又特計切，迭更也，今作『遞』。」「代」與「遞」顯然爲兩字，分別以代，徒耐切；遞，特計切，與《廣韻》比較。再如「芐」字，古胡、古肴二切，又作「茭」。「芐、茭」本是兩字各音，戴氏將兩音同列在首音，我們比較時亦作兩字處理：芐，古胡切；茭，古肴切。

　　3、《廣韻》、《集韻》中多於《六書故》的字音，不作比較。《六書故》中多於《廣韻》、《集韻》的字音，選取《廣韻》、《集韻》中讀音最接近的字音比較。

　　4、在戴侗編撰《六書故》之前，前人已積累了大量完備的音切。《六書故》雖有不少獨創性，但在注音上還是大量參考借鑒前代的字書韻書，我們在上一節的音注來源的對比分析中已經看到：《六書故》的音注有半數與《說文》大徐本相同，而不同於前人的切語只有 20% 左右，反映音系差別的則不到 10%。這種情況是後代字書編撰者難以避免的。相對於《廣韻》音系，宋代語音發展的主流是音類的合併。在兩個或多個音類合併的情況下，沿用前人的音切，並不會造成拼切上的隔閡，編撰者實際上並沒有更換反切的必要。這種沿用的結果會給整個音注系統披上一層保守的面紗，導致體現音類合併的混切在數據統計上的比例並不高，《六書故》大多數音類混切的數據都達不到 10%，甚至達不到 5%，按數學統計的標準通常不支持合併。但是，這種理論上本無必要改動反切的情況，若出現了混切，更應是實際讀音的體現，只要不是極少量的孤例（可能是版本或個別字音的問題），而且被切字出現常用字、反切用字等情況，是可以說明實際語音的。本文重點討論的也是這種差異，並力求對一些具體例證進行更深入的討論分析。

　　5、我們看到，《六書故》繼承《說文》大徐本的反切很多，而《說文》大徐本的反切雖言基本取自《唐韻》，但其中的一些字音與《廣韻》有所不同，體現

〔註20〕章炳麟《新方言》認爲「怕」即是「怖」，王力予以肯定。見王力《雙聲疊韻的應用及其流弊》，載《龍蟲並雕齋文集（第三冊）》第 4 頁，中華書局，1982 年。

了五代宋初時音的新發展。《六書故》中沿用《說文》大徐本反切而造成的與《廣韻》的混切，是否可以看作戴侗實際語音的證據呢？因爲戴侗的對音注的選擇是經過審音的，並不是完全的照搬，《六書故》中稱引「孫氏」音（即《說文》大徐本音）作爲參考或加以評判或加以否定就有200多例，足可看出戴侗審音的態度。所以，《六書故》中沿用《說文》大徐本的反切，是可以看作戴侗的實際讀音的。我們在列舉《六書故》與《廣韻》的混切時，會把沿用《說文》大徐本的反切標明。這樣，一方面我們可以看到《六書故》反切的沿用情況，更加客觀；另一方面我們也可以看到，沿用《說文》大徐本造成的混切在《六書故》的混切中只占很小的一部分，而且其表現的音系特徵與戴侗自造的反切是一致的。

6、比較中發現，《六書故》中有5例《廣韻》、《集韻》未收字〔註21〕，不可比較，不列在反切比較的統計數據中，最終反切比較數據的總反切數爲8974個。

二、系聯法

1、按照陳澧的同用、遞用、互用例，對反切用字進行系聯。

2、反切用字一字多音的，按被切字定其歸類，如上文（1.1.3）舉例「慶」字，音丘畺、丘竟二切。《六書故》中「慶」作反切下字5次，被切字「竟、鏡、敬、命、誩」均爲《廣韻》映韻字，所以「慶」作反切下字取丘竟切音。

3、《六書故》反切下字使用聲調標音的音類的，取聲調標音對應的《廣韻》反切系聯，在注釋中加以說明。

4、陳澧《切韻考》有一個條例：「《廣韻》同音之字不分兩切語，此必陸氏舊例也。其兩切語下字同類者，上字必不同類。……上字同類者，下字必不同類。」〔註22〕這個條例也可應用在《六書故》音注的研究中。我們已經看到，戴侗對音注是選擇、有審音的，所以《六書故》中一字下的多音必然讀音不同，若兩音反切下字同類，則反切上字必不同類；若反切上字同類，則反切下字必不同類，如般，蒲潘切，亦逋潘切，又逋還切。蒲潘切與逋潘切，反切下字相同，則反切上字「蒲」與「逋」的聲類必不相同；逋潘切與逋還切，反切上字

〔註21〕 5例爲「趄、鮞、蟫、蠔、鯤」，本文5.2.2中集中討論。若僅依據字形，「扯、擦、蟫」等字《廣韻》、《集韻》也未收，但可看作「撦、擦、壇」等字的異體，在《廣韻》、《集韻》中找到音義對應，則相互比較。

〔註22〕 陳澧《切韻考》卷一，羅偉豪點校本第4頁，廣東高等教育出版社，2004年。

相同，則反切下字「潘」與「還」的韻類必不相同。這一條例在必要的時候可以幫助我們確定一些音類的分合。

5、系聯法的缺陷是因為切語用字經常兩兩互用，有時同類的音無法系聯。遇到這種情況，本文只作簡化處理，即：《廣韻》中的同類音，如果不能系聯，但在《六書故》中不存在（第4條所說的）對立，則合為一類。

6、系聯中如果《廣韻》中的兩類音反切用字完全系聯，必然合為一類。如果一類音的部分反切用字與另一類音系聯，列舉結果時仍將兩類音分列，標明相混的用字，根據比較中的具體情況判斷音類的分合。

三、與其他材料和前人研究成果的比較

關於南宋通語和歷史吳語的研究，前人成果比較豐富。本文將《六書故》音注中觀察到的現象和得出的結論，跟歷史材料和前人的成果相比較，加以印證。本文主要參考的歷史材料和前人研究成果有以下幾類。

1、南宋通語語音研究。

a、王力《漢語語音史》中宋代音系部分。王力根據朱熹反切和宋詞押韻歸納出來的宋代音系，基本上代表了南宋通語語音的狀況。

b、魯國堯宋詞韻研究的成果，包括《論宋詞韻及其與金元詞韻的比較》等系列論文。

2、南宋前後吳語方音材料。

a、徐鍇《說文解字繫傳》（以下稱《說文》小徐本）的音注。《說文》小徐本成書於五代宋初，使用的是朱翱的反切，徐鍇和朱翱都是吳人，王力《朱翱反切考》指出了其中的吳語特徵，我們討論時主要依據王力先生的觀點。

b、《增修互注禮部韻略》的音注。《增韻》為毛晃、毛居正父子編撰，毛氏父子是浙江江山人。《增韻》的成書比《六書故》早了將近一百年。雖然從《六書故》的稱引和音切比較中並未發現其與《增韻》有着密切的關係，但兩書表現出南宋吳音的特點多有相合之處，甚至於《六書故》在某些具體字音的特殊表現上也與《增韻》相同。在比較過程中，我們重點對《六書故》與《增韻》相同的語音特點進行詳細的分析。甯忌浮《古今韻會舉要與相關韻書》、劉曉南《毛氏父子吳音補正》、李子君《〈增修互注禮部韻略〉研究》都對《增韻》中的吳音特徵作了研究。

c、胡三省《資治通鑑音注》的反切。胡三省是浙江天台人，世居寧海。生於 1230 年，比戴侗略晚，《資治通鑑音注》成書也比《六書故》略晚，但基本上時代相當。《資治通鑑音注》中也有許多和《六書故》相合的吳音特點。馬君花的博士論文《〈資治通鑑音注〉音系研究》及一系列相關論文，對《資治通鑑音注》的語音特點作了詳盡的描述，我們討論時主要依據馬文中提供的材料和觀點。

d、元末明初陶宗儀《南村輟耕錄》中的射字法。陶宗儀是浙江黃岩人，中年以後定居松江。《南村輟耕錄》結集成書不能晚於 1366 年冬〔註23〕，比《六書故》晚一百年左右。《南村輟耕錄》中記載的射字法是「七字詩十二句，逐句排寫。前四句括定字母，後四句括定叶韻。」歸納詩中用字即可以推得其音韻特點。魯國堯《〈南村輟耕錄〉與元代吳方言》中分析了其中的吳音，我們討論時主要依據魯文。

〔註23〕魯國堯《〈南村輟耕錄〉與元代吳方言》，載《魯國堯語言學論文集》218 頁，江蘇教育出版社，2003 年。

第 2 章　聲　母

2.1　唇　音

2.1.1　系聯和比較

　　《六書故》共有唇音反切 1374 個，直音 4 個，聲調標音 62 個。反切上字系聯的結果爲〔註1〕：

　　幫母：〔註2〕

　　補 43（博古），博 35（補各），北 17（補墨），彼 15（補靡），布 15（博故），伯 7（博陌），陂 3（彼爲），班 2（補蠻），卜（博木），晡（博孤）〔註3〕，百（博陌），迫（博陌），表（彼矯），搏（伯各）/悲 10（逋眉），兵 9（餔明），逋 8（奔模），筆 4（鄙密），奔 3（逋昆），鄙 2（兵美），冰 2（筆陵），餔 2（奔模）/必 36（卑位），卑 24（賓彌），賓 6（必民），邊 3（卑眠），并 2（必正），

─────────────

〔註1〕《廣韻》中唇音只有重唇一類，爲了更清楚的觀察重輕唇分化的事實，列舉反切上字時唇音按照三十六字母分爲重輕唇兩類。

〔註2〕反切上字後面的數字表示其作爲反切上字的次數，僅 1 次者則不標注。反切上字按次數多少排列。《廣韻》中同聲母而不能系聯，在《六書故》不存在對立者，合爲一類，按系聯分組中間以「/」隔開。

〔註3〕晡，《六書故》未收，取《廣韻》博孤切。

比（必美），璧（必激），璧（必激），俾（并弭）。

　　滂母：

　　普 46（滂古），匹 46（普吉），鋪 14（普胡），滂 11（普郎），披 8（普靡）〔註4〕，篇 4（滂連），攀 3（普班），浦 3（滂古），紕 3（篇夷）〔註5〕，攴（普木），怖（普故），拍（普白），僻（普擊），丕（攀悲）。

　　並母：

　　蒲 86（蓬逋），薄 54（旁各），步 32（盤布），毗 23（平脂），皮 19（蒲羈），旁 15（步光），平 14（薄兵），部 11（盤五），弼 10（旁密），頻 8（步賓），婢 6（部弭），鼻 3（蒲二）〔註6〕，盤 2（蒲官），蓬 2（薄紅），裴（蒲回），畔（薄半），白（薄陌），避（毗義），憑（皮冰）。

　　明母：

　　莫 175（末各），謨 20（莫胡），眉 17（門悲），母 15（莫后），美 6（莫鄙），模 6（莫胡），門 3（莫奔），末 3（莫撥），旻 3（眉巾），明 2（母兵），瞑 2（模迴），靡（莫彼），慕（莫故），墓（莫故），梅（莫杯），滿（莫旱），陌（莫百），眽（莫獲），名（莫并），墨（莫北），謀（莫浮），盲（眉耕），閩（母巾）/彌 17（民卑），弭 4（彌婢），民 3（彌鄰），迷 3（民卑），密 2（彌必）。

　　非、敷*母：

　　方 55（府良），甫 31（方矩），府 12（方武），分 8（甫文），夫 4（甫父），匪 3（非尾），非 2（甫微），放 2（甫妄），斧（匪巨），專 29*（芳無），芳 16*（府房），孚 7*（芳無），風 3（專戎），妃 3*（芳微），撫 2*（孚武），斐*（斧尾），紛*（專文），忿*（撫吻）。

　　奉母：

　　符 37（防夫），扶 28（防無），房 24（符方），附 12（符富），防 7（符方），縛 5（符鑊），父 5（浮甫），奉 4（父勇），浮 3（房尤），馮（扶風），伐（房越）。

　　微（明*）母：

〔註4〕披，《六書故》首音甫羈切，又普靡切，作反切上字取滂母普靡切音。

〔註5〕紕，《六書故》頻脂切，又篇夷切，作反切上字取滂母篇夷切音。由「繽」音毗民、紕民二切可證，毗已是並母，紕只能是滂母。

〔註6〕鼻，《六書故》無字頭，在「自」字頭下。自，疾二、蒲二二切，「鼻」取蒲二切音。

武 28（亡甫），亡 19（武方），無 10（武夫），文 9（無分），网 4（武紡），
芒 11*（武方），絲*（武延）。

反切比較的數據爲：

自切：

幫母 254，滂母 141，並母 288，明母 309；非母 87，敷母 55，奉母 117，
微母 51。

混切：

幫/滂 1〔註7〕，幫/並 1，幫/非 1，幫/群 1；滂/幫 1，滂/並 1；並/滂 1，並/
奉 1；非/幫 5，非/滂 2，非/明 1，非/敷 22，非/奉 1；敷/滂 2，敷/非 5，敷/奉 1；
奉/並 7，奉/微 3；微/明 14；微/奉 1。

2.1.2　重輕唇分化

《六書故》音注中輕重唇反切上字，除明微母外都不相互系聯，可見幫非、
滂敷、並奉三組都已分化得相當徹底。各組聲母仍有少量混切，絕大部份是以
輕唇切重唇。這些混切大都是沿襲前代的舊音，具體分析如下。

1、以非切幫 5 例，以幫切非 1 例

區，方美切。扁，方沔切。與《說文》大徐本反切同。

枅，蒲眠、府盈二切。府盈切與《說文》大徐本反切同，《六書故》增蒲眠
切置於首，舊音予以保留。

猋，甫昭切，《說文》大徐本無此音，《廣韻》甫遙切，《六書故》與其反切
上字同。《經典釋文》有必遙反，已是音和切，《玉篇》、《集韻》均卑遙切，亦
音和切。

蓽，府移切。《說文》大徐本扶歷切，「雨衣，一曰蓑衣。一曰蓽蘺似烏韭。」
《廣韻》房益切，「雨衣。」《六書故》：「蓽蘺，根主煖腎，搗之淘取粉可炒食，
一名山鳧茨。又雨衣亦謂之蓽……」戴侗不取《說文》大徐本音，與其義項有
關。《集韻》賓彌切，「草名」，則與《六書故》音義合，但已爲音和切。

菖，方六、鼻墨二切。「菖」，《廣韻》方六切，《集韻》增芳六、房六二切。

〔註 7〕爲更具體地顯示混切，列舉數據時不採用某某混的形式，而是以某切某。「幫/
滂」，表示以幫切滂，後皆同。

《六書故》鼻墨切與《廣韻》比較，是以幫切非。鼻墨切是戴侗的古音叶讀音，根據《詩》「我行其野，言采其蓄」所擬。吳棫《韻補》筆力切，朱熹《詩集傳》叶筆力反，爲職韻。職韻本無輕脣音類，叶讀音改重脣，不代表當時實際語音。

2、以敷（非）切滂 4 例

不（注「通爲『丕』字」），專悲切。與《廣韻》「丕」字反切同，《集韻》攀悲切，改爲音和切。

邳，專悲切。與《說文》大徐本反切同。《廣韻》符悲切，並母，讀音不同。《集韻》攀悲切、貧悲切，兼收二音，均改爲音和切。

披，甫羈切。《說文》大徐本、《廣韻》敷羈切。《集韻》攀糜切，已改爲音和切。《說文》大徐本、《廣韻》敷母，《六書故》誤爲非母。

疕，卑履切，小字注「又匹履、方夷二切」。《廣韻》有卑履切、匹鄙切、匹婢切三音，無方夷切音。《經典釋文》：「疕，……一音芳夷反，頭傷也，亦禿也。」《集韻》篇夷切，與此音合，已改爲音和切。《六書故》音切應來自《經典釋文》，但反切上字未改爲重脣，且誤爲非母。

3、以奉切並 7 例，以並切奉 1 例

脾，符支切。琵，房脂切。均與《說文》大徐本反切同。

瀌，悲驕、符驕二切。《說文》大徐本、《廣韻》甫嬌切，《集韻》悲驕切，均無符驕切音，甚至《廣韻》、《集韻》都沒有這個並母小韻。《六書故》的這一音切來自《經典釋文》「瀌瀌，符驕反……雪盛貌」，正是爲《六書故》釋義中引《詩》「雨雪瀌瀌」所注的音。

猈，皮皆、扶蟹、扶移三切，《廣韻》步皆切、薄蟹切，已是音和切，無扶移切音。《六書故》輕脣音切來自《經典釋文》「猈，皮皆反，徐扶蟹反，又扶移反……」《集韻》有蒲彌切，對應扶移切，已改爲音和切。

滮，符彪、皮休二切。《廣韻》皮彪切，已是音和切。《集韻》平幽、皮虯二切，亦爲音和切。《六書故》音注來自《經典釋文》：「滮池，符彪、皮流二反。」

𡎰，符支切。《說文》未收「𡎰」字，《廣韻》符支切，作爲「陴」字的籒文。《六書故》與「㙛、𡐠、𡎨、𡐦」四字並列，注「五字今皆從土，古皆從𦥑，見土部」。土部有「埤」字，音避支切，《說文》、《廣韻》均符支切，《六書故》已改爲重脣。

璠，步闌切，又父闌切。《廣韻》附袁切，《集韻》孚袁、符袁二切，均無步闌切音。《六書故》父闌切對應《廣韻》附袁切，反切下字由三等元韻合口字「袁」變爲一等寒韻開口字「闌」。步闌切與父闌切對立，顯示並母和奉母有區別。步闌切與《廣韻》附袁切音比較，是以並切奉，應是古音並母讀法的殘留。

4、以微切明 14 例

湄、郿，武悲切。砥（又作「珉」），武巾切。泯，武盡切。麋，武延切。縣，武延切。冕，亡辨切。芒，武方切。㟏，武庚切。洺，武并切。鯍，武登切。滅，亡列切。均與《說文》大徐本反切相同。

痻（又作「瘖」），武巾切。《說文》未收，《廣韻》「瘖」音武巾切。

湦，亡婢切。《說文》大徐本縣婢切，《廣韻》綿婢切，均是音和切。《六書故》的音切來自《經典釋文》。

以上 32 個字 33 個輕重唇混切大都是保留前代反切沒有改動的結果。這種保留數量和比例都很小，而且，《六書故》中單字異讀中存在輕重唇的對立 2 例：

璠，步闌切，又父闌切。步爲並母，父爲奉母，並奉對立。

專，芳無、普無二切。普爲滂母，芳爲敷母，滂敷對立。

所以，輕重唇分爲兩類是沒有問題的。

輕重唇分化在晚唐五代就開始了，《廣韻》中的類隔切在《集韻》中絕大多數已改爲音和切。《集韻》雖申明將唇音類隔切都改爲音和切，但實際上仍有 23 個小韻是類隔切，邵榮芬認爲這些音都是「有所本的」，而且都是「比較生僻的音」。《集韻》「留下這麼多例外，大概不出兩個原因：一是對一些僻字、僻音沒有把握，暫時保留原切，以示存疑；二是偶爾疏忽，錄下了古人反切，忘了折合」。〔註8〕《六書故》中保留前代反切，大概也有這兩方面原因，但可能還有一個更重要的原因，即戴侗認爲以輕唇切重唇是一種古音的體現。《六書故》保留的類隔切與《集韻》有所不同，《集韻》的 23 個類隔切中有 16 個是重唇切輕唇的，而《六書故》中 33 個類隔切中有 31 個是輕唇切重唇的。《六書故》明知「韓」、「埤」本一字，古從「章」，則注輕唇音；今從「土」，則注重唇；有些《廣韻》、《集韻》中已改作重唇的反切，《六書故》仍根據《經典釋文》選擇

〔註 8〕邵榮芬《集韻音系簡論》50～52 頁，商務印書館，2011 年。

輕脣。都能看出戴侗有意存古的傾向。

　　我們說戴侗有意識保留輕脣以存古，還有一點重要的證據，就是《六書故》的輕脣切重脣中出現了非敷混切。「疕」、「披」兩字是滂母字，對應輕脣反切上字都應該是敷母字，但是《六書故》都誤作非母字，這恰恰說明《六書故》給「疕」、「披」標注的輕脣音並不代表當時的實際讀音，戴侗有意保留輕脣音以存古，卻誤混了非敷母字，造成了這種非今非古的讀音。

2.1.3　非敷母合流

　　《六書故》音注中非敷母大量混切，共 27 例：

覆，甫六（非屋合三入通）/芳福（敷屋合三入通）。〔註9〕

霏，甫微（非微合三平止）/芳非（敷微合三平止）。

菲，甫微（非微合三平止）/芳非（敷微合三平止）。

斐*，斧尾（非尾合三上止）/敷尾（敷尾合三上止）。

菲，甫尾（非尾合三上止）/敷尾（敷尾合三上止）。

桴，方無（非虞合三平遇）/芳無（敷虞合三平遇）。

竿，方無（非虞合三平遇）/芳無（敷虞合三平遇）。

拊，方武（非麌合三上遇）/芳武（敷麌合三上遇）。

仆，夫遇（非遇合三去遇）/芳遇（敷遇合三去遇）。

芬，府文（非文合三平臻）/撫文（敷文合三平臻）。

氛，甫云（非文合三平臻）/撫文（敷文合三平臻）。

跋，方勿（非物合三入臻）/敷勿（敷物合三入臻）。

芳*，甫房（非陽合三平宕）/敷方（敷陽合三平宕）。

髣，甫网（非養合三上宕）/妃兩（敷養合三上宕）。

紡，甫网（非養合三上宕）/妃兩（敷養合三上宕）。

汎，甫犯（非梵合三上咸）/孚梵（敷梵合三上咸）。

風*，專戎（敷東合三平通）/方戎（非東合三平通）。

〔註9〕「/」前爲《六書故》反切，「（ ）」內爲音韻地位，按聲母、韻母、開合、四等、聲調、韻攝排列。「/」後爲《廣韻》反切及音韻地位。被切字若作爲《六書故》中的反切用字，則以「*」注出。下皆同。

風，專今（敷侵開三平通）/方戎（非東合三平通）。

莑，專容（敷鍾合三平通）/府容（非鍾合三平通）。

巿，紛勿（敷物合三入臻）/分勿（非物合三入臻）。

包括沿用《說文》大徐本反切 7 例：

麩，甫無（非虞合三平遇）/芳無（敷虞合三平遇）。

郛，甫無（非虞合三平遇）/芳無（敷虞合三平遇）。

鄜，甫無（非虞合三平遇）/芳無（敷虞合三平遇）。

肺，方吠（非廢合三去蟹）/芳廢（敷廢合三去蟹）。

茀，方勿（非物合三入臻）/敷勿（敷物合三入臻）。

鴦，分兩（非養合三上宕）/妃兩（敷養合三上宕）。

棐，妃尾（敷尾合三上止）/府尾（非尾合三上止）。

非敷母混切數量相當多，反切上字系聯的結果也是完全合爲一組，所以確定非敷合爲一母是沒問題的。王力認爲非敷母在晚唐五代就已經合流：「非母和敷母，大約先經過分立的階段，幫母分化爲[f]，滂母分化爲[fʻ]，然後合流爲[f]。朱翱時代已經合流了。」〔註10〕宋初的《說文》大徐本音注中非敷母也已合流，姚志紅比較《說文》大徐本與《廣韻》音，列表非敷混切 27 例，〔註11〕《六書故》沿用《說文》大徐本反切與《廣韻》的混切 7 例，《集韻》都兼收《廣韻》音與《說文》大徐本音。

需要說明的有 1 例，「刜」字，分勿、忿勿二切。分，非母，忿，敷母，看似非敷對立。實際上應該是戴侗把「忿」讀成奉母字。《集韻》「忿」字已有父粉切讀音，《六書故》中「忿」作反切上字僅此 1 次，也比較特殊。《廣韻》「刜」字有二音，敷勿切，符勿切。若「忿」讀作奉母，則與《廣韻》的二音相對應。同時，分勿切與《廣韻》敷勿切相對應，也是非敷混切了，《說文》大徐本「刜」亦音分勿切，正是非敷母混切。

〔註10〕王力《漢語語音史》257 頁，商務印書館，2008 年。

〔註11〕姚志紅《〈說文解字〉大徐反切音系考》23 頁，首都師範大學碩士論文，2004 年。按，文中所列混切 27 例，其中「芬、鬮、枌、爺、衯」5 例，《廣韻》方文切，周祖謨有校，應作撫文切；方效岳《廣韻韻圖》亦列在敷母，不應看作混切。

2.1.4　微母與明、奉母相混

　　現代吳方言的微母字有文白兩讀，趙元任在《現代吳語的研究》中說：「微母大致白話讀 m（明母讀法），文言讀 v（奉母讀法）。」〔註12〕《增韻》中就有顯示南宋吳音中明微母相混的論述：仙韻彌連切綿小韻下重增「謾」字，注：「欺也。《禹貢傳》『欺謾』，師古音慢，又音武連反。吳人讀武如姥，是音與綿同。」「吳人讀武如姥」，就是明微母相混。《增韻》的編者毛氏父子是吳人，熟悉這種吳音的特點及其跟通語之間的區別，在編纂韻書時會尤其注意。雖然注意到這種區別，但在實際編纂中也難免有所疏漏，所以又會出現明微母相混的情況，在軫韻弭盡切泯小韻中重增了「吻」字。

　　上面列舉《六書故》的輕重唇混切中我們可以看到，《六書故》以微切明的14例反切也全部來自前代舊音，其中12例均與《說文》大徐本相同，從這一點上來看，明微混切的表現與幫非、滂敷、並奉三組相似。但明微之間的關係也有其特殊的地方，不僅混切數量和比例都更大，而且在反切用字上也出現了混切，「芒」作為反切上字10次，是常用的反切上字。除反切用字外，「滅」、「晃」等也是比較常用的字，這就明顯不同於其他三組輕重唇混切只出現在生僻字或有意存古的情況。所以，戴侗的實際語音中明微母很有可能是相混的。我們可以把《六書故》的音注和《增韻》作同樣的理解：作者區分明微母是以通語為標準，而其方言則仍有相混。

　　此外，《六書故》中有4例奉微母間的混切：

　　未，扶沸（奉未合三去止）/無沸（微未合三去止）。

　　晚，縛遠（奉遠合三上山）/無遠（微遠合三上山）。

　　望，扶放（奉漾合三去宕）/巫放（微漾合三去宕）。

　　犯，亡泛（微梵合三去咸）/防錟（奉范合三上咸）。

　　被切字「未」、「晚」、「望」都是極常用的字，而且《六書故》中沒有加注又音或說明，可見都是戴侗熟悉的讀音。而「犯」字尤其特殊，更能說明戴侗方音中奉、微母相混。《六書故》犯首音亡泛切，又防險切。「犯」字，《說文》大徐本防險切，《廣韻》防錟切，《集韻》父錟切，均只有上聲一音（《六書故》防險切應取自《說文》大徐本，與《廣韻》、《集韻》音比較，則是鹽、范韻相

〔註12〕趙元任《現代吳語的研究》63頁，商務印書館，2011年。

混），無去聲讀音。《六書故》上、去聲兼注，是宋代時音濁上變去的體現。「犯」也是個常用字，戴侗將去聲讀音列作首音，且《六書故》中「犯」作反切下字1 次，也取去聲，說明「犯」字的去聲讀音在當時已經占據優勢了。而在給這個沒有傳統韻書依據的新讀音標注反切時，戴侗以微切奉，肯定是受其實際讀音的影響了。

奉微母相混必然發生在輕重唇分化之後，小徐本《說文》反切輕重唇已分化，奉微母不混。〔註 13〕《增韻》中已有奉微母相混的例證，將《韻略》尾韻父尾切陫小韻，併入無匪切尾小韻；將《韻略》養韻文紡切罔小韻改為扶紡切，都是奉微母相混的表現。〔註 14〕《資治通鑑音注》中也有奉微母之間的混切 4 例：粢，扶圍；芴，扶拂；刜，扶粉；輞，扶纺。〔註 15〕其中「粢」、「刜」是常用字。而稍晚的元明之際陶宗儀的《南村輟耕錄》中的射字法材料明確顯示，輕唇音只有非、奉兩個，說明「古『非』、『敷』二母，吳方言並為 f，古『奉』、『微』二母，吳方言並為 v。」〔註 16〕從以上材料可見，吳語中奉微母相混最晚開始於南宋時期，到了元末明初，奉、微兩母已經合流。

微母與明母相混是古音的保留，與奉母相混則是從明母分化出來後的進一步演變，這兩種不同性質的讀音分布在今天吳方音的文讀和白讀層中。

2.1.5 輕唇音變為洪音

輕唇音和重唇音分布上互補，分化時是不會有對立的，但在其後的發展過程中，輕唇音由細音變為洪音，就有可能與重唇音形成對立了，《六書故》中的兩處對立：璠，步闌切，又父闌切；尃，芳無、普無二切，正是輕唇音變為洪音的體現。「璠」字上文已論，「尃」（即「敷」字），《廣韻》僅芳無切一音，集韻滂模切有「敷」字，義「陳也」，當是一字。《集韻》反切下字為一等字「模」，

〔註13〕王力《朱翱反切考》，《龍蟲並雕齋文集（第三冊）》248 頁，中華書局，1982年。

〔註14〕甯忌浮《古今韻會舉要及相關韻書》264、268 頁，中華書局，1997 年。

〔註15〕馬君花《胡三省〈資治通鑑音注〉輕唇音的研究》，寧夏大學學報（哲學社會科學版），2008 年第 2 期。

〔註16〕魯國堯《〈南村輟耕錄〉與元代吳方言》，《魯國堯語言學論文集》224 頁，江蘇教育出版社，2003 年。

《六書故》反切下字是三等輕唇微母字「無」，這說明「無」字已經有了一等讀音了。

此外，輕唇音以一、二等字作反切下字的，《六書故》中還有：鳳，馮貢/馮貢〔註17〕；賦，方布/方遇；凡，浮咸/符芝；帆，符咸/符芝；〔註18〕范，防減/防錢。輕唇音用洪音作反切下字，其本身必然已經變爲洪音了。

一、二等字用輕唇音作反切下字的，《六書故》中有5例。「濛」、「曹」、「尨」三字，均音謨逢切，對應《廣韻》莫紅切，《集韻》莫蓬切。雖然《六書故》中「逢」有重唇異讀，但其義爲「詩云『鼉鼓逢逢』，狀鼓聲也」，是很不常用的音義，按常例，戴侗不會選取其音作爲反切下字。所以，很有可能是「逢」的輕唇音已變爲一等洪音了。此外還有：困，苦問/苦悶；椁，古縛/古博。用輕唇音字作一等洪音的反切下字，說明其本身已經變爲洪音了。

《六書故》因其音注的繼承性，不可能完全改變輕唇音反切下字的系統，上面例證雖不很多，但作爲舊音反切中不可能出現的現象，且分布在輕唇十韻的六個韻中，可以說輕唇音變爲洪音的語音事實已經相當明顯了，這是南宋時音的體現。王力歸納宋代韻部凡輕唇音字均列在洪音〔註19〕，《六書故》表現出的輕唇音變爲洪音的例證都與其相合。

綜上，《六書故》音注唇音聲母重輕唇分化、非敷母合併、輕唇音變爲洪音，都是當時通語音系的反映。而微母與明母、奉母相混，則體現了吳語方音的特點。

2.1.6 特殊字音

1、以幫切滂

弸，北耕（幫耕開二平梗）/普耕（滂耕開二平梗）。

〔註17〕此例《廣韻》已是以一等反切下字切三等輕唇音字，《集韻》與《廣韻》反切相同，另《廣韻》東韻還有豐音敷空切，也是以一等字切三等輕唇音字，《集韻》改爲敷馮切。

〔註18〕凡、帆二字，澤存堂本《廣韻》符咸切，周祖謨校：「咸字誤，切三及故宮本、敦煌本王韻作芝，當據正。陳澧以爲《廣韻》作符咸者，因此韻字少，故借二十六咸之咸字，非也。」《集韻》亦作符咸切，邵榮芬《集韻音系簡論》（117頁）認爲《集韻》「咸」作反切下字是借韻。

〔註19〕王力《漢語語音史》296～341頁，商務印書館，2008年。

> 弸，北耕切，張急也。

《廣韻》「弸」音普耕切，「弸彋也。」又薄萌切，「弓彊皃。」《集韻》又增悲陵切，「弓彊皃。」披朋切，「弸彋，弓聲。」均無《六書故》北耕切音，義亦不合。《六書故》音是吳方音，《漢語方言大詞典》「弸」字義項 3：「凸出。吳語。浙江溫州[poŋ³³]：饅頭燠熟就會～起個……」〔註20〕《溫州方言詞典》「弸」音[poŋ˧]，注：「凸出：地板～起｜駱駝個背是～個。」〔註21〕音義均與《六書故》相合。

2、以幫切並

莘，補耕（幫耕開二平梗）/薄經（並青開四平梗）。

> 莘，普耕、補耕二切。《爾雅》曰：「莘，馬帚。」釋曰：「似蓍，可爲埽彗。」《詩》
>
> 云：「莘云不逮。」毛氏曰：「使也。」又曰：「莫予莘蜂。」《爾雅》曰：「粵
>
> 夆，掣曳也。」郭氏曰：「謂牽挽也。」

莘，《廣韻》薄經切，「馬帚，似蓍。又莘翳，雨師名也。」《集韻》旁經切，「草名，《說文》馬帚也。」又滂丁切，「莘蜂，摩曳也。通作蓂。」《六書故》二音與《廣韻》、《集韻》均不合。戴氏僅以小字引《爾雅》，可見他並不大贊成以草名釋「莘」字。大字所列《詩經》中的用例，均爲假借。《詩・大雅・桑柔》「莘云不逮」，《經典釋文》：「莘云，字又作迸，音普耕反，徐補耕反。本或作拼，同。使也。」《六書故》二音正來自《經典釋文》。《集韻》「拼、迸」有披耕切音，「使也。」亦同有補耕切音，義同。

3、以幫切群

颮（颶），補妹（幫隊合一去蟹）/衢遇（群遇合三去遇）（集）。

> 颮，補妹切，海之災風也。俗書誤作颶。

「颮、颶」字《廣韻》均未收。《集韻》「颶」，衢遇切，「越人謂具四方之風曰颶。」無「颮」字。《集韻》所言「越人」指的正是吳方言，戴氏亦曰「俗書誤作颶」，說明當時颶風的讀法和寫法至少在吳語地區已經很普遍了。李榮《颶

〔註20〕 許寶華、宮田一郎主編《漢語方言大詞典》5836 頁，中華書局，1999 年。

〔註21〕 李榮主編，游汝杰、楊乾明編纂《溫州方言詞典》343 頁，江蘇教育出版社，1998 年。

風的本字》一文詳細列舉了古文獻中「颶」字的用例，探討了「颶風」一詞在方言中的發展，並指出「『颶』從風從具，古書中有時誤作從風從貝。楊慎（一四八八～一五五九年）是非顛倒，居然以為從貝的是正字，從具的是誤字。」〔註22〕戴侗的論述說明「是非顛倒」的還不只楊慎一人。不過，戴侗並未說明其依據和理由，「颶」字在古書中的用例極少，其得名由來也不如「颶」字明確（「具四方之風」、「一曰懼風，言怖懼也」〔註23〕），我們還是把它當作「颶」的誤字比較合適一些。很明顯，這例幫群混切是因為對字形的不同理解造成的，並不是語音的問題。

4、以滂切幫

粃，匹履（滂旨開三上止）/卑履（幫旨開三上止）。

> 粃，匹履、補履二切，粟之不成粒者也。《書》曰：若苗之有莠，若粟之有粃。亦作秕。

《廣韻》「秕」音卑履切，「穤秕。」《集韻》「秕、粃」音頻脂切，「穀不成也。」又補美切，又補履切，均同義。無匹履切音。《六書故》於補履切外增匹履切音，置於首，應是戴侗熟悉的讀音，很可能是方音的一種讀法。

5、以並切滂

繽，毗民（並眞開三平臻）/匹賓（滂眞開三平臻）。

> 繽，毗民、紕民二切。繽紛，絲褖亂皃。……

《廣韻》「繽」音匹賓切，「繽紛。」《集韻》音同。均無毗民切音。《六書故》增毗民切音，置於首，應是戴侗熟悉的讀音，很可能是方音中的一種讀法。

6、以非切明

黴，府移（非支開三平止）/武悲（微脂開三平止）。

> 黴，府移切，中久雨青黑也。

《六書故》釋義與《說文》大徐本同，注音不同。《說文》大徐本音武悲切，《廣韻》亦音武悲切，「黴黧，垢腐皃。」又莫佩切，「點筆。」《集韻》旻悲切，「《說文》：『物中久雨青黑。』一曰敗也。」又莫佩切，「物中雨青黑也。一曰濡筆。」

〔註22〕李榮《颱風的本字（中）》，方言，1991 年第 1 期。

〔註23〕《太平御覽》卷九6，轉引自李榮《颱風的本字（上）》，方言，1990 年第 4 期。

又莫貝切，「濡筆也。」「黴」表示久雨後的黑斑、腐敗義，即今天常用的「霉」字。《六書故》的非母讀音不知何據。

2.2　舌　音〔註24〕

2.2.1　系聯和比較

　　《六書故》共有舌音反切 1903 個，直音 4 個，聲調標音 80 個。反切上字系聯結果如下：

　　端母：

　　都 103（當孤），丁 40（當經），當 19（都郎），多 18（得何），得 6（當則），冬 3（都宗），德 3（多則），的 2（都歷），典 2（多殄），丹 2（得干），底（都禮），覩（都古），滴（都歷），黨（多朗），董（得動）。

　　透母：

　　他 133（湯加），吐 30（他魯），湯 11（他郎），土 10（統五），闥 2（他達），託 2（他各），通（他紅），禿（他谷），統（他綜），坦（他但），天（他前），橐（他各），偷（他侯），托（湯何）。

　　定母：

　　徒 249（同都），杜 15（徒古），田 13（徒年），堂 10（徒郎），唐 9（徒郎），同 8（徒紅），達 7（唐割），蕩 6（徒浪），待 4（蕩亥），地 2（徒二），定 2（徒徑），代（徒耐），道（徒皓），動（杜總），佗（唐何），廷（唐丁）/特 14（敵德），亭 12（特丁），大 7（特奈），度 5（特路），迪 2（亭歷），牜犆 2（敵德）〔註25〕，敵（亭歷）。

　　泥母：

　　奴 60（乃都），乃 24（奴亥），諾 9（奴各），囊 5（奴當），那 4（諾舍），農 2（奴多），泥 2（奴氏），暔（乃管），年（泥賢）。

　　來母：

〔註24〕《廣韻》音系舌音包括舌尖音端組和舌上音知組，語音史上知組字在唐宋之間與齒音莊、章組合流，本文仍按《廣韻》音系將知組字放在舌音中系聯，其與莊、章組字的關係則在下節討論。

〔註25〕牜犆，《六書故》無字頭，在「特」字頭下，注「又作牜犆」。

力 167（六直），良 29（呂張），呂 15（力与），龍 12（力鍾），離 9（鄰支），陵 8（力膺），來 7（力該），里 6（良士），連 5（力延），鄰 4（力珍），閭 3（力居），六 2（力竹），劣 2（力輟），林 2（力尋），倫 2（龍春），籠 2（來充），浪 2（來碭），隴（力踵），隣（力珍）〔註26〕，栗（力質），輦（力展），列（力櫱），留（力求），兩（良獎），梁（呂張），釐（里之），律（劣戌）/盧 88（郎乎），郎 77（魯當），洛 36（盧各），魯 23（郎古），落 10（盧各），憐 10（落賢），歷 5（郎擊），勒 5（歷各），狼 2（盧當），路（洛故），犁（憐題）。

知（章*）母：

陟 78（竹力），竹 19（陟六），知 16（陟離），中 3（陟弓），展 2（知衍），追（陟惟），冢（知隴），主 6*（知予）。

徹母：

丑 54（敕九），敕 24（恥力），恥 7（丑己），抽 5（敕鳩），癡 3（丑之），褚 2（丑呂）〔註27〕，勑 2（恥力）。

澄母：

直 126（除力），陳 10（池鄰），宅 8（場伯），丈 6（直兩），池 5（直之），持 5（直之），治 4（直之），仲 3（直眾），除 3（直魚），柱 3（直主），傳 3（重緣），重 2（直容），馳 2（直離），廚 2（直朱），澄 2（直陵），遲（直尼），場（直良），擇（直伯），佇（丈侶），篆（柱兗）。

娘母：

女 33（尼呂），尼 16（女夷），昵 10（尼質）。

反切比較的數據爲：

自切：

端母 191，透母 193，定母 373，泥母 100，來母 544。知母 126，徹母 97，澄母 186，娘母 57。

混切：

端/知 8，端/透 1，端/定 1，端/昌 1，端/影 1；透/徹 1，透/定 2；泥/娘 7，泥/日 1；來/疑 1。知/莊 2，知/章 4，知/徹 1；澄/徹 1，澄/禪 2；娘/泥 2。

〔註26〕隣，《六書故》無字頭，在「鄰」字頭下，小字注「別作隣」。

〔註27〕褚，《六書故》首音中呂、丑呂二切，作反切上字取丑呂切。

2.2.2　端知組分化

　　《廣韻》音系端知組聲母已分化，但反切中還有少量端知混切，是古反切的遺留，如江韻都江切「椿」小韻，脂韻丁尼切「胝」小韻，皆韻杜懷切「擂」小韻，仙韻丁全切「虇」小韻，語韻丁呂切「貯」小韻，馬韻都賈切「觰」小韻，鎋韻丁刮切「䫉」小韻，點韻丁滑切「窡」小韻等，這些反切雖使用端組反切上字，實際讀音是知組，《集韻》中已將這些小韻的反切都改爲音和切。

　　知組聲母從端組聲母中分化出來，是以等爲條件的，端組聲母切一、四等韻，不與二、三等韻相切，這是通常的規則。但《廣韻》中也有極少量端組聲母切二、三等韻的情況，通常認爲並非單純的古反切的保留，而是實際語音，包括至韻定母徒四切「地」小韻，與澄母直利切「緻」小韻對立；梗韻端母德冷切「打」小韻，與知母張梗切「盯」小韻對立；職韻端母丁力切「扻」小韻，與知母竹力切「陟」小韻對立〔註28〕；鎋韻透母他鎋切「獺」小韻，與徹母丑鎋切「頒」小韻對立。《集韻》中這種對立小韻的數量更多，邵榮芬認爲裏面有些可能依然是沒有折合的古反切，有些能在現代方言中找到證據，是實際語音裏古音的遺留，「在端、知分化過程中，少數沒有，或暫時沒有參加分化的，自然就在二、三等韻裏形成了類隔。」〔註29〕這種類隔是少部分字的實際語音，但並非整個系統上的相混。《六書故》中「地、打、獺」字也與《廣韻》同音，還有「汏」音廷皆切，與《集韻》度皆切音同，這幾例都不列入端知組混切。

　　《六書故》音注中端、知兩組聲母不相系聯，反切比較中有 17 例混切，包括端知混切 8 例，透徹混切 1 例，泥娘混切 9 例，無定澄混切。可以說《六書故》音注中端知兩組聲母的分別已經相當明確。我們下面具體分析一下端知組之間的 17 例混切。

1、端知混切 8 例

　　窡，丁滑切。《六書故》：「《說文》曰：『物在穴中貌。』」小字注：「又窡亦丁滑切，《說文》曰：『穴中見也。』」又有「䆟」字，丁滑切。《六書故》：「《說文》曰：『口滿食也。』」「窡、窡、䆟」三字，《說文》大徐本均音丁滑切，《廣

〔註28〕嚴學宭認爲「扻」字是《廣韻》增加字，不妥。載《廣韻導讀》174 頁，中國國際廣播出版社，2008 年。

〔註29〕邵榮芬《集韻音系簡論》57 頁，商務印書館，2011 年。

韻》「窡、窋」亦音丁滑切。由《六書故》釋義僅引《說文》可見，「窋、窡、窋」三字均非常用字，《六書故》應是襲用《說文》音切。

劅，都括、丁劣二切。《六書故》小字注：「又作『朘』，《說文》曰：『挑取骨間肉也。』」「劅、朘」，《說文》大徐本均音陟劣切，《廣韻》均有二音，丁括切和陟劣切，與《六書故》二音正相對應。《六書故》的丁劣切音有可能來自《經典釋文》。《經典釋文》：「劅，丁悅反，《說文》云『利也』。《廣雅》云『削也』。又都活反。」無「朘」字。《經典釋文》反切下字為「悅」，《六書故》「劣」與其用字不同，但《經典釋文》中還有幾個與「劅」同聲符的字，如「惙、輟、畷、綴」，均音丁劣反。

斲，丁角切。《說文》大徐本、《廣韻》均音竹角切，是音和切。但早期切韻系韻書如故宮王韻作丁角反。《經典釋文》中「斲」字多次出現，有丁角、陟角和竹角三個反切。唐代何超的《晉書音義》中也有丁角反音。值得注意的是，《晉書音義》中出現的端、知兩母的混切共 12 例，丁角反就有 6 例，被切字分別為「琢、啄、涿、斲、晫、倬」，再加上「戇」音丁降反，江攝字占了總數的一大半。〔註 30〕江攝在中古與宕攝合流，主要是跟宕攝一等唐韻合流，那麼其二等字的地位就應該改變了。這種合流發生的早晚，以及地域上的不平衡，或許會讓江攝字的讀音保留古音端組聲母的數量更多一些。我們再看下面《六書故》中的另一例，就更清楚了。

涿，竹角、滴角二切。《說文》大徐本竹角切，《廣韻》竹角切。《六書故》給「涿」字標注二音，既有音和切的竹角切，又有類隔切的滴角切，形成了對立。這一方面說明戴侗的音系中端知兩母確實有分別；另一方面，也說明「涿」字的端母讀音很可能是戴侗的實際語音，而不只是沿襲前代音切未加改造的類隔切。

《增韻》在其卷首《進增修互注禮部韻略表》中有一段話：「《廣韻》以武移反渺瀰之瀰當民卑切，以房脂反輔毗之毗當頻彌切，以符羈反皮革之皮當蒲縻切；陸德明以武巾反旻天之旻當彌鄰切，以丁丈反長幼之幼當展兩切，以布內反悖禮之悖當蒲昧切，以丁角反樸斲之斲當側角切，至於音訓差誤未易縷舉。」這些舉例（除

<hr>

〔註30〕邵榮芬《晉書音義反切的語音系統》，載《邵榮芬語言學論文集》127 頁，商務印書館，2009 年。

「悖」字外）都是針對唇音、舌音的古今類隔的，其中舌音也提到了「斵」字（《增韻》改爲側角切，則是知莊母相混了），這也說明，丁（滴）角切這個讀音很可能是當時實際語音中，特別是吳語讀音中存在的。

獠，都狡切。《六書故》中「獠」字首音力照切，注：「《爾雅》日：宵田曰獠。」又都狡切，注：「夷獠也。」（別作獠）《廣韻》「獠」音落蕭切，「夜獵也。」又盧皓切，「西南夷名。」又張絞切（作獠），「夷別名。」《六書故》都狡切音義正對應《廣韻》張絞切。《六書故》此音義與《增韻》相同，《增韻》巧韻：「獠，都絞切。西南夷名，亦作獠。」

爹，徒可、陟邪、的奢三切。徒可、陟邪二音，均見於《廣韻》，而的奢切音，《廣韻》、《集韻》均未收。「的」爲端母，「奢」爲麻韻三等，是端母聲母切三等字，而且正與陟邪切形成聲母的對立。《廣韻》、《集韻》中的陟邪切，是端知母未分化時的混切，端知分化後，按規律應讀知母，但因爲「爹」字常用，聲母仍保留端母讀音。《龍龕手鏡》有音都邪切，《韻鏡》雖注陟邪切，卻將「爹」字列在四等，都是當時實際語音「爹」字有端母讀音的證據。〔註31〕

2、透徹混切 1 例

瞠，他庚、他郎二切，注：「張目直視也。莊周曰：『夫子奔軼絕塵，而回瞠若乎後矣。』」瞠，《廣韻》丑庚切，「直視兒」。《集韻》有 6 音，其中抽庚切，「直視也」；他郎切，「直視也」，與《六書故》對應。《經典釋文》「瞠」字僅出現一次，所注之處正是《六書故》中所引《莊子·田子方》文：「瞠，敕庚反，又丑〔註32〕郎反。《字林》云『直視貌』。一音杜梗反。又敕孟反。」《漢書·外戚列傳》：「武因問客：『陛下得武書，意何如？』曰：『愓也。』」顏師古注：「服虔曰：『愓，直視貌也。』師古曰：愓音丑庚反。字本作瞠，其音同。」各書反切上字均作徹母，《六書故》他庚切音應該不是沿襲自前代音切。

3、泥娘混切 9 例

泥娘母的 9 例混切中，有 2 例反切與《廣韻》相同，均爲以泥切娘：淖，

〔註31〕「爹」字讀音陳燕辯之甚詳，見陳燕《「爹」字二音考》，載《辭書研究》2003 年第 3 期。

〔註32〕丑，通志堂本《釋文》作「尹」，黃焯《經典釋文彙校》：「尹，宋本同，何校本作丑，是也。吳云，尹爲丑之形訛。」

鬧，奴教/奴教。另外 7 例如下：

以泥切娘 5 例：

㜠，乃倚切。《說文》未收「㜠」字，《廣韻》女氏切，是娘母自切。

獳，奴交切。「獳」字，《六書故》首音奴刀切，又奴侯切，又奴交切。三音同為泥母。《說文》大徐本乃侯切，《經典釋文》乃（奴）侯反，均無奴交切音，《廣韻》女交切，是音和切。

㹶，奴交切。《說文》大徐本、《廣韻》、《經典釋文》均音女交切，是音和切。

拏，奴加切。《說文》大徐本、《廣韻》均女加切，是音和切。《六書故》中「拏」、「挐」兩字頭相連，「挐」音女居切，小字注「又女加切。按，『拏』與『挐』通。」這裏戴侗認為兩字相通，很有可能把女加切跟前面「拏」字的奴加切看作是同音的。

丑（別作「扭」〔註33〕），奴九切，《說文》無此音，《廣韻》女九切，是音和切。

以娘切泥 2 例：

苶，尼結切。《說文》未收此字，《廣韻》奴結切，是音和切。

肭，女骨切。《說文》大徐本女滑切，《六書故》又音女滑切，與《說文》大徐本同。《廣韻》內骨切，是音和切。

《六書故》的這 7 例混切都不是沿襲自前代，特別是「獳、肭」二字，《六書故》給每字注多個讀音時都使用相同的反切上字，可見戴侗有意統一反切上字，卻未注意到泥、娘母的讀音區別。

《增韻》中有明確的吳音端知相混的論述，在眞韻「珍」字下注：「舊作知鄰切，《廣韻》作陟鄰切，《玉篇》作張鄰切，並與之人切同（按，此處知、章相混）。若吳音則呼如丁鄰切，非。」《增韻》中端知類隔的反切極少，就和《六書故》同有「獠」字，可見，「獠」字在當時吳音裏確有都狡切音。

吳音某些端知母字相混是古音的遺留，但並非完全相混，而是大部分已經分化，少部分知組字依然保留端組讀音。《增韻》中知組聲母與莊、章組聲母相

〔註33〕丑，《六書故》首音奴九切，注「手丑取物也，或曰手械也。象形。」小字注「又作『扭』、『杻』……」。選《廣韻》「扭」字與之對比。

混，《六書故》中知組聲母與莊、章、精組聲母均有相混（見下節「齒音」），必然是在端、知組分化之後才能出現的情況。

《六書故》還有一處小字的注釋：

咥，……徒結切，《易》曰：「履虎尾，咥人，兇。」噬也。陸氏直結切，蓋閩音也。

戴侗認爲陸德明定澄混切是閩音，說明宋代閩方音如此，現代閩方音也有這個特點。這也能證明，吳音中定、澄母是有分別的。

綜上，《六書故》音系中，舌音端組和知組已經分化，但也有少部分字相混，是方音中古音的殘留。

2.2.3　特殊字音

1、以端切透

暾，都昆（端魂合一平臻）/他昆（透魂合一平臻）。

> 暾，都昆切，又他昆切，日初出昀物也。

「暾」字，《廣韻》音他昆切，「日出貌。」《集韻》音義同。《六書故》將都昆切置於首音，將《廣韻》中的他昆切置於又音，可見其更認可都昆切音，都昆切很可能方音中的一種讀法。

2、以端切昌

襜，都藍（端談開一平咸）/處占（昌鹽開三平咸）。

見 3.16.7。

3、以端切影

毐，都告（端沃合一入通）/於改（影海開一上蟹）。

> 毐，都告切。《說文》曰：「人無行也，从士，从毋。賈侍中說。秦始皇母與嫪毐淫，
>
> 坐誅，故世罵淫曰嫪毐。讀若娭，過在切。」按毐音當从度告切，毒以毐爲聲。

毐，《廣韻》於改切，與《說文》音義同。又烏開切，同義。《集韻》亦同。由小字按語可知，《六書故》都告切音爲戴侗自擬。「毒」，《六書故》亭沃切，戴侗給「毐」字擬都告切音，與「毒」字同在沃韻，聲母同爲端組。

4、以透切定

紿，他亥切。（透海開一上蟹）/徒亥（定海開一上蟹）。

> 紿，他亥、徒亥二切。《說文》曰：「絲勞即紿。」借爲欺紿之紿，
>
> 別作詒。《說文》曰：「相欺詒也。」

紿，《廣韻》徒亥切，「欺言詐見。又絲勞也。」《集韻》蕩亥切，「《說文》：『絲勞即紿。』一曰纏也。」又湯來切，「縣緼。」又丑升切，「絲勞也。」又持陵切，「絲勞也。」均無他亥切音。《增韻》「紿」重增他代切音，「欺也，又絲縈難理。」與《六書故》他亥切同爲透母，但爲去聲。《集韻》「詒」字亦有他代切音，注：「懈倦兒。」疑戴侗此處他亥、徒亥二音實際讀音均爲去聲，反切下字「亥」濁上變去，則與《增韻》「紿」字、《集韻》「詒」字讀音相合。

5、以泥切日

廿，尼至（泥至開三去止）/人執（日緝開三入深）。

> 廿，二十切，二十之合稱也。按今俗呼若念，蓋二十有尼至切之音，
>
> 故又轉而爲念。

廿，《廣韻》人執切，「《說文》云：『二十并也。』今作廿，直以爲二十字。」《集韻》音義略同。均無 「念」 及尼至切音。「念」音與今音同，應是後起的讀音，戴侗以之爲「俗呼」，可見這個讀音在當時應用已經很普遍了。戴侗分析了「廿」字能產生「念」音的原因，認爲是尼至切的音轉，說明尼至切也是當時「廿」字實際讀音的一種。

6、以來切疑

鶂，郎鷿（來錫開四入梗）/五歷（疑錫開四入梗）。

> 鶂，五歷切，又郎鷿切。綬鳥也。……

鶂，《廣韻》五歷切，同「鷁、鷊」，「水鳥也。」《集韻》倪歷切，同「鷁、鶃、鷊」，「《說文》『鳥也』，引《春秋傳》文『鶂退飛』。」均無郎鷿切音。《廣韻》郎擊切靂小韻中有「鬲」字及「薚」、「鎘」、「鰳」等字，都以「鬲」爲聲符，大概「鶂」字在方言中也很可能有來母的異讀。《六書故》郎鷿切可能是方言中的一種讀法。

7、以知切徹

偵，知盈（知清開三平梗）/丑貞（徹清開三平梗）。

> 偵，知盈切，窺伺也，亦作窺。

偵，《廣韻》丑貞切，「偵候。」又丑鄭切，「偵問。」《集韻》增知盈切音，但作爲「貞」的異體，注「《說文》：『卜問也……』」與《六書故》音同，但明顯意義不合。《六書故》「偵」表偵伺義讀知母，與今音相合，應是南宋的新讀音。

8、以澄切徹

矗，直六（澄屋合三入通）/丑六（徹屋合三入通）。

> 矗，初六、直六二切。孫恬曰「直兒」。《類篇》曰「草木盛也」。

矗，《廣韻》初六切，「直兒。」又丑六切，「直也，又齊也。」《集韻》初六切，「草木盛也。一曰直兒。」又勑六切，「長直兒。」又丑眾切，「直兒。」均無直六切音。戴侗將直六切與初六切並列，應是方言中有此一讀。

2.3　齒　音

2.3.1　系聯和比較

《六書故》共有齒音反切 2314 個，直音 5 個，聲調標音 81 個。反切上字系聯的結果爲：

莊（精*、知**）母：

側 77（阻力），阻 13（側呂），莊 9（側羊），甾 4（側持）〔註34〕，葘 3（側持），緇（側持），札（側八），作 17*（側各），宗*（作多），宰*（作亥），張 13**（葘良）。

初母：

楚 41（創舉），初 24（楚居），測 4（察色），察 2（楚八），創 2（初良），刱（初亮）。

崇（從*）母：

〔註34〕甾，《六書故》無字頭，在「葘」字頭下，小字注：「《說文》唐本曰：『古文作甾。』」

鉏 27（士魚），士 21（鉏里），雛 5（士余），仕 4（鉏里），牀 4（士莊），助 4（牀據），耡（士魚），鋤（士魚）〔註35〕，昨 30*（在各），才 29*（鉏哉），在 21*（才載），前 3*（昨先），惢*（才枀），牆*（才良）。

生母：

所 84（疏與），疏 18（所菹），師 14（疏夷），色 13（所力），山 10（色閑），雙 2（所江），爽 2（疏兩），殺 2（山戞），史 2（爽士），疎（所菹）〔註36〕，率（所律），霜（師莊），數（爽主）。

章母：

之 81（止而），職 30（質力），止 10（祗耳），質 7（之日），旨 6（職雉），隻 2（之石），專 2（職緣），祗 2（旨移），遮（之奢）/諸 24（章魚），章 20（諸良），朱 17（章俱），征 4（諸盈），煮 3（章與），掌 2（諸兩），烝 2（煮仍），支（章移），脂（烝夷）。

昌母：

昌 35（尺良），尺 34（昌石），齒 9（赤里），蚩 7（赤之），処 3（昌與），赤 2（昌亦），稱 2（齒仍），充（昌終），處（昌與）〔註37〕，川（昌緣），穿（昌緣），鴟（処脂）。

船母：

食 22（乘力），實 6（神質），神 4（食鄰），乘 3（食陵），示 2（神至），射（食夜），船（乘川）。

書（心*）母：

式 47（賞職），失 13（式質），舒 13（傷魚），書 12（商魚），施 8（式支），尸 8（式脂），商 8（式易），詩 7（書之），始 5（詩止），輸 4（式朱），賞 3（式掌），矢（式視），暑（舒呂），傷（尸章），筍*（舒隕）/識 3（設職），設 2（識列），升 2（識烝）。

禪（邪*）母：

〔註35〕耡、鋤 2 字，《六書故》無字頭，在「鉏」字頭下，注「又作耡、鋤」。

〔註36〕疎，《六書故》無字頭，在「疏」字頭下，注：「今俗疏密之疏作疎，《說文》無此字。」

〔註37〕處，《六書故》無字頭，在「処」字頭下，注：「亦作處，虎聲。」

市 31（時止），時 31（辰之），常 28（市羊），是 13（承旨），殊 6（市朱），上 6（時掌），植 6（常職），承 5（辰陵），豎 3（上主），辰 2（植鄰），氏 2（承旨），成（時征），樹（常句），殖（常職），甚（常枕），淳（殊倫），旬*（常倫）。

日母：

如 46（而朱），而 44（如之），人 22（如鄰），汝 10（而渚），儒 9（人朱），尒 9（兒氏），乳 6（尒主），仍 3（如陵），忍 3（尒軫），兒 2（汝移），耳 2（柔以），仁（如鄰），二（而至），柔（而由），濡（儒朱）。

精（莊*）母：

子 130（即里），即 39（子力），祖 24（則古），則 19（即德），咨 6（即移），臧 4（則郎），茲 3（子之），苴（子余），卪（子結），獎（子兩），精（子盈），摠（祖孔），尊（祖昆），遭（臧曹），足（卪栗），租（尊吾），壯 3*（則亮）/將 26（資良），津 12（將鄰），資 9（津司），遵 4（將倫），牋 3（將先）〔註38〕，姊（將几），煎（將僊），滋（津之），借（資夜）。

清（昌*）母：

七 113（親吉），倉 45（七岡），千 30（此先），此 9（雌氏），逡 8（七倫）〔註39〕，親 6（雌人），粗 5（倉胡），雌 3（七移），淺 3（七衍），取 2（此苟），次（七四），趨（七須），蒼（七岡），采（倉宰），寸（倉困），樞 2*（七余）。

從（禪*）母：

徂 31（叢租），叢 2（徂宗），齊（徂奚），石 3*（徂亦）/疾 28（秦悉），慈 15（疾之），秦 11（自人），自 5（疾二），字 2（疾置），藏 2（慈郎），從（疾容），情（慈盈）。

心母：

穌 56（孫呼），先 21（穌前），孫 3（穌昆），顙（穌朗），三（穌甘）/息 83（相即），相 29（息亮），思 16（息茲），蘇 16（素孤），私 13（息夷），桑 13（息郎），須 9（相俞），斯 5（息移），悉 5（息七），素 5（桑故），雖 4（息遺），寫 4（悉也），辛 3（息鄰），選 3（須沇），雪 2（相說），新 2（斯人），司（息茲），四（息利），脩（息流），胥（相居），荀（相倫），小（私兆），想（寫兩）。

〔註38〕牋，《六書故》無字頭，在「箋」字頭下，注「又作牋」。

〔註39〕逡，《六書故》無字頭，在「夋」字頭下，注「亦作逡」。

邪母：

似 28（詳里），徐 23（祥朱），詳 13（似羊），祥 8（似羊），夕 4（祥亦），
辭 2（似茲），詞 2（似茲）〔註40〕，象 2（徐兩），松 2（祥容），敘 2（象呂）。

反切比較的數據爲：

自切：

莊母 97，初母 71，崇母 60，生母 150。章母 212，昌母 98，船母 32，書
母 133，禪母 131，日母 152。精母 299，清母 224，從母 176，心母 296，邪母
83。

混切：

莊/端 1，莊/知 2，莊/初 2，莊/章 2，莊/精 6，莊/從 1；初/徹 1，初/清 2；
崇/澄 1，崇/從 4，崇/邪 1，崇/心 1；生/心 1。章/知 7，章/徹 1，章/精 1；昌/
知 1；船/禪 6，船/邪 1；書/心 5；禪/崇 1，禪/船 4，禪/書 1，禪/從 2，禪/邪 2；
日/定 1，日/船 1，日/禪 3，日/從 2，日/邪 1。精/知 1，精/莊 2，精/章 2，精/
清 6，精/從 1；清/徹 1，清/初 1，清/昌 3；從/崇 4，從/禪 2，從/心 1，從/邪 1；
心/生 4，心/書 2；邪/船 2，邪/從 2。

2.3.2　齒音各組聲母相混

《六書故》音注中知、莊、章、精各組聲母間都有混切，具體如下：

1、知莊組混切 6 例

蝨，陟八（知黠開二入山）/側八（莊黠開二入山）（集）。

戢，陟立（知緝開三入深）/阻立（莊緝開三入深）。

張*，菑良（莊陽開三平宕）/陟良（知陽開三平宕）。

丁，菑耕（莊耕開二平梗）/中莖（知耕開二平梗）。

搐，初六（初屋合三入通）/勑六（徹屋合三入通）（集）。

霅，士甲（崇狎開二入咸）/丈甲（澄狎開二入咸）。

2、知章組混切 14 例

摯，陟利（知至開三去止）/脂利（章至開三去止）。

寘，陟吏（知志開三去止）/支義（章寘開三去止）。

主＊，知予（知語開三上遇）/之庾（章麞合三上遇）。

舟，張流（知尤開三去流）/職流（章尤開三去流）。

鐲，直玉（澄屋開三入通）/市玉（禪屋開三入通）。

𡑡，馳僞（澄寘合三去止）/是爲（禪寘合三去止）。

椿，朱江（章江開二平江）/株江（知江開二平江）。

腄，朱垂（章支合三平止）/竹垂（知支合三平止）。

懥，脂利（章至開三去止）/陟利（知至開三去止）。

畷，朱衛（章祭合三去蟹）/陟衛（知祭合三去蟹）。

轛，朱衛（章祭合三去蟹）/追萃（知至合三去止）。

𥭩，之律（章術合三入臻）/竹律（知術合三入臻）。

餦，諸良（章陽開三平宕）/陟良（知陽開三平宕）。

吒，尺駕（昌禡開二去假）/陟駕（知禡開二去假）。

3、知精組混切 2 例

塡，即刃（精震開三去臻）/陟刃（知震開三去臻）。

𢧵（戳），七角（清覺開二入江）/勑角（徹覺開二入江）。〔註41〕

4、莊章組混切 3 例

眞，側鄰（莊眞開三平臻）/職鄰（章眞開三平臻）。〔註42〕

篸，側沈（莊寢開三上深）/職深（章侵開三平臻）。

厑，上史（禪止開三上止）/鉏里（崇止開三上止）。

5、莊精組混切 26 例

績，側吏（莊志開三去止）/則歷（精錫開四入梗）。

薦，側甸（莊霰開四去山）/作甸（精霰開四去山）。

挫，側臥（莊過合一去果）/則臥（精過合一去果）。

螿，側良（莊陽開三平宕）/即良（精陽開三平宕）。

作＊，側各（莊鐸開一入宕）/則落（精鐸開一入宕）。

〔註41〕𢧵、戳，《六書故》無字頭，在「刺」字頭下，注：「又七角切，刺之重而疾也。
　　　別做戳、𢧵。」𢧵，《廣韻》勑角切；戳，《廣韻》無，《集韻》勑角切。

〔註42〕此例澤存堂本《廣韻》作「側鄰切」，周祖謨校語：「切三作職鄰反，是也。眞，
　　　《玉篇》音之仁切，《集韻》音之人切，之職聲同一類。」

簪，側含（莊覃開一平咸）/作含（精覃開一平咸）。

漬，側刺（莊至開三去止）/疾智（從至開三去止）。

壯*，則亮（精漾開三去宕）/側亮（莊漾開三去宕）。

責，則革（精麥開二入梗）/側革（莊麥開二入梗）。

囪，楚紅（初東合一平通）/倉紅（清東合一平通）（集）。

差，楚何（初歌開一平果）/七何（清歌開一平果）。

琤，七庚（清庚開二平梗）/楚庚（初庚開二平梗）。

淙，鉏弓（崇東合三平通）/藏宗（從多合三平通）。

才*，鉏哉（崇咍開一平蟹）/昨哉（從咍開一平蟹）。

鏨，鉏敢（崇敢開一上咸）/才敢（從敢開一上咸）。

鑒，士監（崇鑑開二去咸）/藏濫（從鑑開二去咸）。

尋，士箴（崇侵開三平深）/徐林（邪侵開三平深）。

眦〔註43〕，在解（從卦開二去蟹）/士懈（崇卦開二去蟹）。

潺，昨閑（從山開二平山）/士山（崇山開二平山）。

漸，疾銜（從銜開二平咸）/鋤銜（崇銜開二平咸）（集）。

閘，徂甲（從狎開二入咸）/士洽（崇洽開二入咸）。

撒，山戛（生黠開二入山）/桑葛（心曷開一入山）（集）。

蛸，相交（心肴開二平效）/所交（生肴開二平效）。

削，息教（心效開二去效）/所教（生效開二去效）（集）。

颼，蘇求（心尤開三平流）/所鳩（生尤開三平流）。

鎪，先侯（心侯開一平流）/所鳩（生尤開三平流）。

又有「嵸」字，《六書故》鉏宮切，又上聲，上聲爲崇母董韻。《集韻》才總切，從母董韻，《六書故》相當於以崇切從。又有「巢」字，《六書故》版本有差異，李元鼎刊本「徂交切」，是以從切崇；明影抄元本「鉏交切」，則是崇母自切。

上面莊、精兩母之間的混切，反切上字大都與「側」或「則」有關，「側」

〔註43〕眦，《六書故》在「眥」字頭下，音在詣、在解二切，注：「又作眦。」此處以「眦」及在解切音，與《廣韻》對比。另，《六書故》無「懈」字頭，「解」字頭下有胡戒切音，小字注「別作懈」，此處「在解切」作爲去聲。

和「則」分屬莊母和精母，字形相近，古書偶有訛誤，《六書故》中會不會是因為字形的訛誤造成這麼多的混切呢？這個原因不能絕對排除，但也是未必是主要的原因。一是《六書故》不同版本間並沒有差異，二是《六書故》中有些討論可證明不是字形訛誤，我們看「壯」字：

> 壯，則亮切。人生三十曰壯。《說文》曰「大也」。《爾雅》釋曰：「秦晉之間凡人之大謂之奘。」徂朗切。

戴侗以「奘」來解釋「壯」，顯然認為二者音義接近，而「奘」屬從母，正是精組字。所以《六書故》音「則亮切」，更可能是因為戴侗實際讀音中莊、精組相混，而不是因為字形訛誤。

6、章精組混切 25 例

盡，之忍（章軫開三上臻）/即忍（精軫開三上臻）。

劀，子例（精霽開四去蟹）/征例（章霽開四去蟹）。

呻，子浚（精稕合三去臻）/朱閏（章稕合三去臻）。

觸，此欲（清屋合三入通）/尺欲（昌屋合三入通）。

眵，七支（清支開三平止）/叱支（昌支開三平止）。

摳*，七余（清虞合三平遇）/昌朱（昌虞合三平遇）。

循，船倫（船諄合三平臻）/詳遵（邪諄合三平臻）。

俶，詳六（邪屋開三入通）/神六（船屋開三入通）（集）。

麝，夕夜（邪禡開三去假）/神夜（船禡開三去假）。

廝，式支（書支開三平止）/息移（心支開三平止）。

筍*，舒隕（書軫合三上臻）/思尹（心準合三上臻）。

泄，舒列（書薛開三入山）/私列（心薛開三入山）。

脩，詩姚（書宵開三平效）/蘇彫（心蕭開四平效）。

胥（《廣韻》作「蝑」）[註44]，詩夜（書禡開三去假）/司夜（心禡開三去假）。

戍，須遇（心遇合三去遇）/傷遇（書遇合三去遇）。

[註44] 胥，《六書故》首音相居切，注「鹽漬魚蟹之屬曰胥。又詩夜切。」小字注「亦作『蝑』、『蜥』」。《廣韻》禡韻「蝑」字，注「鹽藏蟹」，與其義相合。《集韻》「蝑」字，有異體『蝑』、『蜥』」，與《六書故》合。

向，息亮（心漾開三去宕）/式亮（書漾開三去宕）（集）〔註45〕。

旬*，常倫（禪諄合三平臻）/詳遵（邪諄合三平臻）。

灊，市淫（禪侵開三平深）/徐林（邪侵開三平深）。

聚，時句（禪遇合三去遇）/才句（從遇合三去遇）。

蓁，市臻（禪臻開三平臻）/匠鄰（從眞開三平臻）。

吮，徂允（從準合三上臻）/豎尹（禪準合三上臻）。

石*，徂亦（從昔開三入梗）/常隻（禪昔開三入梗）。

翔，如羊（日陽開三平宕）/似羊（邪陽開三平宕）。

嶑，如猶（日尤開三平流）/自秋（從尤開三平流）。

漸，濡染（日琰開三上咸）/慈染（從琰開三上咸）。

從整體數據上看，各組混切所佔的比例都不大，比例最大的莊精組，兩組反切總數 1516 例，混切 26 例，僅占 1.7%，數據上不足以合併。以單個聲母看，比例最大知章母，兩母反切總數 354 例，混切 11 例，僅占 3%，數據上也不足以合併。可以說，從數據統計上看，《六書故》音注的齒音系統與《廣韻》無異。

但以上這些混切已經很明顯地反映出戴侗的實際語音知、莊、章、精組相混的特點。第一，多個反切上字的注音出現混切，包括用作反切上字次數較多的「張 13、作 17、才 29」等字。第二，這些混切大都不是繼承自前代，而且有很多常用字，如「張、舟、主、眞、作、壯、才、尋」等字。我們可以比較，與「尋」字同音的「潯、蟳」字，《六書故》中均注徐林切，與《廣韻》相同，唯獨這個更常用的「尋」字，注成了士箴切。這也說明在常用字上，戴侗更有自信，不嚴格照搬前代的韻書字書。第三，《六書故》中沒有出現這四組聲母之間相同發音部位的對立（僅 1 例看似對立的「崝」字，實際並非對立，我們下文討論）。

所以，即使說《六書故》音注在比較中體現出的整體數據關係與《廣韻》無異，這些具體的混切也能反映出戴侗實際語音，是有分析和討論價值的。

知、莊、章組合流是宋代通語的特點，三十六字母中已將莊、章組合併爲照組。宋代的韻圖《盧宗邁切韻法》中合知、照於一列，有按語：「知照字、非

〔註45〕「向」，《廣韻》有式亮切音，義「人姓」。《集韻》式亮切，「國名，一曰沛縣，一曰周邑。亦姓。」《六書故》「又借爲國名」，與《集韻》合。

敷字、徹穿字母下字，呼吸相同，故錄出以辨切字時，歸母無差。」〔註 46〕王力《漢語語音史》根據朱熹反切歸納宋代音系也合併知、照爲一組〔註 47〕。戴侗處於南宋末年，通語音系知、莊、章組理應合併，《六書故》音注中的知、莊、章組相混符合宋代語音的實際。而且《六書故》音注中知、莊、章組聲母都跟精組相混，也可證三組聲母已經合流。

至於知、莊、章組與精組的混切，在《六書故》的混切數量中佔了最大的比例，應是戴侗的方音的表現。今天的吳方言齒音聲母都讀如精組，混而不分，《六書故》中的混切正符合這一特點。《六書故》之前的反映吳語語音的材料，《說文》小徐本的反切中知、莊、章、精組不混，《增韻》中也沒有確鑿的知、莊、章組與精組相混的例證（劉曉南輯出 5 例，但據其分析和相關校勘材料，都有可能是版本或字形訛誤的問題，不能作爲確證〔註 48〕）。而比《六書故》稍後的胡三省《資治通鑑釋文》音注中，知、莊、章組聲母與精組則多有混切。〔註 49〕元末明初的陶宗儀《南村輟耕錄》中的射字法，也明確顯示出知照組與精組相混，李新魁認爲射字法的資料可證明知照組與精組已經合併〔註 50〕，魯國堯認爲知照組與精組分立，但有部分相混的現象，或許反映了知照組字向精組字過渡的歷史演變。〔註 51〕從以上材料中的表現，可看出《六書故》音注反映出的知、莊、章組聲母與精組合流，是南宋吳語方音的特點，至於是完全合流還是正處於合流的過程中，尚不能下定論。《六書故》音注知照組聲母與精組合流是現今已研究的吳語語音材料中時期較早的表現。

2.3.3　濁塞擦音與濁擦音相混

上面我們討論舌音各組聲母合流時，列舉的混切裏面有不同發音部位的聲

〔註46〕轉引自魯國堯《〈盧宗邁切韻法〉述論》，《魯國堯語言學論文集》365 頁，江蘇教育出版社，2003 年。

〔註47〕王力《漢語語音史》291 頁，商務印書館，2008 年。

〔註48〕劉曉南《毛氏父子吳音補正》，山西大學學報，2009 年第 5 期。

〔註49〕見馬君花《胡三省〈資治通鑑音注〉及其語音特點》，圖書館理論與實踐，2008 年第 2 期。

〔註50〕李新魁《射字法聲類考》，《古漢語論集》第一輯，湖南教育出版社，1985 年。

〔註51〕魯國堯《〈南村輟耕錄〉與元代吳方言》，《魯國堯語言學論文集》226 頁，江蘇教育出版社，2003 年。

母的混切，其中禪從混切 4 例（「聚、蟓、吮、石*」）、禪澄混切 2 例（「鐲、壽」）、崇邪混切 1 例（「尋」），船邪混切 3 例（「俶、循、麝」），均爲濁塞擦音和濁擦音相混。這一情況對應於《廣韻》同組聲母，則是章組船禪相混、精組從邪相混。《六書故》的音注中都有所表現。

1、船禪混切 10 例

漘，常倫（禪諄合三平臻）/食倫（船諄合三平臻）。

秫，常出（禪術合三入臻）/食律（船術合三入臻）。

嵊，石證（禪證開三去曾）/實證（船證開三去曾）。

葚，石荏（禪寢開三上深）/食荏（船寢開三上深）。

劭，實照（船笑開三去效）/寔照（禪笑開三去效）。

邵，實照（船笑開三去效）/寔照（禪笑開三去效）。

鱓，射彊（船陽開三平宕）/市羊（禪陽開三平宕）。

包括沿用《說文》大徐本反切 3 例：

誰，示隹（船脂合三平止）/視隹（禪脂合三平止）。

脽，示隹（船脂合三平止）/視隹（禪脂合三平止）。

償，食章（船陽開三平宕）/市羊（禪羊開三平宕）。

2、從邪混切 3 例

樇，才芮（從祭合三去蟹）/祥歲（邪祭合三去蟹）。

節，夕血（邪屑開四入山）/昨結（從屑開四入山）。

贈，似鄧（邪嶝開一去曾）/昨互（從嶝開一去曾）。

船禪母在歷代音系中複雜關係漢語語音史研究的熱點，茲不贅述。而從邪相混是公認的吳方音的特點。南北朝時期的《顏氏家訓》裏就認爲船禪相混、從邪相混都是當時南音的特點：「南人以『石』爲『射』，以『是』爲『舐』」，是船禪相混；「以『錢』爲『涎』，以『賤』爲『羨』」，是從邪相混。周祖謨考察原本《玉篇》音系聲類合從邪爲一類，[註52] 王力考察《說文》小徐本反切也發現這一現象，認爲這是吳語方音。《增韻》中船禪、從邪相混也表現得很明顯，有 8 例，包括合併《韻略》小韻 7 例，如《韻略》虞韻崇芻切雛小韻（船

〔註52〕周祖謨《萬象名義之原本玉篇音系》，載《問學集（上）》310～313 頁，中華書局，1966 年。

母），《增韻》併入慵朱切殊小韻（禪母）；《韻略》馬韻似也切灺小韻（邪母），《增韻》併入才也切苴小韻（從母）。以及改易反切上字 1 例：改《韻略》稕韻殉小韻松閏切（邪母）爲從閏切（從母）。〔註53〕

齒音濁塞擦音與濁擦音在《六書故》音注中並不是完全混一，而是部分混同，《六書故》音注中還有濁塞擦音與濁擦音的對立：

舓，陳旨切，小字注又甚旨切。「陳」爲澄母，「甚」爲禪母，澄、禪對立。

召，直笑切，小字注又時照切。「笑」、「照」同在笑韻，韻母相同。「直」爲澄母，「時」爲禪母，澄、禪對立。

這兩例都是澄母與禪母的對立。上文中我們已列出了澄禪混切的例證，《六書故》中澄禪母相混的同時又有對立，可見兩母並未完全合一。如此，則《六書故》音系中的齒音仍然存在濁塞擦音與濁擦音兩類。

現代吳方言中齒音濁塞擦音與濁擦音相混的情況非常複雜，錢乃榮在《當代吳語研究》說得很具體：「關於從母和邪母在現代吳語中的音值，趙先生在《現代吳語的研究》中說是『一筆糊塗賬』。從、邪兩母今音都讀[z]的只有舊太倉州的嘉定、寶山、崇明和舊松江府各地，蘇州、吳縣也只讀[z]，而舊蘇州府的其他地區如無錫、常熟、昆山、吳江都有[dz]和[z]的區別，浙江的那些不分尖團的地區從邪母開口、合口呼字也有[dz]和[z]的區別，但並不是從母都讀[dz]而邪母都讀[z]，各地哪些字讀[dz]，哪些字讀[z]是不盡相同的，有的字也可以兩讀，可以認爲這是[dz]向[z]合併過程中的詞彙擴散（Lexical Diffusion）（王士元 1967）現象。」〔註54〕而現代溫州方言中也存在[dz]與[z]以及[dʑ]與[ʑ]（團化）的對立，從、邪母也不是完全混同的。所以戴侗音注中濁塞擦音和濁擦音存在對立是合理的。

2.3.4　日母與禪母、泥母相混

上面齒音各組聲母混切中我們看到日母與從、邪母的混切，包括 2 例以日切從（「𡾋、漸」），1 例以日切邪（「翔」），應歸因於戴侗方音中的禪日相混。

《六書故》中有 3 例禪日混切：

〔註53〕見甯忌浮《〈古今韻會舉要〉及相關韻書》267、264 頁，李子君《〈增修互注禮部韻略〉研究》425～426 頁。

〔註54〕錢乃榮《當代吳語研究》6 頁，上海教育出版社，1992 年。

蜍，汝魚（日魚開三平遇）/署魚（禪魚開三平遇）。

壽，人久（日有開三上流）/殖酉（禪有開三上流）。

蟾，如廉（日鹽開三平咸）/視占（禪鹽開三平咸）。

還有 1 例戴侗自擬的讀音，跟《廣韻》比較是以日切定，很特殊，也應歸為禪日相混。「鷏」，《六書故》音如連切。小字注：「鷏，韻書田黎切。『單』非田黎之音，當作如連切。」如連切實際上是戴侗根據聲符「單」自擬的讀音。「鷏」字《廣韻》有杜奚、特計、徒干三切，戴侗不取杜奚切（即所謂「韻書田黎切」）與其去聲特計切，也不取與『單』字音接近的徒干切，而是自擬如連切音。《六書故》「單」字有時連切音，如連切音當據此。「如」是日母，「時」是禪母，正是禪日相混。

此外，還有 1 例以日切船：

臙，而證（日證開三去曾）/實證（船證開三去曾）。

也歸因於禪日相混。

禪日相混，也是吳方言的重要特徵。趙元任指出，日母「大致白話讀 gn（泥母齊齒跟娘母讀法），文言讀摩擦或破裂摩擦音（澄牀禪母讀法）」〔註55〕。鄭張尚芳論述溫州方言：「日母文讀 z、j（與禪母相混），白讀 n、ŋ，（與泥母相混）」，他還引用了《六書故》中「壽」音人久切的例子，「表明文讀的日禪不分現象宋末即已如此」〔註56〕。《六書故》之前的反映吳語的文獻中，《說文》小徐本音注還未出現禪日相混。〔註57〕《增韻》中的禪日相混則表現得相當明顯，共 12 例證據，包括合併小韻 7 例，如《韻略》虞韻汝朱切儒小韻（日母），《增韻》併入慵朱切殊小韻（禪母）；《韻略》藥韻實若切杓小韻（禪母），《增韻》併入日灼切弱小韻（日母）。改易小韻 3 例，如《韻略》準韻盾小韻音豎尹切（禪母），《增韻》改為乳尹切（日母）。增加小韻 1 例，耕韻內，毛居正重增儒耕切崢小韻。增加韻字 1 例，笑韻實照切邵小韻，毛居正重增「繞、遶、饒」三字。囊括各種形式的表現。可見，禪日相混最遲在南宋吳語中已經出現。

《增韻》中「蟾、蜍」二字的注，和《六書故》也能相互印證，如下：

〔註55〕趙元任《現代吳語的研究》63 頁，商務印書館，2011 年。

〔註56〕鄭張尚芳《溫州方言志》102 頁，中華書局，2008 年。

〔註57〕王力《朱翱反切考》，《龍蟲並雕齋文集（第三冊）》255 頁，中華書局，1982 年。

（鹽韻時占切棎小韻下）蟾，蟾蜍。《戰國策》月魄象蟾兔，故世因
謂月彩爲蟾光。《廣韻》以之廉切爲蟾蜍，以時占切爲月彩，盖不考
其所從出耳。然所以有兩音者，方言不同也。蟾音占，則蜍音諸：
蟾音棎，則蜍音如，實一物也。

《增韻》雖「蟾」音時占切，「蜍、蜍」音常魚切，均注禪母。但從其「蟾」字
下面的討論來看，卻暴露了禪日相混。毛氏認爲，「蟾」字兩音不別義，《廣韻》
兩音別義是錯的。「蟾蜍」有兩組讀音，是因爲方言的不同，而兩組讀音中兩字
各爲雙聲。其言「蟾音棎，則蜍音如」，無意中透露出禪日相混，「蜍音如」與
《六書故》汝余切已經一致了。

　　《六書故》稍後的反映吳語的文獻，禪日相混也表現得很明顯。陶宗儀
《南村輟耕錄》中的射字法中，只有禪母，沒有日母，魯國堯認爲是禪日相
混。〔註58〕

　　至於日母與泥、娘母的關係，在《六書故》音注中表現得並不密切，僅有
1 例以娘切日：

　　　如，而朱、女朱二切，順從也。

「如」字是個常用字，意義也簡單。《廣韻》、《集韻》僅日母人諸切一音。戴侗
增娘母女朱切音，與《廣韻》音比較是以娘切日。但而朱、女朱二切形成對立，
也證明日母與娘母的讀音是有區別的。鑒於禪日相混在《六書故》音注中已經
很明顯，「而朱切」可以取禪母讀法，我們可以把「如」字的首音二音理解爲今
天吳方言日母的文、白兩種讀音。〔註59〕

　　戴侗還有一處關於方音的論述，也透漏出泥、日相混的信息：

　　　儂，奴冬切，吳人謂人儂。按此即人聲之轉。甌人呼若能。

戴侗認爲「儂」爲「人聲之轉」，就是說「儂」與「人」字聲母相同，「儂」爲
泥母，「人」爲日母，顯然戴侗是把日母和泥母混淆了。不論吳方言中「儂」字

〔註58〕魯國堯《南村輟耕錄與元代吳方言》，《魯國堯語言學論文集》226 頁，江蘇教
　　　　育出版社，2003 年。

〔註59〕洪惠疇《明代以前之中國方言考略》認爲「如，乃是奴的名稱（周至周末的方
　　　　言）。江西萬載土語，還是讀『如』作『奴』。」轉引自徐寶華、宮田一郎主編
　　　　《漢語方言大詞典》，中華書局，1999 年。

音義的眞正來源如何，戴侗「人聲之轉」這一論述都應可以作爲吳方音中泥、日相混的一個證據。

2.3.5 「峥」字的特殊音注

討論過了《六書故》齒音聲母的上述複雜特點，最後我們要討論一個相當特殊的音注。《六書故》中「峥」字音鉏庚、宅庚二切，鉏爲崇母，宅爲澄母，若僅按反切上字的《廣韻》地位傳達出的信息解釋，我們可以說《六書故》音注中還存在崇、澄母的對立，即知、莊組聲母之間的對立。這可以有兩種解釋：1、知組字部分字還保留古音端組讀法；2、知組字並未完全與莊組合流。但若對比《廣韻》、《集韻》，特別是結合與《六書故》有同樣音系特點的《增韻》，更深入分析，我們可以得出更合理的解釋。

> 峥，鉏庚、宅庚二切。又作崝、嶒。嵤，戶萌切。又作嶸。峥嵤，山角聳也。

「峥」字，《廣韻》助庚切，「峥嵤，山皃。」又士耕切，同義。《集韻》同「崝、嶒」，鉏耕切，「《說文》『嵤也。』」「崝」字，《廣韻》士耕切，「《淮南子》云：『崝陁也。』」「嶒」字，《廣韻》疾陵切，「崚嶒，山皃。」《集韻》又增徂棱切，「崚嶒，山皃。」

《廣韻》給「峥」字注二音，同爲崇母，分庚、耕韻，宋代庚韻二等與耕韻合流，時音無別，《集韻》只保留耕韻一音，或因此。《六書故》小字又作「崝、嶒」，與《集韻》相合，「崝」字《廣韻》、《集韻》無異音，「嶒」字則有從母蒸韻、從母登韻二音，在曾攝。總之，《廣韻》、《集韻》中「峥（崝、嶒）」字均無澄母讀音，《六書故》宅耕切若讀作澄母，並沒有前代韻書的依據。

《增韻》耕韻儒耕切峥小韻：「峥，儒耕切。《廣韻》：『山峻貌。』亦作崝。韓愈《城南聯句》：『高言軋霄峥。』重增。」這個重增是相當特別的：第一，儒耕切峥小韻只有「峥」一個字，也就是說，毛居正爲了「峥」字重增了一個小韻。《韻略》未收「峥」字，在「嵤」字下注「峥嵤，山峻皃」。大概是因爲編者的疏忽，也可能因爲「峥嵤」總作爲一個詞，「峥」字一般不會出現在押韻的位置。毛晃也未增入「峥」字，毛居正重增引韓愈詩，「峥」字處於韻脚，證明了其重增的必要性。第二，毛居正不取《廣韻》、《集韻》音，而是自擬儒耕

切音，《增韻》耕韻內也不收崇母小韻，所以前人對《增韻》的研究，將其歸因於《增韻》日母與牀母相混。〔註60〕

禪日相混，是日母讀如禪母；禪船（崇、澄）相混，一般也是船（崇、澄）母讀如禪母，所以《增韻》給「崢」注日母反切上字，而不取《廣韻》《集韻》音，其實是把「崢」字讀作禪母音的。這可以證明，吳音中「崢」字確實有禪母（即濁擦音）一讀，這不同於《廣韻》、《集韻》中「崢」字均爲崇母（濁塞擦音）。

由此再對比《六書故》中「崢」字的兩音，就容易解釋了，鉏庚切，與《廣韻》、《集韻》相同，爲濁塞擦音，是通語中的讀法。宅庚切，讀濁擦音，即讀如禪母，與《增韻》相同，是方言中的讀法。今天的溫州話聲母「鉏」爲[dz]，「宅」爲[z]，正是濁塞擦音與濁擦音的對立。

2.3.6 特殊字音

1、以莊切端

齓，側鄰（莊眞開三平臻）/都年（端先開四平山）。

> 齓，側鄰、都年二切，眞牙也。男子二十四歲，女子二十一歲眞牙生。……

齓，《廣韻》都年切，《集韻》多年切。均無側鄰切音。《六書故》「眞」音側鄰切，莊章母相混，「齓」與「眞」同反切。「齓」讀作「眞」，或許是當時實際讀音的一種，或許是戴侗根據「眞牙」之義所推測的古音。

2、以莊切初 2 例

鎗，側耕（莊耕開二平梗）/楚耕（初耕開二平梗）（集）。

> 鎗，楚耕切。三足䰞也。俗作鐺。又爲金聲，側耕切。

鎗，《廣韻》楚庚切，「鼎類。」下有「鐺」字同，「俗作當聲。」《集韻》楚耕切，「《說文》：『鐘聲也。』或作鏳。」下又有「鐺」字，「釜屬，通作鎗。」「鎗」又千羊切，同「瑲、鏘、創」，「《說文》『玉聲也』」。莊、初讀音接近，《六書故》側耕切可能是時音或方音的一種讀法。

〔註60〕甯忌浮《古今韻會舉要與相關韻書》272 頁，中華書局，1997 年。

錔，側洽（莊洽開三入咸）/楚洽（初洽開三入咸）。

> 錔，側洽切，綴衣鍼也。

錔，《說文》楚洽切，「郭衣鍼也」。《廣韻》楚洽切，同「舌」、「鑱」字，「舂去皮也」。「《爾雅》『𦥑謂之鑱』注『皆古鏨錔字』。」又丑輒切，「綴衣針」。《六書故》側洽切可能爲時音或方音的一種讀法。又，「錔」字《集韻》測洽切，「《說文》：『郭衣鍼也。』一曰鏨也。」《類篇》同爲測洽切。疑《六書故》「側洽切」或爲「測洽切」之誤。

3、以崇切心

羺，助達（崇曷開一入山）/私列（心薛開三入山）。

> 羺，助達切，羊羶也。《爾雅》曰：「牛曰齝，羊曰羺。」又息列切，
> 又作羶、𪎭。

羺，《廣韻》私列切，「亦作羶，《爾雅》云：『羊曰羺。』」《集韻》增始制、以制二音，同義。均無助達切音。《六書故》將息列切以小字列出，並不大認可。助達切音不知何據，可能是戴侗的方音讀法。

4、以章切徹

䞓，止成（章清開三平梗）/丑貞（徹清開三平梗）。

> 䞓，止成、丑成二切，赤色也。又作䞓。《士喪禮》：爲銘䞓末。舅駟
> 曰：「淺赤色也。」別作䞓、泟、汫、赬。

䞓，《廣韻》丑貞切，「赤色。俗作赬」。《集韻》癡貞切，同「䞓、赬、䞓」，「《說文》：『赤色也。』引《詩》『魴魚䞓尾』。」均無止成切音。《六書故》丑成切與《廣韻》、《集韻》同音，又增止成切音，應是時音或方音中有此一讀。

5、以精切清 6 例

疽，子余（精魚開三平遇）/七余（清魚開三平遇）。

> 疽，子余切。又七余切。瘍之邕聚爲膿，腫者曰癰。癰，邕也。深者
> 曰疽，古單作邕且。今人又以瘍之小者爲癤，氣癤而爲瘍也，俗作癤。

疽，《廣韻》七余切，「癰疽也。」《集韻》又子與切，「寢疽，痒病。」均無子余切音。子余切音，與今音同，是後起的新讀音。《漢語大字典》注音 jū，反切引《字彙》子余切。《六書故》時代要遠早於《字彙》，應取《六書故》反切。

戴侗把《廣韻》的七余切音以小字注出，已經不大認可了，說明南宋時代，子余切音已占優勢。《集韻》又音子與切，已讀作精母，可能是後起的另一種異讀。

踥，子葉（精葉開三入咸）/七接（清葉開三入咸）。

> 踥，子葉切，又七葉切。蹀，迪葉、託葉二切。……躞，悉劦切。
> 踥蹀、蹀躞、躞蹀皆者進連步之皃。……

踥，《廣韻》七接切，「踥踥，往來皃。」《集韻》七接切，「《博雅》：『踥踥，行也。』」均無子葉切音。《六書故》置於首音，應是時音的體現。《龍龕手鏡》：「踥，子獵反，行兒也，又音妾。」正與《六書故》兩音相合。又，朱熹《楚辭集注》於「衆踥蹀而日進兮」下注：「踥，思葉反。」則是讀作心母，與《六書故》「躞蹀」之「躞」字音同。

次（趑），津私（精脂開三平止）/取私（清脂開三平止）。

> 次，……又因之爲次且之次，七茨、津私二切，謂欲前不前也。別
> 作趑趄、迏退。

《廣韻》「趑」，取私切，「趑趄，趨不進也。」《集韻》「趑、次、跊、迏、趨」，千咨切，義同。「趑」又七四切，義同。均無津私切音。《六書故》精私切可能是戴侗方音讀法。

淬，祖內（精隊合一去蟹）/七內（清隊合一去蟹）。

> 淬，祖內、取內二切。爲刀劍者出火而淬之水則堅，故引之爲淬屬。
> 亦作焠。《史記》曰：「得七首以藥焠之。」《說文》曰：「滅火器也。」又
> 即聿切。

淬，《廣韻》七內切，「染也，犯也，寒也。」《集韻》取內切，「《說文》：『滅火器也。』」又即聿切，「淬沒水皃。」又昨律切，「流也。」「焠」字，《廣韻》七內切，「作刀鋻也。」《集韻》取內切，「《說文》：『堅刀刃也。』」均無祖內切音。戴侗將祖內切置於首音，應爲當時習用之音。另，《集韻》祖對切有「錊」字，義「鍊也」，與《六書故》「淬」字義同。

醶，子廉（精鹽開三平咸）/七漸（清琰開三上咸）。

> 醶，子廉切。微酸也。《說文》曰：「酢也。」

醶，《廣韻》七漸切，「醋味。」又初減切，「酢味。」同義。初減切音與《說文》大徐本同，但義不同於《說文》。《集韻》七漸切，「《博雅》『酢也』。」又初斂

切，「酢兒。」《六書故》子廉切音各書無，微酸義似與《廣韻》「醋味」相近。戴侗不贊成《說文》義，也不取各家讀音，自擬平聲子廉切，應是當時「醶」字有此常用音義。

磧，資昔切。（精昔開三入梗）/七迹（清昔開三入梗）。

> 磧，七迹切，又資昔切。《說文》：「水渚有石者。」水中沙石之積也。

磧，《廣韻》七迹切，「砂磧。」《集韻》音義同。《六書故》資昔切與「積」字同音，可能是戴侗的方音讀法。又，李白詩《行行且遊獵篇》：「海邊觀者皆辟易，猛氣英風振沙磧。」清人王琦《李太白詩集注》：「磧音跡。」則與戴侗資昔切同音。

6、以心切泥

尿，息遺（心脂合三平止）/奴弔（泥嘯開四去效）。

> 尿，息遺切，小溲也。《說文》：尿，人小便也。從尾。孫氏奴弔切。按奴弔切自
> 有溺字，人小便不當從尾。

尿，《廣韻》奴弔切，「小便也。或作溺。」《集韻》同。無息遺切音。今天方音中多有息遺切音，吳語今溫州話「尿」讀[ˬsʅ]，蘇州話讀[ˬsʮ]，揚州話讀[ˬsuəi]，都相符合。《漢語大字典》收《六書故》息遺切音，《漢語方音字彙》亦在「尿」字下加注引《六書故》息遺切音。可見，《六書故》首次為「尿」字注息遺切音，影響是很大的。戴侗小字言「奴弔切自有溺字」，顯然認為「尿」字讀息遺切為正音，奴弔切音並不合適。息遺切與奴弔切聲韻調均相差很遠，是不同的來源。由「尿」字組成的詞語，在今天多地方言中還有息遺切音，包括很多北方方言，比如東北官話中，「尿泡（即膀胱）」一詞讀作[ˬsui ·pʼau]〔註61〕。從「尿」字組詞的讀法，也可以看出其息遺切音曾經的覆蓋範圍很廣，不限於吳語。

2.4 牙 音

2.4.1 系聯和比較

《六書故》共有牙音反切 1650 個，直音 7 個，聲調標音 71 個。反切上字

〔註61〕 許寶華、宮田一郎主編《漢語方言大詞典》，中華書局，1999 年。

系聯的結果爲：

見母：

古 407（公戶），公 16（古紅），工 5（古紅），紀 5（苟擬），苟 4（古厚），圭 3（古畦），過 3（古臥），加 3（古牙），剛 3（古郎），激 3（古歷），江 2（古降），根 2（古痕），涓 2（古玄），柯 2（古俄），果 2（古火），谷（古祿），間（古閑）〔註62〕，兼（古恬），局（古熒），各（古洛），格（古百），畎（激犬），葛（格曷）/姑 7（攻乎），攻 4（沽紅），沽 3（攻乎），功 2（沽紅）/居 186（九魚），舉 25（居許），俱 16（舉朱），吉 14（居質），九 12（舉有），訖 9（居迄），己 7（居擬），矩 7（俱雨），几 4（居履），共 3（矩竦），斤 2（俱欣），羈（居宜），飢（居夷），均（居勻），姦〔註63〕（居顏），姜（居良），糾（居黝），厥（俱越），戟（吉歷），瞿（九遇），拘（共于）/堅 7（經田），經 3（堅靈），規 2（堅隨）。

溪母：

苦 140（口魯），去 43（丘據），丘 43（起秋），口 27（苦后），枯 8（苦孤），起 6（口己），康 5（苦剛），詰 5（去吉），气 5（卻利），可 5（丂我），牽 4（苦堅），克 4（苦得），祛 4（丘於），空 3（苦紅），遣 3（去演），犬 3（口泫），豈 3（祛里），區 3（豈俱），虧 3（驅爲），客 2（苦格），綺 2（去倚），卻 2（去約），曲 2（丘玉），庫（苦故），睽（苦畦），溪（苦兮），闊（苦括），缺（苦穴），顆（苦果），丂（苦等），羌（去羊），頃（去營），輕（牽盈），驅（豈居），恪（客各），屈（曲律）。

群母：

渠 95（彊魚），巨 44（綦呂），其 39（渠之），求 7（渠鳩），衢 5（其俱），期 4（渠之），彊 4（巨良），奇 3（渠羈），權 3（渠員），臼 3（其九），具 3（健芋），勤 2（渠巾），翹 2（渠遙），極 2（渠力），祁 2（巨支），綦（渠之），健（渠見），狂（渠王），揆（巨癸），群（巨云）。

疑母：

五 107（吾古），吾 13（卬胡），研 6（五堅），倪 4（研奚），偶 3（五口），

卬（五岡），鄂（五各），耦（五口）/魚88（語居），語19（魚与），牛12（語求），岇4（仡戟），宜3（魚羈），疑3（語其），玉2（魚欲），儀2（魚羈），危（魚爲），願（魚怨），仡（魚訖），逆（魚戟），擬（語己），午（疑古）/愚10（元俱），元6（愚袁），虞2（元俱），阮2（虞遠）。

反切比較的數據爲：

自切：

見母787，溪母338，群母220，疑母293。

混切：

見/溪1，見/群1，見/影2，見/匣2；群/見2，群/曉1；疑/娘1，疑/溪1。

2.4.2　疑娘相混

《六書故》音注中的牙音聲母在系聯和比較中都是獨立的，沒有表現出與《廣韻》音系的分別。有1例以疑切娘，1例聲調標音相當於以疑切娘，如下：

讞，語劍（疑梵合三去咸）/女監（泥銜開二平咸）（集）。

> 讞，語劍切，疾病妄語也。又之廉切。又作譫。

讞，《集韻》之廉切，「病而寐語也」。又女監切，「病人自語也」。義同。「譫」，《廣韻》徒盍切，又章盍切，「多言也。」《集韻》增之廉切，「多言。」「讞」字較晚起，《廣韻》不收，大都見於醫書，疑初即「譫」字的異體，專用來表病中妄語。後因聲符「嚴」衍生出新讀音，《集韻》女監切、《六書故》語劍切均是新讀音的一種。《六書故》音雖與《集韻》音比較是以疑切娘，但其聲符「嚴」即爲疑母，《六書故》語劍切與其讀音更爲接近，只是聲調不同。

研，《六書故》五堅切，又上聲，注「別作『硏』」。上聲爲疑母銑韻。《廣韻》「硏」音尼展切，娘母獮韻。這一例很明顯是泥、娘相混。

《廣韻》中的疑母字中古以後在通語中逐漸分化，大部分變爲零聲母，少部分轉入泥娘母。《六書故》音注中疑母字未出現這種演變，上例與疑、娘混切的「研」字，並不與通語讀音相符合，這應該跟戴侗的方音有關。今天溫州話疑母細音字顎化讀[n̠]，如「研」字讀[n̠i]，〔註64〕而「硏」字讀[ˈn̠i]，聲母韻

〔註64〕鄭張尚芳《溫州方言志》（103 頁）認爲疑母字細音顎化讀[n̠]是文讀音，白讀則保留[ŋ]音，「研」字文讀爲[n̠i 2]，白讀爲[ŋa2]。

母均相同，正是平聲與上聲相對應。這能很好地解釋《六書故》中這例疑娘相混，說明溫州方言疑母字細音顎化在南宋已經出現了。

綜上，《六書故》的牙音聲母基本與《廣韻》一致，僅有個別疑娘相混，表現出疑母細音顎化的端倪。

2.4.3　特殊字音

1、以見切溪

顑，古憾（見勘開一去咸）/苦紺（溪勘開一去咸）（集）。

> 顑，苦感、古憾二切。飢而面黃盧浮之皃。

顑，《廣韻》苦感切，「顑顲，瘦也。」又五陷切，「顑，長面也。」《集韻》苦感切，與「顲」同，「首動也。」又五陷切，「顩顑，面長。」又苦紺切，「食不飽也。」又呼紺切，「不飽而面黃也，或作顣。」《廣韻》、《集韻》音義不全同，均無古憾切音。見溪母讀音接近，方音多互有異讀，《六書故》古憾切音可能是方音的一種讀法。又：「顑」字當時應不是常用字，《六書故》「古憾切」也有可能時「苦憾切」之誤，苦憾切則與《集韻》苦紺切音義相合。

2、以見切影 2 例

薈，古外（見泰合一去蟹）/烏外（影泰合一去蟹）。

> 薈，古外切，《詩》云：「薈兮蔚兮，南山朝隮。」

薈，《廣韻》烏外切，「草盛。」《集韻》同。均無古外切音。《六書故》只注古外切一音，應是戴侗的常用讀音。「薈」字聲符「會」有見母古外切音，「薈」也很可能有見母異讀。《六書故》古外切音應是方言讀音。

姶，舉友（見末合一入山）/烏合（影合開一入咸）。

> 姶，舉友、烏合二切。《春秋傳》衛襄公嬖人婤姶。《說文》曰「女字也」。

姶，《說文》烏合切，注「女字也」，亦引《左傳》婤姶例。似乎「姶」字使用極少，只在《左傳》的人名中出現。《左傳・昭公七年》「婤姶」，《經典釋文》音烏荅反，與《說文》音同。《廣韻》、《集韻》音亦同。《六書故》增舉友切音，與烏合切並列，應是戴侗認可的讀音。「姶」字不是常用字，《六書故》也僅引《左傳》、《說文》，可能是師承的讀書音中有此一讀法。

3、以見切曉

騧，古玄（見先合四平山）/火玄（影先合四平山）。

> 騧，古玄切。《詩》云「駜彼乘騧」。《爾雅》曰「青驪馬」。_{陸氏曰「今}
> _{鐵驄」。}

騧，《廣韻》有火玄切、許縣切二音。《集韻》有五音，呼玄切、胡犬切、熒絹切、翾縣切、犬縣切，義無別。這許多讀音都來自《經典釋文》。《釋文》「騧」字兩出：「騧，呼縣反，又火玄反，徐又胡昄反。青驪曰騧。又音炫。」又：「《詩》音及呂忱、顏延之、苟楷並呼縣反，郭火玄反，謝孫犬縣反，顧胡昄反。」兩處共注五種讀音，即《集韻》的五音。朱熹《詩集傳》亦注呼縣反。《六書故》古玄切於各書無據。「騧」字不是常用字，戴侗僅注古玄切一音，可能其師承的讀書音如此。「騧」音古玄切，則與同聲符的「悁、狷」等字同音，也可能是受影響的趨同的讀音。

另，小字「陸氏曰『今鐵驄』」有誤。「今鐵驄」三字並非出自《經典釋文》，而是《爾雅》郭璞注文，應是戴氏據《爾雅》注本，誤將郭璞注文當做陸德明《釋文》。

4、以見切匣

點，功八（見點開二入山）/胡（匣點開二入山）。

> 點，功八切。《說文》曰「堅黑也」，借為慧點、狡點之點。又下八切。

點，《廣韻》胡八切，「點慧也。又堅黑也。」《集韻》音義略同。均無功八切音。《六書故》將功八切置於首音，肯定是當時的實際讀音。功八切很可能是其方音讀法。

5、以見切喻三

鴞，堅蕭（見蕭開四平效）/于驕（喻三宵開三平效）。

> 鴞，于驕切。_{又堅蕭切。青鳩也。}

鴞《廣韻》、《集韻》均只于驕切一音，無《六書故》小字「又堅蕭切」音，戴侗以小字注出，似不很確信。又，「鳩」字音居求切，見母，《六書故》堅蕭切音也可能跟「鳩」字讀音有關。

6、以群切見

痂，其加（群麻開二平假）/古牙（見麻開二平假）。

> 痂，其加、古牙二切，創肏也。

痂，《廣韻》古牙切，「瘡痂。」《集韻》居牙切，「《說文》；『疥也。』」均無其加切音，而且《廣韻》、《集韻》麻韻並無群母小韻。「加」是二等字，群母只能與三等字相拼，其加切很可能表示的是三等細音。戴侗將其加切置於首音，應是當時的習用讀音。

7、以群切曉

敻，渠營（群清合三平梗）/休正（曉勁合三去梗）。

> 敻，虛正切，深遠敻絕之稱。又渠營切。……

敻，《廣韻》許縣切，「求也。」又休正切，「遠也。」《集韻》火遠切，「營求也」。又翾縣切、虛政切，義同。均無渠營切音。以「敻」為聲符的字多讀渠營切，如「瓊、藑」等，「敻」字在方音中也很可能有渠營切一讀。

8、以疑切溪

矻，逆訖（疑迄開三入臻）/苦忽（溪沒合一入臻）。

> 矻，逆訖、苦忽二切。多石不夷也，故謂勤苦者亦曰矻矻。《漢書》
> 曰：「勞筋苦骨，終日矻矻。」

矻，《廣韻》苦骨切，「用心矻矻。」《集韻》苦骨切，「石也。」下有「劢」字，「劢劢，勞極皃。通作矻。」又丘八切，同「硈」，「爾雅固也。一曰石堅貌。」《漢書》「終日矻矻」，顏師古亦音口骨反。均無《六書故》首音逆訖切音。《廣韻》迄韻魚迄切疙小韻中全為「乞」聲符字，戴侗逆訖切作為「矻」字首音，很可能是方音中的讀音。

2.5 喉 音

2.5.1 系聯和比較

　　《六書故》共有喉音反切 1733 個，直音 6 個，聲調標音 96 個。反切上字系聯的結果為：

影母：

烏135（哀都），委9（隤毀），鄔3（烏古），屋2（烏谷），塢2（安古）
〔註65〕，哀（烏開），恩（烏痕），縈（烏兮），安（烏寒），汪（烏光），隄（安
古），污（汪胡）/於195（衣俱），乙31（於筆），衣14（於希），伊13（於脂），
倚9（於起），一8（於悉），依8（於希），紆7（邑俱），煙3（於前），遏3
（阿葛），隱2（於謹），邕2（於容），縈2（於營），威（於非），阿（於何），
央（於良），因（於眞），英（於京），殷（衣身），壹（伊吉），蜎（縈玄）。

曉母：

呼101（荒乎），虎11（呼古），荒7（呼光），黑5（呼北），忽3（呼骨），
霍3（呼郭），郝2（呼各），海（呼改）/許104（虛呂），虛50（朽居），香12
（虛良），火8（許果），馨6（火形），迄3（許訖），朽2（許久），欣2（許斤），
喜（許己），汔（許訖），羲（虛羈），戲（香儀）/況18（訏放），訏（況于），
盱（況于），吁（況于），詡（況羽）。

匣母：

胡187（戶孤），戶111（侯古），下37（胡雅），乎33（戶吳），侯20（乎
溝），何11（胡歌），後4（胡口），候4（胡冓），黃4（戶光），形4（戶經），
轄4（下瞎），檄3（胡狄），亥3（下改），洪2（戶工），熒2（戶扃），奚（胡
雞），寒（胡安），玄（胡涓），弦（胡田），絃（胡田）〔註66〕，河（胡歌），后
（胡口），穫（胡郭），紅（戶公），限（戶簡），紇（下沒），閑（候艱）。

喻三：

于59（羽俱），王28（于方），羽23（王巨），云8（王分），雨5（王矩），
迂5（云俱），爲3（于嬀），韋2（羽非），榮2（永兵），爰（于元），員（于專），
域（于逼），永（于景），禹（王矩），雲（王分）〔註67〕，越（王伐），蔿（韋
委）。

喻四（匣*）：

以77（羊止），余73（以諸），羊41（與祥），弋28（與職），夷26（以脂），

〔註65〕塢，《六書故》無字頭，在「隄」字頭下，注「又作塢」。

〔註66〕絃，《六書故》無字頭，在「弦」字頭下，注「又作絃」。

〔註67〕雲，《六書故》無字頭，在「云」字頭下，注「又作雲」。

與 18（余呂），延 10（以然），容 8（余封），与 8（尹汝），盈 7（以成），餘 5（以諸），尹 5（余準），營 4（余瑩），移 3（以支），維 3（夷隹），匀 3（羊倫），由 2（以州），俞 2（羊朱），亦 2（羊益），愈 2（甬主），融（以戎），唯（以水），演（以淺）〔註68〕，予（余呂），允（余準），沿（余專），預（羊茹）〔註69〕，逸（夷質），怡（盈之），寅（弋眞），甬（余隴），勇（尹竦），賢*（由堅）。

反切比較的數據爲：

自切：

影母 460，曉母 341，匣母 439，喻三 136，喻四 328。

混切：

影/見 2，影/匣 1；曉/匣 3，曉/喻四 1，曉/見 1；匣/喻四 1，匣/疑 1，匣/奉 1；喻三/匣 5，喻三/喻四 2；喻四/匣 5，喻四/喻三 5，喻四/從 1。

2.5.2　匣母與喻三、喻四相混

《廣韻》音系中喻三歸匣，後來通語中與喻四合流，成爲三十六字母中的喻母。《六書故》中，喻三、喻四不相系聯，保持着《廣韻》的格局，但從反切比較上可以看到二者合流的跡象。喻三、喻四混切共有 7 例：

惟，于追（喻三脂合三平止）/以追（喻四脂合三平止）。〔註70〕

樣（《廣韻》作「攘」〔註71〕），于亮（喻三漾開三去宕）/餘亮（喻四漾開三去宕）。

右，延九（喻四有開三上流）/云久（喻三有開三上流）。〔註72〕

───────────────

〔註68〕演，《六書故》無字頭，在「衍」字頭下，注「又作演」。

〔註69〕預，《六書故》無字頭，在「豫」字頭下，注：「借爲豫先、猶豫之豫，亦作預。」

〔註70〕此音在「隹」字頭下，注「鐘鼎文皆借此爲惟字」。《六書故》又有「惟」字，音夷隹切，則是喻四母自切。分別給兩處「惟」字注喻三、喻四兩種讀音，也可證明《六書故》中喻三、喻四相混。

〔註71〕樣，《六書故》小字列出「孫氏徐兩切」，後又注「今俗以器之式範爲樣」，實際與《廣韻》「攘（式攘）」字同音義。《集韻》弋亮切有「樣」字，注「法也」，亦同義。

〔註72〕此音在「又」字頭下，「又」，《六書故》首音延九、羽已二切，注：「象右手形。」「又之假借，其用爲复。又之借義奪正義，而又不便於書，故俗更以左右爲ナ又

友，延九（喻四有開三上流）／云久（喻三有開三上流）。

囿，延救（喻四宥開三去流）／云救（喻三宥開三去流）。

燁，勻輒（喻四葉開三入咸）／筠輒（喻三葉開三入咸）。

饁，勻輒（喻四葉開三入咸）／筠輒（喻三葉開三入咸）。

混切 7 例，相對於兩母反切總數比例並不大，但其中「樣」、「右」、「友」都是常用字，特別是「樣」字，戴侗很明確地注出了當時習用的新音義，說明《六書故》音注中喻三、喻四已經合流了。

不僅如此，《六書故》中有匣母和喻三、喻四混切 8 例，其中 1 例匣母與喻三的混切與《廣韻》相同：雄，羽弓切（《集韻》胡弓切）。其餘 7 例爲：

杇，于姑（喻三模合一平遇）／戶吳（匣模合一平遇）（集）。〔註73〕

蟪，羽桂（喻三霽合四去蟹）／胡桂（匣霽合四去蟹）。

鷼，于閒（喻三山開二平山）／戶閒（匣山開二平山）。」〔註74〕

手之文。」《六書故》另有「右」字頭，音于救切，注「口手劦助也。」則是「佑」字。

〔註73〕 在「杇」字頭下。杇，《六書故》於姑切，注：「漫塓也。《春秋傳》：『杇人以時塓館宮室。』亦作鈠、杇。《語》曰：『糞土之墻不可杇也。』……又于姑切。《史記》：『孔子生而首上杇。』司馬貞曰：『窊也。』今江淮間水高於田，築堤扞水而甸之曰杇田。」《集韻》杇有戶吳切音，「泥鏝也，塗工之具。」以「杇」與《集韻》比較，匣喻混切。不過《六書故》中的注釋由戴侗行文看，于姑切對應低注義，是江淮間「杇田」的「杇」字的讀法。「杇田」又常稱作「湖田」，是南方一種水田，中間低注，周圍築堤。「湖」音戶吳切，若以戴侗「杇」字音于姑切與「湖」字音比較，也是匣喻混切。又《正字通》「圩」音衣虛切，注：「音于，岸。《史記》：『孔子生而首上圩。』司馬貞曰：『窊也』。今江淮間水高於田、築隄扞水而甸之曰圩田。俗讀若維。」釋義應是引自《六書故》，注音則與《六書故》不同，《正字通》注音爲虞韻。「俗讀若維」則是支虞相混。

〔註74〕 在「焉」字頭下。焉，《六書故》于乾、于閒二切。注：「白焉，雉屬。人多畜玩之。雄者純白，頳腳，尾長三二尺。象其形。今俗書作『鷼』。《說文》作『鷳』，閒聲，鷼也。焉鳥黃色出江淮。」戴侗認爲「焉」與「鷼」同，《廣韻》作「鷳」，正合戴侗所言「今俗書」。余迺永校語：「切三、全王作鷳，同《說文》。」戴氏對這種鳥應該比較熟悉，他注釋得很詳細，言「尾長三二尺」，與《廣韻》「尾長四五尺」差別很大，說明他不太認同《廣韻》的描述。

驕，戶橘（匣術合三入臻）/餘律（喻四術合三入臻）。

賢*，由堅（喻四先開四平山）/胡田（匣先開四平山）。

縣，預犬（喻四銑合四上山）/胡畎（匣銑合四上山）。

匀，維頃（喻四清合三平梗）/胡涓（匣先合四平山）。

這 7 例混切中，有 4 例都是喻四跟匣母混切，說明這種混切並不是因爲《廣韻》中喻三歸匣的原因。而且其中有一個被切字「賢」，是讀書人相當熟悉的字，還用作反切上字。另外，《廣韻》中喻三歸匣，喻三只切三等字，《六書故》中的喻三與匣母混切的 3 例，分別是切一、二、四等字，可見其性質與《廣韻》不同。匣喻相混是吳語方音的特點，而且在更早期的音注中就有所體現。《說文》小徐本反切中匣母就與喻三、喻四混切〔註75〕；《增韻》中匣喻相混也很明顯，有 7 例，表現在小韻的合併、反切的改易和韻字的增加上，如《韻略》東韻回弓切雄小韻（匣母），《增韻》併入以中切融小韻（喻四）；《韻略》清韻營小韻音維瓊切（喻四），《增韻》改爲胡瓊切（匣母）；《增韻》于放切眰小韻（喻三）中增如「晃」字（匣母）等。〔註76〕可見，《六書故》匣母與喻三、喻四相混也是南宋吳方音的體現。

《六書故》中匣母、喻三、喻四混切的數量和比例都不大，三者也基本不相系聯，我們可以根據當時通語的發展將喻三、喻四歸爲一母，至於匣、喻是否完全合併，受材料的限制還很難下定語。上述幾種體現吳語的音注材料中都可以看到明顯的匣喻相混的證據，至少說明匣喻相混由來已久。而元代陶宗儀《南村輟耕錄》中的射字法，字母詩中有喻無匣，釋讀中以喻切匣，足以證明「匣喻合一」了。〔註77〕

綜上，《六書故》的喉音音注影、曉母與《廣韻》同，喻三、喻四合流是時音的發展。而匣喻相混，則是吳音的體現。

〔註75〕王力《朱翱反切考》，載《龍蟲並雕齋文集（第三冊）》253～254 頁，中華書局，1982 年。

〔註76〕見甯忌浮《古今韻會舉要與相關韻書》264、268、273 頁，中華書局，1997 年。劉曉南《毛氏父子吳音補正》，山西大學學報，2009 年第 5 期。

〔註77〕魯國堯《〈南村輟耕錄〉與元代吳方言》，《魯國堯語言學論文集》226 頁，江蘇教育出版社，2003 年。

2.5.3　特殊字音

1、以影切見 2 例：

蝸，烏華（影麻開二平假）/古華（見麻開二平假）。

> 蝸，烏華切。蝸蠃同類，其種不一。水產之別尤多，皆旋殼弇口，大者如斗。陸生者謂之土蝸、土蠃。以其善緣，又謂附蝸、附蠃、陵蠃。以有肉角，又謂蝸牛、蠡牛。土蝸亦有蠃而不殼者，又名虒蝓。

蝸，《廣韻》古娃切，「蝸牛，小螺。」又古華切，義同。《集韻》公蛙切，「蟲名，蠃也。」又姑華切，義同。《廣韻》、《集韻》所載二音爲佳韻、麻韻重出，體現了「蝸」字讀音由佳韻轉入麻韻的過程，但二音均爲見母，今天某些方言中還保留見母讀音。《六書故》烏華切，影母麻韻，聲母與今天的普通話相合，體現了時音的演變。另，《說文》大徐本「蝸」音亡華切，疑誤。

娲，烏瓜（影麻開二平假）/古華（見麻開二平假）。

> 娲，烏瓜切。<small>女娲氏之說出於列禦寇，其說妄，不錄。</small>

「娲」字在《廣韻》、《集韻》中的讀音與「蝸」字同，《六書故》同注爲影母麻韻，也是時音的演變。

2、以影切匣：

皛，烏皎（影篠開四上效）/胡了（匣篠開四上效）。

> 皛，烏皎切。說文曰：「顯也，讀若皎。」

「皛」字，《說文》大徐本烏皎切，《六書故》音注當來源於此。《類篇》首音烏鳥切，「《說文》顯也。從三白。」可見《說文》確有此音。但此音《廣韻》、《集韻》均未收。「皛」，《廣韻》胡了切，「明也。」又普伯切，「亦打（按，其上一字爲『敁』，注『大打也』，所以『皛』字注『亦打』），出《蜀都賦》。」《集韻》胡了切，「《說文》：『顯也，從三白。』」又匹陌切、畎迥切、戶茗切三音，均釋爲「明也」。《集韻》胡了切音也明確指出是取自《說文》，《類篇》根據《集韻》編纂，卻改變《集韻》的反切。可見《類篇》所依據的《說文》版本和《集韻》不同，戴侗所見《說文》版本與《類篇》相同，也與今天通行的大徐本《說文》相同。北宋時《說文》可能有另一版本，注胡了切音，與《廣韻》、《集韻》相合。

3、以曉切見：

澆，盧垚（曉蕭開四平效）/古堯（見蕭開四平效）。

> 澆，堅垚切，上沃也。又盧垚切，薄也。又作潐。又倪弔切，寒促子
> 澆。

澆，《廣韻》古堯切，「沃也，薄也。」又五弔切，「寒促子名。」《集韻》又增三音：力交切，「水洄泝貌。」女教切，「濶也。一曰水回波。」魚到切，「人名，寒促子。」均無《六書故》盧垚切音。戴侗此處為兩音別義。見母堅垚切是常用的澆水義，曉母盧垚切是澆薄義。《廣韻》、《集韻》中兩義都讀見母音。澆薄義是由澆水義所引申，《漢書·循吏傳》：「務相增加，澆淳散樸。」顏師古注：「不雜為淳，以水澆之則味漓薄。樸，大質也，割之則散也。」「澆薄」一詞，古人習用，戴氏特意以盧垚切音注澆薄義，應是當時的實際讀音。

4、以曉切喻四：

蜼，許偉（曉尾合三上止）/愈水（喻四旨合三上止）。

> 蜼，許偉切，又余季切。陸氏音誄，又以水切。《周官》「蜼彝」。《爾雅》曰：「蜼，印鼻，長尾。」郭氏曰：「似猴而大，黃黑色，尾長數尺，似獺，尾末有岐，鼻仰，雨即自縣於木，以尾塞鼻，或以兩指，江東人亦取養之。」

蜼，《廣韻》力軌切，「似猴，仰鼻而尾長，尾端有歧。」又以醉切、余救切二音，義同。《集韻》又增徒冬切、羊諸切、愈水切三音（其中徒冬切音為鳥名，義不合），均無戴侗首音許偉切。由《廣韻》、《集韻》音注情況可見，「蜼」字的讀音很多很複雜，戴侗也注了兩音，又引《經典釋文》兩音。戴侗將許偉切置於首音，最為認可，很可能是時音或戴侗方音中有此一讀。

5、以匣切奉：

傅，後遇（匣遇合三去遇）/符遇（奉遇合三去遇）。

> 傅，後遇切，附著也。《傳》曰：「皮之不存，毛將焉傅。」又曰：「環城傅於堞。」……因之為保傅、傅御之義，方遇切，朝夕親近，輔翼之職也。……

傅，《廣韻》方遇切，「相也。又姓。」《集韻》增芳無切，同「敷」。又增符遇切，「著也。」《六書故》後遇切義與《集韻》符遇切相合。「後」為匣母，「符」

爲奉母。輕脣非、奉母與喉音曉、匣母，在今天的方言中有不少相混的證據。今溫州方音遇韻匣母字聲母讀[v]，即與奉母同。如此看來可以把「後遇切」當作混切。不過，「後」字在今溫州方音中聲母爲[ɦ]，並未變同奉母；而且《六書故》中並無其他匣、奉母混切例，也無其他輕脣音與喉音的混切例，後遇切是孤例。又，從字形上看，《六書故》中「符」字均寫作「𣱳」，爲隸古定字體，與「後」字形很接近，也很可能誤作「後」字。

6、以匣切疑：

聭，戶對（匣隊合一去蟹）/五怪（疑怪合二去蟹）。

> 聭，五怪、戶對二切。耳不聰，聽憒憒也。

聭，《廣韻》五怪切，「聲也。」《集韻》同。均無戶對切音。《增韻》重增胡對切音，「聲也。」與《六書故》同音。戶對切與今音合，且《增韻》和《六書故》同增此音，可見其是新起的時音。

7、以喻四切從：

灊，以侵（喻四侵開三平深）/昨淫（從侵開三平深）。

> 灊，昨鹽切，又市淫、以侵二切。《說文》曰：「水出巴郡宕渠，西
> 南入江。」又盧江有灊縣，沘水出焉。

灊，《廣韻》昨鹽切，「水名，在巴郡宕渠。又古縣名，在盧江。」又徐林切，又昨淫切，義同。《集韻》增鋤簪切音，義同。均無以侵切音。《六書故》以侵切可能爲方音的一種讀法。

2.6 全濁聲母與濁音清化

2.6.1 《六書故》音注的全濁聲母

《六書故》音注中系統保留着中古的濁音聲母，濁音聲母不僅在反切系聯和比較中自成一類，還與清音聲母形成對立。這種對立很多，茲舉數例。

1、脣音

別，冰列切，又憑列切。「冰」爲幫母，「憑」爲並母，並母與幫母對立。
菶，布孔切，又薄孔切。「布」爲幫母，「薄」爲並母，並母與幫母對立。

繽，毗民切，又紕民切，「毗」爲並母，「紕」爲滂母，並母與滂母對立。

棼，夫文切，亦符分切。「文」、「分」同爲文韻。「夫」爲非母，「符」爲奉母，奉母與非母對立。

費，芳味切，又扶沸切。「味」、「沸」同爲未韻。「芳」爲敷母，「扶」爲奉母，奉母與敷母對立。

2、舌音

殿，丁見切，又定見切。「丁」爲端母，「定」爲定母，定母與端母對立。

斷，都管切，又徒管切。「都」爲端母，「徒」爲定母，定母與端母對立。

驒，他干切，又唐干、代何二切。「他」爲透母，「唐」爲定母，定母與透母對立。

3、齒音

住，廚遇切，又朱遇切。「廚」爲澄母，「朱」爲知母，知母與澄母對立。

齟，牀呂切，又側呂切。「牀」爲牀母，「側」爲莊母，莊母與牀母對立。

柞，子各切，又在各切。「子」爲精母，「在」爲從母，精母與從母對立。

蕞，在外、祖外二切。「祖」爲精母，「在」爲從母，精母與從母對立。

4、牙音

忌，渠記切，又居吏切。「記」、「吏」同爲志韻，「渠」爲群母，「居」爲見母，見母與群母對立。

5、喉音

韀，呼桂、乎桂二切。「呼」爲曉母，「乎」爲匣母，曉母與匣母對立。

養，余兩、倚兩二切。「余」爲喻母，「倚」爲影母，影母與喻母對立。

可見，《六書故》音注系統保持了清濁聲母間的對立。

濁音清化是宋代語音一個重要變化，前人的研究顯示濁音清化中唐已有，到了宋代已經相當普遍。周祖謨對邵雍《皇極經世書聲音倡和圖》的研究〔註78〕、馮蒸對《爾雅音圖》的研究〔註79〕都證明在北宋時期部分地區濁音清化已經普遍發生甚至完成了。王力《漢語語音史》中歸納的宋代聲母，全濁聲母已經全部併

〔註78〕周祖謨《宋代汴洛語音考》，載《問學集（下）581～654 頁，中華書局，1966 年。

〔註79〕馮蒸《〈爾雅音圖〉音注所反映的宋代濁音清化》，語文研究，1992 年第 2 期。

入清聲母，表示南宋時期通語中的濁音清化已經完成。〔註80〕《六書故》音注中濁聲母的系統保留是戴侗方音的反映，今天的吳語方言仍保有系統的濁音聲母，南宋時必然如此。

2.6.2　濁音清化的信息

雖然《六書故》音注在系統上保留着濁音聲母，但也在個別字的音注上，也透露出濁音清化的信息。清濁互切的反切如下。

1、唇音

驃，匹召（滂笑開三去效）/毗召（並笑開三去效）。

枹，甫柔（非尤開三平流）/縛謀（奉尤開三平流）。〔註81〕

怫，專勿（敷物合三入臻）/符弗（奉物合三入臻）。

2、舌音

餾，丁透（端候開一去流）/田候（定候開一去流）。

趵，他歷（透錫開四入梗）/徒歷（定錫開四入梗）。

3、齒音

漬，側刺（莊寘開三去止）/疾智（從寘開三去止）。

畲，時遮（禪麻開三平假）/式車（書麻開三平假）。

胔，資四（精至開三去止）/疾智（從至開三去止）。

曾，慈登（從登開一平曾）/蘇增（心登開一平曾）。

4、牙音

痙，矩井（見靜開三上梗）/巨郢（群靜開三上梗）。

黔，巨吟（群侵開三平深）/居吟（見侵開三平深）。

5、喉音

譓，呼桂（曉霽開四去蟹）/乎桂（匣霽開四去蟹）（集）。

齂，呼旦（曉翰開一去山）/侯旰（匣翰開一去山）。

〔註80〕王力《漢語語音史》，商務印書館，2008 年。

〔註81〕「枹」字各書均無甫柔切音。《廣韻》「枹」字有多音多義，《六書故》「枹」只列一義「擊鼓丈也」，與《廣韻》縛謀切「鼓槌也」，正相對應。

呷，迄洽（曉洽開二入咸）/胡甲（匣狎開二入咸）。

上列清濁音的混切中，「踧、䯏」兩字《六書故》中同時標注了清音和濁音，如下：

「踧」字，《六書故》音他歷、徒歷二切。《廣韻》徒歷切，《集韻》亭歷切，均爲定母，無透母讀音。《六書故》增透母他歷切音。

「䯏」字《六書故》原文：

> 䯏，呼桂、乎桂二切。《說文》曰：「纂紐也。一曰盛虜頭纂也。」
>
> <small>徐鍇曰：「謂戰伐以盛首級，紐所以關纂。」按，今以衣紐之牝環爲䯏。</small>

䯏，《說文》大徐本胡計切，《廣韻》徐醉切、此芮切，均無《六書故》音。《集韻》增乎桂切音，與《六書故》濁音合，但無呼桂切音。由戴氏言「今以衣紐之牝環爲䯏」，可見「䯏」在當時是常用字，且意義已與古時不同。《集韻》乎桂切應是後起讀音（《說文》大徐本音似也應是此音，只開合口有別）。《六書故》又增曉母呼桂切音。

《六書故》這兩例同時標注清濁音的音注，應是通語和吳方音的區別，清音是通語中的讀音，吳方音中還保留濁音。

2.7　從戴侗「聲近義通」說看聲母之間的關係

戴侗認爲聲母相通者，字義多有關聯，所以他經常根據聲母，把意義相同或相近的字系聯，如「鎔」字條下注：「冶、鎔、烊同聲，實一字也，古但謂之冶。」「云」字條下注：「借爲云曰之云，云與曰聲相通，故其義亦同。」

戴侗論述時使用的術語不同，可分爲三類：「聲同（聲相同、同聲、一聲）」類，如上「冶-鎔-烊」；「聲通（聲相通）」類，如上「云-曰」；還有「聲近（聲相近、聲相邇、聲相鄰）」類，如「汛」字條下注：「灑之細也，反掃者先汛灑，汛、灑聲相近。」

有時戴侗不只說聲同、聲通或相近，會把「聲義」連一起說，如「錫」字條下注：「借爲錫与之錫，錫、賜聲義相同也。」「更」字條注：「更、改、革聲義相通。」「賣」字條注：「贈、賣聲義相近。」

此外，《六書故》中還有「一聲之轉（聲之轉）」的論述，如「軀」字條注：「今俗有腔字，疑即軀也，軀、腔一聲之轉。」也相當於以聲母將不同的字系聯。

　　這些因聲系聯的情況在《六書故》中共出現 211 組，爲簡便起見，我們列表顯示。下面按照戴侗的體例分爲「一聲之轉」、「聲同」、「聲義同」、「聲通」、「聲義通」、「聲近」、「聲義近」七種，觀察一下各組字的聲母關係。聲母關係以《廣韻》分類爲參照（輕唇與重唇分離）。列表如下：

關係體例	《廣韻》同聲母	《廣韻》不同聲母
一聲之轉 26組	20 組 蠙-蠦-蚌（並）；萍-藻（並）；抆-摸（明）；桴-泭-柭-橃（奉）；穀-妳-乳（泥）；盧--羅-來（來）；蘭-荔-蠡（來）；梼-槌-梀-植（澄）；蕺-蒩（精）；爾-女-而-若（日）；笛-箛-角（見）；槀-秆（見）；竿-幹-个-篙-槀-笥（見）；烏-鴉（影）；烏-噫（影）；鷖-鷗（影）；媼-嫗（影）；奚-何-胡-曷（匣）；軀-腔（溪）；胥-蝑（心）。	6 組 蜚-蟹-蠜-盤〔註82〕（非-奉-奉-並）；先-新-矢（心-心-書）；蓫-蓄-禿（徹-徹-透）；吾-卬-我-台-予（疑-疑-疑-喻三-喻三）；輴-輴-軡（徹-船-船）；人-儂（日-泥）。
聲同 69組	51 組 柄-柲（幫）；秉-把（幫）；轡-靶（幫）；償-仆（滂）；幔-幕（明）；方-甫（非）；丁-當（端）；董-督（端）；特-獨（定）；迪-達（定）；稻-秜（定）；來-柊（來）；淋-癃（來）；聊-俚-賴（來）；利-賴（來）；留-嘐（來）；盧-籚（來）；縷-絡（來）；樗-椿（徹）；躊-踟（澄）；簮-笫-榨（莊）；章-灼（章）；貰-賒（書）；尒-汝-而-若（日）；仁-二（日）；菹-蕉（精）；催-趣（清）；在-存（從）；存-在（從）；胥-相（心）；唊-嗛（心）；莢-芠（見）；髻-結-括（見）；圭-蠲-涓（見）；稗-稷（見）；哥-可（溪）；魁-科（溪）；迎-逆（疑）；迎-迓（疑）；縈-紆（影）；依-偎（影）；昕-曉（曉）；歔-嘘（曉）；胡-何-遐（匣）；桓-和-華（匣）；冶-鎔-烊（喻三）；胡-喉（匣）；畫-画（匣）；	18 組 無-微-靡-蔑-末-网（微-微-明-明-明-微）；梯-階-陔（透-見-見）；鄒-邾（精-知）；瘳-痊（徹-清）；囪-倉（初-清）；誰-孰（船-禪）；曾-嘗（從-禪）；蛇-巳（禪-邪）；如-若-然-似（日-日-日-邪）；嚅-茹（從-日）；茹-嚅-咀-嚼（日-從-從-從）；蔬-薪（生-心）；隨-从（邪-從）；橡-樣（邪-喻三）；丘-康-胸-曲（溪-溪-溪）；栩-杼（曉-澄）；台-何（喻四-匣）；臣-胲（喻四-匣）。

〔註82〕　《六書故》「蜚」字下小字注：「《爾雅》曰：『蜚，蠦蜰。』劉氏《五行傳》曰：『蜚，負蠜。越地所生，爲蟲臭惡，南方淫氣之所生也。』《爾雅釋》曰：『蟹即負蠜，臭蟲也。』……按蜚、蟹、蠜、盤皆一聲之轉……」由文意，「蜚、蟹、蠜、盤皆一聲之轉」中的「盤」應作「蟹」，兩字同有並母讀音，暫不改字。

	肄-餘（喻四）；台-予-余（喻四）；贏-餘-羨（喻四）〔註83〕。	
聲義同 5組	5組 瀝-盇（來）；查-苴（崇）；膜-瞑（昌）；錫-賜（心）；衢-逵（群）。	0組
聲通 25組	21組 末-蔑-莫（明）；但-弟-地-特（定）；濘-淖（泥）；聊-俚-賴（來）；釐-賚（來）；烝-正（章）；推-充（昌）；然-如-若（日）；戎-汝（日）；薦-進（精）〔註84〕；總-撮（精）；角-校（見）；更-革（見）；稽-秸-秆-稾（見）；刻-契（溪）；開-啓（溪）；卬-吾-我（疑）；吾-我-卬（疑）；呼-喚（曉）；云-曰（喻三）；謂-曰（喻三）。	4組 靡-蔑-末-無-网（明-明-明-微-微）；然-是（日-禪）；又-亦（喻三-喻四）；襲-沓（邪-定）。
聲義通 22組	18組 扁-牓（幫）；剽-票（滂）；泯-滅（明）；謀-謨（明）；勿-毋（微）；顚-頂（端）；扁-漉（來）；爾-然（日）；訊-誶（心）；俱-皆（見）；肯-可（溪）；更-改-革（見）；敲-攷-敏（溪）；渠-其（群）；煙-黝（影）；烏-惡-安-焉（影）；荒-幠（曉）；餘-肄-裔-胤（喻四）。	4組 誰-孰（船-禪）；譙-讓（從-日）；矎-闚（見-溪）；檐-榮（喻四-喻三）。
聲近 37組	19組 褾-表（幫）；萍-藻（並）；紕-緶（並）；描-摹（明）；不-弗-匪（非）；徒-但-特-獨（定）；麗-離（來）；蟺-蜎（禪）；戩-盡（精）；茨-齊（從）；繫-結（見）；架-菁-閣（見）；鶻-鳩-鴣（見）；虛-豈（溪）；勤-劬（群）；呼-喚（曉）；謂-曰（喻三）；易-夷（喻四）；揄-搖（喻四）。	18組 非-微-無（非-微-微）；皀-蒲（奉-並）；肥-妃-配-坯（奉-敷-滂-並）；梯-階（透-見）；積-貯（精-知）；螓-蟬（從-禪）；汎-灑（心-生）；斯-茲-此（心-精-清）；茲-此-斯（精-清-心）；茲-此（精-清）；線-繒（清-精）；序-榭-豫（邪-邪-喻三）；硜-鏗（溪-見）；蜞-蟣-蚑-蠐（群-見-群-從）；海-亥（曉-匣）；翁-公（影-見）；離-庸（影-喻四）；又-亦（喻三-喻四）。

〔註83〕羨，《六書故》首音敍面切，屬邪母；又延善切、延知切，屬喻四。

〔註84〕薦，《六書故》首音在甸切，又作甸切。依其釋義及《廣韻》音，薦進義取精母作甸切。

	21 組	6 組
聲義近 27 組	偏-頗（滂）；等-片（滂）；莫-末-蔑-麛（明）；堨-塓（明）；网-無-勿（微）；奈-那（泥）；變-孌-彎（來）；諶-忱（禪）；咨-諏（精）；訊-謘（心）；辭-謝（邪）；贈-賷（邪）；契-刻（溪）；劼-彊（群）；嫗-傴（影）；依-倚（影）；揜-抶-剡（影）；訌-鬨（匣）；效-學（匣）；臘-羨（喻四）；施-延（喻四）；	濱-頻（幫-並）；殿-鎮（端-知）；曾-嘗（從-禪）；堪-任（溪-日）；記-志（見-章）；胸-袀-絢（群-見-群）。

上面表格中的 211 組字，《廣韻》中聲母相同的有 155 組，占了 73.4%。每種體例的大部分都是聲母相同（除聲義同例沒有不同聲母，聲近例不同聲母較多外），沒有太大差別。

我們再看不同聲母的情況，「一聲之轉」例的 6 組不同聲母中，心-書（1）、透-徹（1）、日-泥（1）三組都符合我們前面討論過的聲類相混特點。非-奉-並（1）同是幫組聲母；徹-船（1）因為齒音各組聲母相混，只是清濁的差異。疑-喻（1）是上文中未曾發現的：「卬、我」二字是疑母字，「台、予」二字為喻母字，疑母部分字與喻母合流，是宋代通語音系的特點。《六書故》音注比較中疑、喻母沒有混切，這個系聯反映了通語時音的新變。

「聲同」例的 18 組不同聲母，其中 15 組都符合《六書故》音注中聲類相混的特點，包括明-微（1）、精-知（1）、徹-清（1）、初-清（1）、船-禪（1）、邪-從（1）、從-禪（1）、禪-邪（1）、從-日（2）、邪-日（1）、生-心（1）、溪-群（1）和匣-喻（2）。其餘 3 組，「梯-階-陔（透-見-見）」、「橡-樣（邪-喻三）」、「栩-杼（曉-澄）」看起來更應該是韻母相同或相近：「梯」，齊韻，「階、陔」[註85]皆韻，又咍韻，同在蟹攝。不過戴侗又言：「《類篇》曰：『江南人呼梯為隘，柯開切。』不知乃階也。」若讀「梯」作柯開切，則與「階、陔」同音。「橡、樣」同為漾韻。「栩」為麌韻，「杼」為語韻，宋代魚、虞合流，兩字韻母相同。

「聲通、聲義通」兩種體例的 8 組不同聲母中，符合《六書故》聲類相混特點的有 6 組，包括明-微（1），船-禪（1），禪-日（1），從-日（1），喻三-喻

［註85］《六書故》「階、陔」無字頭，在「堦」字頭下，注「又作『階』」、「又作『垓陔』」。

四（2）。此外 2 組，瞷-闞（見-溪）是同發音部位，只有送氣不送氣之分，關係較近。而襲-沓（邪-定）關係就較遠了，原文是：「襲與沓聲相通，故單複稱謂之一襲。」「沓」字也有重疊義，故戴侗將二字系聯。定母和邪母，分屬舌音和齒音，《六書故》音注中未見混同。兩字的韻母分屬緝韻和合韻，同爲-m 尾，比較接近。

　　「聲近、聲義近」兩種體例的 24 組不同聲母中，符合《六書故》聲類相混特點的僅有 7 組：奉-並（1）、端-知（1）、精-知（1），心-生（1），從-禪（2），喻三-喻四（1）。此外，同發音部位的有 11 組：非-微（1），幫-並（1），滂-並-敷-奉（1），精-清（2），精-清-心（2），見-溪（1），見-群（1），影-喻四（1），曉-匣（1）。其餘 6 組聲母則相差較遠，分別爲：序-樹-豫（邪-邪-喻四）；梯-階（透-見）；堪-任（溪-日）；記-志（見-章）；蜞-蟣-蚑-蠐（群-見-群-從），翁-公（影-見）。其中「梯、階」上文已論；「翁、公」同在東韻；「記、志」同在志韻；「蜞、蟣、蚑、蠐」分屬止攝之、微、支韻和蟹攝齊韻，這 4 組是韻母相同或相近。而「堪」覃韻，「任」在侵韻，時音不同，但古音相通。「序」在語韻，「豫」在御韻，兩字與「樹」在禡韻相差較遠。這兩組還可更深入研究。

　　綜上，「一聲之轉、聲（聲義）同、聲（聲義）通、聲（聲義）近」體例中各組字的聲母確實都關係緊密，即使在《廣韻》音系屬不同聲母，也大都符合《六書故》音注聲類相混的特點，或者是同發音部位的聲母。有幾組超出了《六書故》聲母關係可以解釋的範圍，大概是戴侗的原則把握不嚴，根據韻母相同或相近系聯。

2.8　聲母總結

　　通過上文的比較，可總結《六書故》音注的聲母系統與《廣韻》的主要差異有以下 9 點：

　　1、重輕唇分化。宋代三十六字母和大多數語音材料的研究結果都顯示重輕唇已分化，《六書故》音注中重輕唇音也明顯分化，其中有少量重輕唇混切（絕大多數是以輕唇切重唇），是戴侗有意保留前人反切以存古。

　　2、非敷母合流。輕唇音從重唇音分化出來的進一步發展，就是非敷母合流。非、敷母合流似乎在輕重唇分化的同時就發生了，宋代的語音材料中，除韻書、

韻圖外看不到看到非、敷兩母的對立，《六書故》音注中中非、敷母已合流。

3、輕唇音變爲洪音。輕唇音從重唇音分化出來後演變爲洪音，也就相當於從三等韻轉入一、二等韻，《六書故》中有輕唇音與一二等韻的混切，分布在輕唇十韻的六個韻之中。且輕唇音和重唇音形成對立，都體現了輕唇音變爲洪音的語音事實。

4、少量知組字保留古音端組讀音。是吳語方音的特點。

5、知、莊、章、精組聲母相混。宋人三十六字母合莊、章組聲母爲照組。王力《漢語語音史》宋代聲母合知、莊、章爲一組（莊組部分字併入精組）。[註86]《六書故》音注中知、莊、章組聲母相混符合宋代通語的發展。同時，知、莊、章三組聲母都與精組相混，也說明三組聲母已經合流。知、莊、章組聲母讀如精組，是吳語方音的特徵。這個特徵在《六書故》之前的反映吳音的材料中都沒有體現（小徐本《說文》）或沒有明確體現（《增韻》），而在《六書故》之後的材料中則表現得較爲明顯（《資治通鑒音注》、陶宗儀《南村輟耕錄》中的射字法），可以說，吳語中齒音讀如精組是從南宋開始的。《六書故》中知、莊、章組與精組是否完全合流，我們不能根據反切數據和當時的吳語材料作出判斷，但至少可以說，知、莊、章組與精組相混已經相當明顯了。

6、從（澄、崇、船）母與邪（禪）母相混，即齒音濁塞擦音與濁擦音相混。齒音濁塞擦音與濁擦音相混，是吳語方音的特徵。這一特徵由來已久，從南北朝起，各種反映吳語語音的文獻都或多或少地有所體現。《六書故》音注中齒音濁塞擦音與濁擦音相混並非完全合流，而是部分字混淆，兩種音類還存在着對立。

7、日母與禪（邪、船、從）母相混。禪日相混也是吳語方音的重要特點，五代吳語文獻中還未反映出禪日相混，到了南宋的《增韻》和《六書故》中則明確地表現出來。

8、日母與娘母相混。日母與泥、娘母相混，也是吳語方音的特點，在《六書故》中表現得並不明顯，但從戴侗的論述中也可以得到些證據。

9、匣母、喻三、喻四相混。《廣韻》音系喻三歸匣，後喻三從匣母中分化出來，與喻四合流。《六書故》音注中喻三、喻四母相混，體現的是宋代通語的特點；而喻三、喻四都跟匣母相混，則是吳語方音的表現。

〔註86〕王力《漢語語音史》255 頁，商務印書館，2008 年。

第 3 章　韻　母

3.1　通　攝

3.1.1　系聯和比較

　　《六書故》共有通攝反切 543 個，直音 4 個，聲調標音 31 個。反切下字系聯的結果爲：

　　東韻：

　　（合一）紅 48（戶公），公 13（古紅），東 9（得紅），工 7（古紅）。

　　（合三）戎 13（而融），弓 7（居戎），中 5（陟弓），融 4（以戎），宮 2（居戎），隆 2（力中），忠 2（陟隆），風（專戎），躬（居戎），終（職戎），充（昌終），籠（來充）。

　　董韻：

　　（合一）孔 14（苦董），總 2（作孔），動 2（杜總），董 2（得動）。

　　送韻：

　　（合一）貢 13（古弄），弄 6（魯貢），鳳（馮貢），送（蘇弄）。

　　（合三）仲（直眾），眾（之仲）。

　　屋、燭*韻：

　　（合一、合三）木 23（門卜），卜 11（博木），睦（莫卜）/谷 41（古祿），

祿 4（盧谷），瀆（徒谷），鹿（盧谷），速（穌谷），屋（烏谷），玉 22*（魚欲），欲 6*（余谷），足 4*（卩粟），蜀 2*（市玉），錄 2*（盧谷），粟*（相玉），曲*（丘玉），屬*（專欲）。

（合三）六 80（力竹），竹 10（陟六），逐 5（直六），宿 2（息逐），服（房六）〔註1〕，复（房六），菊（居六），育（余六）。

冬（東*）韻：

（合一）冬 10（都宗），宗 6（作冬），叢 4*（徂宗）。

宋韻：

（合一）宋（穌統），統（他綜），綜（子宋）。

沃韻：

（合一）沃 13（烏酷），毒 6（亭沃），酷 4（苦沃），告 2（姑沃）〔註2〕。

鍾韻：

（合三）容 46（余封），封 10（府容），逢 3（符容），鍾 2（諸容），顒（魚容），庸（余封）。

腫韻：

（合三）勇 18（尹竦），竦 7（息共），隴 6（力踵），共 3（矩竦），踵（主勇），蛹（尹竦），拱（矩竦）〔註3〕，恐（丘勇），壟（力踵）〔註4〕。

用韻：

（合三）用 7（余訟），訟（似用），奉（房用）〔註5〕。

反切比較的數據為：

自切：

東韻 115，董韻 19，送韻 23，屋韻 178。冬韻 13，宋韻 3，沃韻 22。鍾韻 59，腫韻 39，用韻 8，燭韻 38。

〔註1〕服，《六書故》首音弼力、房六二切，作反切下字取房六切。

〔註2〕告，《六書故》首音姑沃、古到二切，作反切下字 4 次，取姑沃切 2 次，古到切 2 次。

〔註3〕拱，《六書故》無字頭，在「共」字頭下，《六書故》首音矩竦切，「叉手也，從兩手交叉」。小字「今俗作『拱』，復加手，非。」

〔註4〕壟，《六書故》無字頭，「隴」字頭下小字注「別作壟、壠」。

〔註5〕奉，《六書故》首音父勇切，又音房用切。作反切下字取去聲房用切音。

混切：

東/冬 3，東/鍾 2，東/江 1；董/腫 1；屋/燭 6，屋/覺 1。冬/東 2，冬/鍾 1；沃/屋 2，沃/海 1。鍾/東 4；用/送 1；燭/屋 1。

3.1.2 東冬鍾三韻系合流

1、東冬韻系混切 7 例

淙，鉏弓（崇東合三平通）/藏宗（從冬合一平通）。

賨，徂紅（從東合一平通）/藏宗（從冬合一平通）。

鬆，穌叢（心東合一平通）/私宗（心冬合一平通）。

崇，鉏宗（崇冬合一平通）/鋤弓（崇東合三平通）。

叢*，徂宗（從冬合一平通）/徂紅（從東合一平通）。

瀑，平沃（並沃合一入通）/蒲木（並屋合一入通）。

哭，犬毒（溪沃合一入通）/空谷（溪屋合一入通）。

2、東鍾韻系混切 13 例

从（《廣韻》作「從」〔註 6〕），楚紅（昌東合一平通）/七恭（清鍾合三平通）。

从（《集韻》作「從」），舒紅（書東合一平通）/書容（書鍾合三平通）。

濛，莫逢（明鍾合三平通）/莫紅（明東合一平通）。

瞢，莫逢（明鍾合三平通）/莫中（明東合三平通）。

尨，莫逢（明鍾合三平通）/莫蓬（明東合一平通）（集）。

嵩，思容（心鍾合三平通）/息弓（心東合三平通）。

㻪，素動（心董合一上通）/息拱（心腫合三上通）。

諷，方奉（非用合三去通）/方鳳（非送合三去通）。

錄*，盧谷（來屋合一入通）/力玉（來燭合三入通）〔註 7〕。

〔註 6〕《六書故》注「俗作從」，按此楚紅切及下舒紅切音為「從容」義，《六書故》
原文：「又楚紅、舒紅二切，借為從容之从。从容，舒徐皃也。」

〔註 7〕《集韻》盧谷切有「錄」字，義「錄錄，不自異」，未解。與《六書故》義不合。
《六書故》：「《說文》曰『金色也』。……借為簿錄采錄之錄。」與《廣韻》、《集
韻》力玉切義相合。

贖，神瀆（船屋合一入通）/神蜀（船燭合三入通）。

趨，七六（清屋合三入通）/趨玉（清燭合三入通）（集）〔註 8〕。

局，衢六（群屋合三入通）/渠玉（群燭合三入通）。

欲*，余谷（喻四屋合一入通）/余蜀（喻四燭合三入通）。

包括沿用《說文》大徐本反切 2 例：

豖，丑六（徹屋合三入通）/丑玉（徹燭合三入通）。

築，陟玉（知燭合三入通）/張六（知屋合三入通）。

3、冬鍾韻系混切 1 例

穠，奴冬（泥冬合一平通）/女容（泥鍾合三平通）。

《說文》大徐本音注東冬鍾三韻系已有部分混切，特別是屋韻三等可與燭韻系聯爲 1 組（混切有 5 例）〔註 9〕，《六書故》音注中燭韻反切下字則完全與屋韻一等系聯。《六書故》表現比《說文》大徐本更複雜，是因爲《六書故》的通攝音注有明顯的一三等字相混的情況。《廣韻》通攝東韻獨用，冬鍾同用。王力《漢語語音史》宋代韻部將東韻一等與冬韻合併，東韻三等與鍾韻合併，成東鍾部。入聲與平聲相對應，成屋燭部。〔註 10〕《六書故》的通攝音注東、冬、鍾三韻系混切符合宋代通語的特點。

3.1.3 部分三等字轉入一等

上面冬鍾韻系混切的「穠」字，東冬韻系混切的「崇、淙」字，東鍾韻系混切的「濛、尨、騋、欲、贖、錄」字都是一、三等字混切，除此之外，還有 6 例東韻系一、三等字間的混切：

籠*，來充（來東合三平通）/盧紅（來東合一平通）。

鳳*，馮貢（奉送合一去通）/馮貢（奉送合三去通）。

睦*，莫卜（明屋合一入通）/莫六（明屋合三入通）。

〔註 8〕《六書故》：「趣，……又七六切，速其趨也。」下小字注「俗作『促』」。促，《廣韻》音七玉切。

〔註 9〕見姚志紅《〈說文解字〉大徐反切音系考》37～38 頁，首都師範大學碩士學位論文，2004 年。

〔註 10〕王力《漢語語音史》298～301 頁，商務印書館，2008 年。

牧，莫卜（明屋合一入通）/莫六（明屋合三入通）。

髮，莫卜（明屋合一入通）/莫六（明屋合三入通）。

穆，莫卜（明屋合一入通）/莫六（明屋合三入通）。

　　《廣韻》中，通攝輕唇音字的反切就有用一等字作反切下字的情況，如東韻的「豐」字音敷空切，送韻的「鳳」音馮貢切，均以一等字作反切下字。《集韻》「豐」音敷馮切，改爲三等自切；「鳳」亦音馮貢切，與《廣韻》同。《六書故》「鳳」音馮貢切，繼承了《廣韻》、《集韻》的反切。東韻三等明母字在《經典釋文》、《漢書注》等書的音系中已變爲一等洪音，發生在重輕唇分化之前。〔註11〕上面混切中的大部分都跟三等輕唇音字和明母字有關，但還不限於此。今天普通話裏，通攝的三等字絕大部分都變爲洪音，以《廣韻》平聲小韻來看，東韻三等的唇音風、豐、馮、薝小韻，舌音中、忡、蟲、隆小韻，牙音弓小韻，齒音崇、終、充、戎小韻，喉音融小韻都變爲洪音，僅餘牙音穹、窮小韻，喉音雄小韻還保留細音。鍾韻唇音封、峰、逢小韻，舌音踵、重、醲、龍小韻，牙音恭小韻，齒音縱、樅、從、蜙、松、鐘、舂、鱅、茸小韻，喉音容小韻都變爲洪音，僅餘牙音銎、蛩、顒小韻和喉音邕、胷小韻還保留細音。通攝三等轉入一等的普遍，不僅發生在全部唇舌齒音中，還發生在部分牙喉音字中。《中原音韻》中已部分反映了這種情況，東鍾部平聲陰「工、功、攻、公、蚣、弓、躬、恭、宮、龔、供、肱」同音，去聲「宋、送」同音、「縱、從、粽」同音，都是三等字變洪音的證明。除輕唇音和明母字外，《六書故》音注一等字切三等字的反切中，被切字「崇、贖、錄、騋、穋」今音都爲洪音；三等字切一等字的反切中，反切下字「弓、充」的今音也均爲洪音，可見，《六書故》中的通攝一三等韻混切是時音的體現。

　　只有1例：欲*，余谷（喻四屋合一入通）/余蜀（喻四燭合三入通）。被切字「欲」在今天的普通話中讀細音，《六書故》用一等「谷」作反切下字，比較特殊，這也導致了燭韻的大多數反切字系聯到了屋韻一等。

　　綜上，《六書故》通攝音注東多鍾三韻系合爲一部，部分三等韻字轉入一等，均爲時音的體現。

〔註11〕見邵榮芬《〈切韻〉尤韻和東三等唇音聲母字的演變》，載《邵榮芬語言學論文集》107～120頁，商務印書館，2009年。

3.1.4 特殊字音

1、以東切江

邦，博公（幫東合一平通）/博江（幫江開二平江）。

「邦」字，《廣韻》、《集韻》中均只有博江切音，《六書故》首音博公、博江二切，增博公切，是戴侗的古音叶讀音。吳棫《韻補》悲工切，朱熹《詩集傳》叶卜工、卜功切，均同音。

2、以屋切覺

濁，直谷（澄屋合一入通）/直角（澄覺開二入江）。

「濁」字，《廣韻》、《集韻》中均只有直角切音，《六書故》首音直谷、直角二切，增直谷切，是戴侗的古音叶讀音。屋、覺韻分別爲東、江韻的入聲，此例和上例1是對應的。吳棫《韻補》殊玉切，朱熹《詩集傳》叶殊玉切，均爲禪母，戴侗擬音則爲澄母。

3、以屋切燭

欲，余谷（喻四屋合一入通）/余蜀（喻四燭合三入通）。

> 欲，余谷切。羨欲也。俗作慾。

「欲」，《廣韻》余蜀切，「貪欲也。」《集韻》增俞戍切，「貪也。」義同。無《六書故》余谷切音。「欲」讀一等燭韻有可能是當時方音中的特殊讀法，但是今天吳方音中「谷」、「欲」的韻母不同。

3、以沃切海

毒，都告（端沃合一入通）/於改（影海開一上蟹）。

見 2.2.3。

3.2 江 攝

3.2.1 系聯與比較

《六書故》共有江攝反切 134 個，直音 2 個。反切下字系聯的結果爲：

江韻：

（開二）江 25（古降），雙 5（所江），降（下江）〔註 12〕。

講韻：

（開二）項 5（胡講），講 3（古項）。

絳韻：

（開二）巷 2（胡絳）〔註 13〕，絳（古巷），衖（胡絳）〔註 14〕。

覺韻：

（開二）角 77（古岳）〔註 15〕，岳 5（五角），覺 2（古岳），學 2（胡覺），捉（側角），渥（於角）。

反切比較的數據爲：

自切：

江韻 30，講韻 7，絳韻 7，覺韻 86。

混切：

江/唐 1，講/蕩 1，覺/鐸 2。

3.2.2　江、宕合流

《六書故》中江攝跟宕攝混切的數量並不多，均爲江韻系與宕攝一等唐韻系的混切，共 8 例：

迋，戶江（匣江開二平江）/胡郎（匣唐開一平宕）。

党，底項（端講開二上江）/多朗（端蕩開一上宕）。

降*，古浪（見宕開一去宕）/古巷（見絳開二去江）。

〔註 12〕「降」字讀音比較特殊，《六書故》「降」字頭下注古浪切，去聲，系入宕韻。釋義「自阜而下也。上曰陟，下曰降」。「降」前有「夅」字頭，下工、下江二切，釋義「下人也。夅，相偝也；夅，相下也」。小字注「今通用『降』，非」。顯然，戴侗認爲「降」讀去聲是「下降」義；讀平聲是「降服」義，應該寫作「夅」。而作爲反切下字，降讀去聲 3 次，取古浪切；也有平聲讀音 1 次，取下江切。

〔註 13〕巷，《六書故》無字頭，在「鄉」字頭下。「鄉」音胡絳切，釋義「邑門道也」，小字注「又作『巷』」。

〔註 14〕衖，《六書故》中未出現，《廣韻》「巷」字下有「衖」字，注「上同，亦作「鄉」。

〔註 15〕角，《六書故》首音盧谷、古岳二切，盧谷切是根據《詩經》韻歸納的古音，作反切下字取古岳切。

樂，力角（來覺開二入江）/盧各（來鐸開一入宕）。

歊，黑角（曉覺開二入江）/黑各（曉鐸開一入宕）（集）。

墣，匹各（滂鐸開一入宕）/匹角（滂覺開二入江）。

皃，墓各（明鐸開一入宕）/莫角（明覺開二入江）。

欶，所各（生鐸開一入宕）/所角（生覺開二入江）。

　　江宕攝之間混切較少，主要原因還在於江攝字比較少，《六書故》中僅有江韻字 30 個，講韻字 8 個，絳韻字 8 個。四個聲調都有混切，特別是去聲絳韻 8 個字中，就有作反切下字次數最多（3 次）的「降」字與宕韻混切。可以看出，戴侗實際語音中江、宕攝已經相混。江、宕二攝的合流在唐代就出現了，宋代更有大量材料顯示江宕攝合流，如《四聲等子》和《切韻指掌圖》中都將江、宕攝列於一圖。王力《漢語語音史》宋代韻部中合江宕攝舒聲爲江陽部，相對應入聲爲覺藥部。〔註16〕魯國堯宋詞韻的研究也合兩攝舒聲爲江陽部，入聲爲藥覺部。〔註17〕《六書故》音注江、宕相混與宋代通語語音的發展相符合。

3.3　止　攝

3.3.1　系聯和比較

　　《六書故》共有止攝反切 953 個，直音 1 個，聲調標音 33 個。反切下字系聯的結果爲：

　　支（齊*）韻：

　　（開三）支 43（章移），移 23（以支），知 16（陟離），離 5（隣支），斯（息移），馳（直離）/宜 16（魚羈），羈 13（居宜），奇 5（渠羈），皮 2（蒲羈），儀（魚羈）/彌 7（民卑），卑 3（賓彌），迷 4*（民卑）。

　　（合三）爲 15（于嬀），垂 6（是爲），規 5（堅隨），危 5（魚爲），隨 3（旬爲），麋 2（靡爲），陂（彼爲），嬀（居爲），窺（去隨）。

　　紙韻：

〔註16〕王力《漢語語音史》304～306、308～309 頁，商務印書館，2008 年。

〔註17〕魯國堯《論宋詞韻及其與金元詞韻的比較》，《魯國堯語言學論文集》393 頁，江蘇教育出版社，2003 年。

（開三）婢 5（部弭），弭 4（靡婢）/靡 4（莫彼），彼（補靡）。

（合三）委 15（隖毀），毀 3（虎委），蕊 3（才絫），絫 2（力委）〔註18〕。

寘韻：

（開三）義 17（儀寄），賜 6（斯義），豉 4（是義），寄 3（居誼），避（毗義），刺（七賜），誼（儀寄）。

（合三）僞 8（危睡），瑞 2（是僞），睡（樹僞）。

脂（支*）韻：

（開三）脂 24（烝夷），夷 19（以脂），尼 6（女夷），伊 5（於脂），私 4（息夷），咨（即夷）/悲 13（逋眉），眉（門悲），麋 2*（旻悲）。

（合三）追 15（陟惟），隹 11（職惟），惟 6（夷佳），遺 4（夷佳）。

旨（紙*）韻：

（開三）視 2（承矢）〔註19〕，眂 2（承矢）〔註20〕，豕*（市眂）。

（合三）美 7（莫鄙），軌 7（矩洧）〔註21〕，鄙 6（兵美），洧 6（榮美），水 6（式軌），癸 2（居誄），比（必美），誄（力軌），壘（力軌）。

至（未*）韻：

（開三）利 26（力至），至 19（之利），四 6（息利），二 5（而至），冀 4（几利），寐 2（密二），器 2（去冀），气*（卻利）/季 3（居悸），悸（渠季）。

（合三）醉 15（將遂），遂 8（徐醉），類 4（力遂），祟（雖遂）/位 10（于備），祕 7（兵媚），媚 6（明祕），備 3（平祕），愧（俱位），屁（兵媚），貴 13*（矩位），胃 2*（云貴），謂*（于貴）。

之（脂*）韻：

（開三）之 64（止而），其 12（渠之），茲 11（子之），持 6（直之），而（如之），滋（津之），基（居之），欺（去其），疑（語其），辭（似茲），司（息茲），資 3*（津司），茨*（疾滋）。

〔註18〕絫，《六書故》力追切，又上聲。作反切下字取上聲讀音，對應《廣韻》力委切。

〔註19〕視，《六書故》無字頭，在「眂」字頭下，注：「又作視。」

〔註20〕眂，《六書故》時利切，又上聲，反切下字取上聲讀音，對應《廣韻》承矢切。

〔註21〕軌，《六書故》首音矩有、矩洧二切，矩有切是古音叶讀音，作反切下字取矩洧切音。

止（紙*、旨**、尾***）韻：

（開三）里 23（良士），史 6（爽士），士 3（鉏里），子 2（即里），豈 3***（袪里）/止 10（祗耳），己 6（居擬），已 5（羊止），市 3（時止），起 3（口己），擬 2（語已），耳 2（柔以），以（羊止），矣（于己），恥（丑已），紀（苟擬），氏 16*（承旨），綺 13*（去倚），尔 8*（兒氏），倚 3*（於起），紙*（諸氏），只*（諸氏），爾*（兒氏），此*（雌氏），紫*（獎此），履 11**（良止），几 7**（居履），旨 5**（職雉），雉 4**（直几），姊**（將几）。

志韻：

（開三）吏 32（力置），記 6（居吏），志 5（職吏），置 3（陟吏），忌（渠記）。

微韻：

（開三）衣 20（於希），希 13（香衣）。

（合三）非 11（甫微），微 9（無非）；歸 6（居韋），韋 3（羽非）。

尾韻：

（合三）尾 8（亡匪），匪 2（非尾）/鬼 6（居偉），偉 5（于鬼），虺 1（許偉）。

未韻：

（開三）既 7（居豙），豙（魚既）。

（合三）沸 11（方未），未 3（扶沸），味（無沸）。

反切比較的數據爲：

自切：

支韻 158，紙韻 82，寘韻 44。脂韻 105，旨韻 60，至韻 115。之韻 92，止韻 61，志韻 42。微韻 60，尾韻 22，未韻 38。

混切：

支/脂 12，支/之 4，支/微 1，支/齊 2；紙/馬 1。脂/支 3，脂/之 2，脂/微 1，脂/齊 1，脂/嘯 1；旨/紙 8，旨/海 1；至/寘 3，至/未 3，至/薺 1，至/霽 1，至/緝 1。之/支 5，之/脂 3；止/紙 1，止/旨 3，止/尾 2，止/海 1，止/有 1；志/寘 3，志/紙 1，志/錫 1。微/支 1，微/脂 1；尾/紙 1，尾/旨 1，尾/止 1；未/至 2。

3.3.2　支脂之微合流

《六書故》音注明顯表現出止攝支脂之微四韻系相混的特點。反切系聯上，四個韻系之間都有關係，尤其是上聲，紙韻的開口字（除唇音外），「豸」字系入旨韻，其餘全部系入止韻。尾韻的開口字也全部系入了止韻。如此，系聯中的止韻則包含了《廣韻》紙、旨、止、尾四韻的字。反切比較上，支脂之微四韻系之間都有混切，具體如下。

1、支脂韻系混切 26 例

秕，浦宜（滂支開三平止）/敷悲（敷脂開三平止）。

槌，鼻宜（並支開三平止）/房脂（奉脂開三平止）。

阰，步彌（並支開三平止）/房脂（奉脂開三平止）。

蚍，蒲陂（並支開三平止）/房脂（奉脂開三平止）。

黴，府移（非支開三平止）/武悲（微脂開三平止）。

姕，即移（精支開三平止）/即夷（精脂開三平止）。

洟，延知（喻四支開三平止）/以脂（喻四脂開三平止）。

鮧，延知（喻四支開三平止）/以脂（喻四脂開三平止）。

黃，延知（喻四支開三平止）/以脂（喻四脂開三平止）。

羨，延知（喻四支開三平止）/以脂（喻四脂開三平止）。

紕，頻脂（並脂開三平止）/符支（奉支開三平止）。

麋*，旻悲（明脂開三平止）/靡爲（明支開三平止）。

衹，翹夷（群脂開三平止）/巨支（群支開三平止）。

舓，陳旨（澄旨開三上止）/神帋（船紙開三上止）。

硾，直類（澄至合三去止）/馳僞（澄寘合三去止）。

施，式眂（禪旨開三上止）/賞是（書紙開三上止）（集）〔註22〕。

鄔，于軌（喻三旨合三上止）/韋委（喻三紙合三上止）。

包括沿用《說文》大徐本反切 9 例：

檇，遵爲（精支合三平止）/醉綏（精脂合三平止）。

祁，巨支（群支開三平止）/渠脂（群脂開三平止）。

〔註22〕「施」字，式眂切，「旇施，旌旗偃靡兒也」。這個音《廣韻》未收，《集韻》紙韻有賞是切音，「捨也，改易也，通作『弛』」，當是同義。

仳，普比（滂旨開三上止）/匹婢（滂紙開三上止）。

豕*，式視（書旨開三上止）/施是（書紙開三上止）。

氏*，承旨（禪旨開三上止）/承紙（禪紙開三上止）。

是*，承旨（禪旨開三上止）/承紙（禪紙開三上止）。

諟，承旨（禪旨開三上止）/承紙（禪紙開三上止）。

譬，匹至（滂至開三去止）/匹賜（滂寘開三去止）。

骴，資四（精至開三去止）/疾智（從寘開三去止）。

2、支之韻系混切 14 例

嫠，里支（來支開三平止）/里之（來之開三平止）。

來，力支（來支開三平止）/陵之（來之開三平止）（集）。

丌，居支（見支開三平止）/居之（見之開三平止）（集）。

騏，渠支（群支開三平止）/渠之（群之開三平止）。

灕，鄰之（來之開三平止）/呂支（來支開三平止）。

池，直之（澄之開三平止）/直離（澄支開三平止）。

呢，如之（日之開三平止）/汝移（日支開三平止）。

澌，辛茲（心之開三平止）/息移（心支開三平止）。

岐，渠之（群之開三平止）/巨支（群支開三平止）。

倚*，於起（影止開三上止）/於綺（影紙開三上止）。

寘，陟吏（知志開三去止）/支義（章寘開三去止）。

蚝，千志（清志開三去止）/七賜（清寘開三去止）。

芰，巨記（群志開三去止）/奇寄（群寘開三去止）。

技，其記（群志開三去止）/渠綺（群紙開三上止）。

3、支微韻系混切 3 例

芹，巨支（群支開三平止）/渠希（群微開三平止）（集）〔註23〕。

〔註23〕《六書故》「芹」字下注「古作蘄」。「蘄」《廣韻》有巨斤切、居依切、渠之切三音。巨斤切下注「又巨希切」，但微韻渠之切音無「蘄」字，周祖謨《廣韻校本》：「切二及敦煌王韻居希反下蘄字注云『今音祈』」。「祈」則為渠希切。若以《六書故》「蘄」字渠支切與《廣韻》比較，則可看作以支切之或以支切微。

燬，許偉（曉尾合三上止）/許委（曉紙合三上止）。

包括沿用《說文》大徐本反切 1 例：

撝，許歸（曉微合三平止）/許爲（曉支合三平止）。

又有「翬」字，《六書故》音注有版本的不同，李元鼎刊本作「許規切」，是以支切微；明影抄元本作「許歸切」，則是微韻自切。

4、脂之韻系混切 8 例

鮞，人伊（日脂開三平止）/日之（日之開三平止）。

鎡，津私（精脂開三平止）/子之（精之開三平止）。

比，毗之（並之開三平止）/房脂（奉脂開三平止）。

資*，津司（精之開三平止）/即夷（精脂開三平止）。

茨*，疾滋（從之開三平止）/疾資（從脂開三平止）。

死，息止（心止開三上止）/息姊（心旨開三上止）。

邔，其己（群止開三上止）/巨几（群旨開三上止）（集）。

包括沿用《說文》大徐本反切 1 例：

履*，良止（來止開三上止）/力几（來旨開三上止）。

5、脂微韻系混切 9 例

祈[註24]，翹夷（群脂開三平止）/渠希（群微開三平止）。

帷，于歸（喻三微合三平止）/洧悲（喻三脂合三平止）。

膍，許偉（曉尾合三上止）/力軌（來旨合三上止）。

鮪，于鬼（喻三尾合三上止）/榮美（喻三旨合三上止）。

气*，卻利（溪至開三去止）/去既（溪未開三去止）。

貴*，矩位（見至合三去止）/居胃（見未合三去止）。

喟，丘貴（溪未合三去止）/丘愧（溪至合三去止）。

匱，期貴（群未合三去止）/求位（群至合三去止）。

包括沿用《說文》大徐本反切 1 例：

尉，於位（影至合三去止）/於胃（影未合三去止）。

[註24] 祈，《六書故》無字頭，在「示」字頭下。「示」首音翹夷切，注：「《周官》：『天日神，人日鬼，地日示。』亦作祈。」又音神至切，注：「顯設昭示也。」比較時分爲「祈」、「示」二字。

6、之微韻系混切 3 例

豈*，祛里（溪止開三上止）/祛狶（溪尾開三上止）。

俟，於起（影止開三上止）/於豈（影尾開三上止）。

杞，虛豈（溪尾開三上止）/墟里（溪止開三上止）。

從上面的比較可以看出，《六書故》中止攝四個韻系之間的混切已經很明顯了。特別是很多常用字都出現了混切，如「姿、池、倚、技、資、死、气、貴」等；也有多個反切下字出現了混切，導致系聯上的錯綜複雜。可以確定，《六書故》音注中的止攝支脂之微四韻系已經合流了。《廣韻》支脂之同用，微獨用。王力《漢語語音史》中宋代韻部合支脂之微四韻系與蟹攝的齊祭廢韻，成支齊部。其中支、脂、之的精系聲母字分化出來，成資思部。〔註 25〕《六書故》的音注也明顯體現出止攝四韻系合流的特點，這符合南宋通語的發展。

另外，蟹攝的齊韻系和祭、廢韻也與止攝字有少量混切，我們在 3.5 節中討論。

3.3.3 特殊字音

1、以紙切馬

扯，齒只（昌紙開三上止）/昌者·（昌馬開三上假）。

> 扯，齒者、齒只二切。𦟀曳也，與撦通。又作「撦」，《類篇》曰「列也」。

> 又作「挓」，淺野切，取也。

「扯」字是個後起字，《廣韻》、《集韻》均未收。《漢語大字典》、《王力古漢語字典》音注均取《正字通》昌者切，《漢語大字典》引《正字通》：「扯，俗撦字。」《六書故》齒者切音，與昌者切音同，而《六書故》的時代要遠早於《正字通》。宋代「扯」字已常用作拉拽義，如華岳詩《田家十絕》之四：「雞唱三聲天欲明，安排飯椀與茶瓶。良人猶怒催畊早，自扯蓬窗看曉星。」又如羅壁《識遺》：「近時蜀士董君可曰：文字用事要去元出處推究，不可只扯拽他人見事來使。」

小字注「又作『撦』」。「撦」，《廣韻》昌者切，「裂開」。《集韻》齒者切，「裂也」（戴侗以「列」為「裂」的本字，所以引書作「列也」）。戴侗也以「扯」、「撦」為異體字，但他以「扯」字為字頭，把前代字書中的「撦」字以小字列出，可

〔註 25〕王力《漢語語音史》327～332、338～339 頁，商務印書館，2008 年。

見「扯」字在南宋末年的應用已經相當普遍了。

　　小字注「又作『揌』。「揌」，《廣韻》側加切，「《說文》挹也。」又徐野切、茲也切二音，「取也。」《集韻》增淺野切音，義同爲「取也」。《六書故》當取《集韻》音義。拉拽義與取得義並非必然的因果關係，且兩字讀音也不同，應該是兩個字，而不是異體字。戴侗之所以將兩者聯繫起來，大概是因爲他認爲兩字讀音是相同的。戴侗方音章、精組聲母相混，「揌」爲清母，「扯」爲昌母，戴侗混而不分。

　　《六書故》給「扯」字注齒只切音，很有可能是當時的異讀，「扯」以「止」爲聲符，很可能早期會有止攝讀音。

2、以脂切嘯

尿，息遺（心脂合三平止）/奴弔（泥嘯開四去效）。

見 2.3.6。

3、以旨切厚

母，滿鄙（明旨開三上止）/莫厚（明厚開一上流）。

　　母，滿鄙、莫古二切，又莫后、莫假二切。有子爲母，取象於乳。

　　按古書母馬同音，皆莫古切；今世俗母馬同音，皆莫假切。……

《六書故》中給「母」字注了四個音，從其先後並列，以及戴侗的論述來看，前二音是古音叶讀音，後二音是今音音注。《廣韻》、《集韻》「母」僅厚韻莫厚（後）切一音。「母」字的古音叶讀音，吳棫《韻補》姥罪切（賄韻），朱熹《詩集傳》叶滿彼切（紙韻），與《六書故》滿鄙切相對應。吳棫《韻補》滿補切，朱熹《詩集傳》滿補反，與《六書故》莫古切同音。

4、以至切緝

廿，尼至（娘至開三去止）/人執（日緝開三入深）。

　　廿，二十切，二十之合稱也。按今俗呼若念，蓋二十有尼至切之音，

　　故又轉而爲念。

廿，《廣韻》人執切，「《說文》云：『二十并也。』今作廿，直以爲二十字。」《集韻》音義略同。均無「念」及尼至切音。「念」音與今音同，應是南宋新起的讀音，戴侗以之爲「俗呼」，可見這個讀音應用已經比較普遍了。戴侗分析了

「廿」字能產生「念」音的原因，認為是尼至切的音轉。尼至切與人執切相比，不僅聲母不同，而且韻母有去聲和入聲之別。「廿」有尼至切音，說明其在讀作「念」之前，還有一種入聲韻尾消失的陰聲讀法。

5、以志切錫

績，側吏（莊志開三去止）/則歷（精錫開四入梗）。

> 績，則歷切，緝麻也。……今人以麻之已績者爲績，側吏切。

《廣韻》「績」音則歷切，「緝也，功業也，繼也，事也，成也。」《集韻》音義略同。均無側吏切音。由《六書故》釋義，可見其「績」字爲兩音別義。戴侗語音莊、精組相混，側吏切與則歷切的聲母應是相同的，所以由「緝麻」到「麻之已績者」可看作由動作義到結果義的變韻構詞。現代普通話裏，「績」字的標準讀音爲陰平，但去聲讀音也很流行，只是被視爲不規範音。這兩個讀音正可以對應《六書故》的則歷切與側吏切二音：平聲是則歷切韻尾消失，轉爲陰聲字對應的讀音；去聲則與側吏切相合。也就是說，今天「績」字的平去二音，很可能是不同的來歷，而不只是入派四聲時發生的分歧。《漢語大字典》未收入《六書故》反切及義項。

6、以旨切海

在，才几（從旨開三上止）/昨宰（從海開一上蟹）。

「在」，《廣韻》昨宰切，又昨代切。《集韻》音同。均無才几切音。《六書故》才載切，又才几切，不取《廣韻》去聲讀音。增才几切，是戴侗的古音叶讀音。吳棫《韻補》音此禮切（清母薺韻），朱熹《詩集傳》叶此里反（清母止韻），三者音注的差異體現了宋代止攝與蟹攝齊韻系的混同。

7、以止切海

待，遲止（澄止開三上止）/徒亥（定海開一上蟹）。

> 待，遲止、蕩亥二切。止而須也。

待，《廣韻》徒亥切，《集韻》音同。均無遲止切音。《六書故》增遲止切，推測有兩種可能性。第一，可能是戴侗的古音叶讀音。吳棫《韻補》：「待，直里切，俟也。魏文帝《浮淮賦》：『眾帆張，羣櫂起。爭先逐進，莫適相待。』」《六書故》遲止切與《韻補》直里切音同，但吳棫取曹操詩韻，時代相對較晚，戴侗

注古音一般只根據先秦韻文，未必會取此音。朱熹《楚辭集注》卷一：「路脩遠以多艱兮，騰眾車使徑待。路不周以左轉兮，指西海以爲期。待叶徒奇反，一作持。」「待」字朱熹叶音僅此 1 例，讀音與吳棫、戴侗不同，而且還有異文。可見，「待」字音遲止反在古韻文中證據也很少。第二，有可能與「偫」字有關。《廣韻》直里切有「偫」字，注：「待也，儲也，具也。又有所望而往。」《集韻》丈里切，注：「《說文》『待也』。」《六書故》給「待」字注音遲止切或許與「偫」字有關。

3.4　遇　攝

3.4.1　系聯和比較

《六書故》共有遇攝反切 718 個，直音 2 個，聲調標音 31 個。反切下字系聯的結果爲：

魚韻：

（開三）居 25（九魚），魚 24（語居），余 20（以諸），諸 9（章魚），菹 4（側魚）。

語（麌*）韻：

（開三）呂 38（力与），舉 11（居許），巨 8（蒃呂），與 8（余呂），許 6（虛呂），与 6（尹汝），所 2（疏與），渚 2（章与），褚（中呂），予（余呂），侶（力舉），汝（而渚），甫 16*（方巨），主 16*（知予）〔註26〕，羽 9*（王巨），武 6*（亡甫），庾 4*（以主），父 2*（浮甫），縷*（力主），撫*（孚武）。

御韻：

（開三）據 13（居御），御 5（牛據），慮 4（良據），庶 4（商著），茹 3（人恕），恕 3（商著），著 2（陟慮），助（牀據），豫（羊茹），預（羊茹）〔註27〕。

虞（魚*）韻：

（合三）朱 43（章俱），俱 37（舉朱），無 18（武夫），于 13（羽俱），夫

〔註26〕　主，《六書故》首音知預切，「登主也」，又知予切，「借爲賓主之主」，是常用音義。用作反切下字取知予切。

〔註27〕　預，《六書故》無字頭，在「豫」字頭下，注：「借爲豫先、猶豫之豫，亦作預。」

7（甫殳），輸 4（式朱），須 4（相俞），俞 3（羊朱），殳 2（式朱），珠 2（章俱），殊（市朱），蹰（羊朱），隅（偶俱），扶（防無），拘（共于），於 7*（衣俱），如 3*（而朱）。

麌韻：

（合三）矩 6（俱雨），雨 4（王矩），禹 3（王矩）。

遇韻：

（合三）遇 37（元具），戍 9（須遇），句 8（九遇），付（方遇），孺（而遇），注（之戍），喻（俞戍）/具 3（健芌），芌 2（云昫），昫 2（況芌）。

模韻：

（合一）乎 26（戶吳），胡 18（戶孤），都 17（當孤），孤 9（古乎），吳 6（五乎），姑 4（攻乎），烏 4（哀都），模 3（莫胡），吾 3（卬胡），租 3（尊吾），沽 2（攻乎），呼 2（荒乎），逋 2（奔模），鋪（普胡）。

姥韻：

（合一）古 44（公戶），戶 11（侯古），五 8（吾古），魯 3（郎古），苦（口魯）。

暮韻：

（合一）故 54（古慕），慕 5（莫故），誤 4（五故），布 2（博故），路（洛故）。

反切比較的數據爲：

自切：

魚韻 84，語韻 77，御韻 35。虞韻 135，麌韻 66，遇韻 63。模韻 96，姥韻 63，暮韻 64。

混切：

魚/虞 6，魚/模 2；語/麌 8；御/遇 1，御/語 1。虞/魚 3；麌/語 1，麌/姥 1；遇/御 1，遇/麌 1。模/麻 4；姥/暮 1，姥/厚 3；暮/姥 1，暮/遇 1。

3.4.2 魚虞合流

《六書故》音注魚虞兩韻系在系聯上互有參差，反切比較則有混切 20 例：

蛛，陟余（知魚開三平遇）/陟輸（知虞合三平遇）。

躕，陳如（澄魚開三平遇）/直誅（澄虞合三平遇）。

雛，士余（崇魚開三平遇）/仕于（崇虞合三平遇）。

樞，七余（清魚開三平遇）/昌朱（昌虞合三平遇）。

胸，其居（群魚開三平遇）/其俱（群虞合三平遇）。

竽，員魚（喻三魚開三平遇）/羽俱（喻三虞合三平遇）。

如，而朱（日虞合三平遇）/人諸（日魚開三平遇）。

徐，祥朱（邪虞合三平遇）/似魚（邪魚開三平遇）。

於*，衣俱（影虞合三平遇）/央居（影魚開三平遇）。

甫*，方巨（非語開三上遇）/方矩（非麌合三上遇）。

黼，方巨（非語開三上遇）/方矩（非麌合三上遇）。

斧，匪巨（非語開三上遇）/方矩（非麌合三上遇）。

主*，知予（知語開三上遇）/之庾（章麌合三上遇）。

麌，魚巨（疑語開三上遇）/虞矩（疑麌合三上遇）。

圄，魚巨（疑語開三上遇）/虞矩（疑麌合三上遇）。

羽*，王巨（喻三語開三上遇）/王矩（喻三麌合三上遇）。

楀，王巨（喻三語開三上遇）/王矩（喻三麌合三上遇）。

黍，暑雨（書麌合三上遇）/舒呂（書語開三上遇）。

饇，衣據（影御開三去遇）/衣遇（影遇合三去遇）。

箸，直遇（澄遇合三去遇）/遲倨（澄御開三去遇）。

又有「斧」字，《六書故》音匪巨切，又平聲，注「別作『鈇』」，平聲為非母魚韻。《廣韻》「鈇」音甫無切，非母虞韻。《六書故》相當於以魚切虞。〔註28〕又有「軀」、「蜍」二字，《六書故》音注有版本的不同，「軀」字，李元鼎刊本作「豈居切」，是以魚切虞；明影抄元本作「豈俱切」，則是虞韻自切。「蜍」字，李元鼎刊本作「汝余切」，是虞韻自切；明影抄元本作「汝魚切」，則是以魚切虞。

《說文》大徐本音系魚、虞分用，基本不混。〔註29〕《六書故》的混切也沒有沿用《說文》大徐本的。混切例中，被切字多有常用字，如「雛、如、徐、於、羽、甫、主、斧、黍」等，且有多個反切下字，所以，《六書故》音系中魚

〔註28〕《六書故》也有「鈇」字頭，音甫無切，與《廣韻》同。

〔註29〕姚志紅《說文解字大徐反切音系考》45～46頁，首都師範大學碩士學位論文，2004年。

虞合流是沒問題的。《廣韻》遇攝魚獨用，虞模同用。王力《漢語語音史》宋代韻部合魚虞模爲魚模部。〔註30〕《六書故》音注魚、虞合流也符合宋代通語的發展。

　　《六書故》音注中不僅有魚虞混切，還有少量魚虞跟模韻混切，也就是一、三等韻字混切的情況，共 3 例：

　　　賦，方布（非暮合一去遇）/方遇（非遇合三去遇）。

　　　袽，女余（娘魚開三平遇）/乃都（泥模合一平遇）。

　　　圃，補雨（幫麌合三上遇）/博古（幫姥合一上遇）。

　　現代溫州方言魚、虞韻讀細音[y]，模韻讀洪音[u]。「賦」是輕唇音字，變爲洪音，反切下字改爲一等字。遇攝的匣、喻母字因爲聲母轉從奉母讀音[v]，韻母也從細音變成洪音[u]，「袽」的反切下字「余」，今天溫州話讀[vu]；「圃」的反切下字「雨」讀[vu]〔註31〕。所以，從現代的溫州方言來看，「袽、圃」2 例也都能得到解釋。小徐本《說文》反切「雨」音于補反，「圃」音不雨反〔註32〕，說明「雨」字的洪音讀法在南唐時就已經出現了，這是吳語方音的特點。

3.4.3　部分流攝唇音字轉入遇攝

　　唐宋間流攝部分唇音字的讀音發生了重要的改變，轉入遇攝。《六書故》中有 2 例混切體現了這種變化：

　　　牡，莫古（明姥合一上遇）/莫厚（明厚開一上流）。

　　　拇，莫古（明姥合一上遇）/莫厚（明厚開一上流）。

　　此 2 例《六書故》都注二音：牡，莫古、莫后二切；拇，莫古、莫垕二切。《廣韻》都僅莫厚切一音。《六書故》增加姥韻讀音，應是時音的體現。此外，《六書故》中「母」字有莫古切一音，與今音合，但戴侗將莫古切音作爲古音看待的，故不能當作《六書故》流攝唇音字轉入遇攝的證據，故列在

〔註30〕王力《漢語語音史》296～298 頁，商務印書館，2008 年。.

〔註31〕國際音標取自北京大學中國語言文學系語言學教研室編，王福堂修訂《漢語方音字彙》，語文出版社，2003 年。以下列舉現代方言音標中不加注釋者均取自此書。

〔註32〕見王力《朱翱反切考》，載《龍蟲並雕齋文集》（第三冊），中華書局，1982 年。

特殊字音。

《六書故》中轉入遇攝的流攝唇音字很少，且均爲一等厚韻。宋詞韻中，尤韻系唇音字「浮、否、婦、負、阜」等字已押入魚模部〔註33〕，《六書故》音注中三等尤韻系的唇音字，如「浮（房尤）、否（方九）、婦（房九）、負（房九）、副（專救）」等字的音注都與《廣韻》一致，未表現轉入遇攝的情況。

3.4.4　特殊字音

1、以御切語

貯，竹慮（知御開三去遇）/知呂（知語開三上遇）。

　　貯，竹慮切，居財也。

「貯」字的讀音很有趣。《說文》大徐本注音與《說文》小徐本、《廣韻》、《集韻》有分歧。《說文》大徐本直呂切，「積也」。《說文》小徐本竹呂反。《廣韻》丁呂切，「居也，積也。」新添類隔更音和切中改作知呂切。《集韻》展呂切，「積也」。《類篇》展呂切，「《說文》積也」。

各書均作上聲讀音，《說文》大徐本爲澄母，《說文》小徐本、《廣韻》、《集韻》、《類篇》均爲知母。（由《類篇》注引《說文》，可推測《說文》大徐本可能還有不同的版本，音展呂切。）值得注意的是，《增韻》音直呂切，「積也，居也，盛也。」未收展呂切音，與《廣韻》、《集韻》、《韻略》都不同，也沒有加注特殊的說明。由各書的分歧可以推斷，「貯」字在宋代很可能有清音知母和濁音澄母兩種讀法。《六書故》竹慮切，知母去聲，各書均無，而正與今天的讀音相合。《六書故》音應是繼承了《說文》大徐本和《增韻》，而有了濁上變去和濁音清化的發展。

2、以遇切禡 2 例

舍，始據（書遇合三去遇）/始夜（書禡開三去假）。

夜，羊庶（喻四遇合三去遇）/羊謝（喻四禡開三去假）。

「舍、夜」，《六書故》都兼收遇韻讀音與《廣韻》禡韻讀音，「舍」字首音始夜、始據二切；「夜」字音羊射切，又羊庶切。遇韻讀音均爲戴侗的古音叶讀

〔註33〕見魯國堯《論宋詞韻及其與金元詞韻的比較》，載《魯國堯語言學論文集》392～393 頁，江蘇教育出版社，2003 年。

音。「舍」，吳棫《韻補》春遇切。「夜」，吳棫《韻補》元具切，朱熹《詩集傳》叶羊茹反。

3、以模切麻 4 例

家，古胡（見模合一平遇）/古牙（見麻開二平假）。

豭，古乎（見模合一平遇）/古牙（見麻開二平假）。

瓜，古胡（見模合一平遇）/古華（見麻合二平假）。

華，況乎（曉模合一平遇）/呼瓜（曉麻合二平假）。

這 4 例，《六書故》都兼收《廣韻》麻韻讀音，與新增模韻讀音並列：「家」字首音古胡、古牙二切；「豭」字首音古牙、古乎二切；「瓜」字首音古華、古胡二切；「華」字首音況乎、況瓜二切。模韻讀音均爲戴侗的古音叶讀音。「家」，吳棫《韻補》攻乎切，朱熹《詩集傳》叶古乎（古胡）反；「瓜」，吳棫《韻補》攻乎切，朱熹《詩集傳》叶攻乎反，均與《六書故》音同。「豭」，吳棫《韻補》洪孤切，匣母。「華」，吳棫《韻補》芳無切，朱熹《詩集傳》叶芳無反，均爲敷母虞韻，戴侗所擬古音與其差別較大。

4、以姥切厚

母，莫古（明姥合一上遇）/莫厚（明厚開一上流）。

見 3.3.3。

5、以姥切暮

忤，五古（疑姥合一上遇）/五故（疑暮合一去遇）。

> 忤，五古切，心觸逜也。俗書。古通作午、逜。

忤，《廣韻》、《集韻》均爲五故切，去聲。《六書故》五古切，上聲，聲調不同。「忤」字《說文》不載，戴氏小字注「俗書」，可見是較晚起的字。戴氏不取《廣韻》、《集韻》音，應是當時的實際語音。《漢語大字典》注拼音 wǔ，正合《六書故》五古切音，加注「（舊讀 wù）」則是《廣韻》、《集韻》的去聲讀音。

3.5 蟹 攝

3.5.1 系聯和比較

《六書故》共有蟹攝反切 784 個，直音 1 個，聲調標音 24 個。反切下字系

聯的結果如下：

哈韻：

（開一）來 19（力該），哀 14（烏開），才 7（鉏哉），開 6（苦哀），該 2（古哀），臺（徒哀），哈（呼來），裁（作來），哉（將來）。

海韻：

（開一）亥 17（下改），改 6（古亥），宰（作亥），載（作代），在（才載）。

代韻：

（開一）代 21（徒耐），耐 4（奴代），愛 2（於代），戴（得代），鼐（奴代），槩（工代），黛（徒耐）。

泰韻：

（開一）蓋 22（古太），太（他蓋），艾（五蓋）；

（合一）外 27（五會），會 3（黃外）。

灰韻：

（合一）回 40（胡隈），恢 5（苦回），杯 6（舖枚），枚 4（莫回），盃 2（舖枚），雷 2（魯回），瑰（公回），隈（烏恢），灰（呼回）。

賄韻：

（合一）罪 8（徂賄），猥 8（塢賄），賄 8（虎每），每 4（武罪）〔註34〕，浼（母罪）。

隊（泰*）韻：

（合一）對 21（都隊），內 12（奴對），隊 2（徒對）/妹 10（莫佩），佩 6（蒲昧），昧 3（莫佩），配（滂佩），貝 2*（補妹）。

蟹韻：

（開二）買 9（芒解），解 4（古買），蟹（胡買），蠏（胡買）〔註35〕。

卦（夬*）韻：

（開二、合二）賣 7（莫隘），卦 5（古賣），隘 5（烏解），解（胡賣）〔註36〕，

〔註34〕每，《六書故》首音梅瑰切，又上聲，作反切下字取上聲讀音，對應《廣韻》武罪切。

〔註35〕蠏，《六書故》無字頭，在「蟹」字頭下。

〔註36〕「解」字，《六書故》首音古買切，又胡賣切。作反切下字 5 次，4 次均取首音古買切，但在「隘，烏解切」中取去聲。「隘」字在《廣韻》、《集韻》均爲去

夬*（古賣）〔註37〕。

皆（佳*）韻：

（開二）皆26（古鮭），諧7（戶皆），鮭2（胡皆），階（古諧）〔註38〕，厓*（五皆），膎*（戶皆），街*（古鮭）；

（合二）乖4（古褱），褱2（乎乖）。

駭韻：

（開二）駭4（下楷），楷2（苦駭），鍇（苦駭）。

怪（夬*、泰**、代***）韻：

（開二、合二）拜13（布壞），介11（古拜），戒8（古拜），怪6（古壞），壞3（戶怪），界（古拜），邁3*（莫敗），快2*（苦怪），薑*（丑介），敗*（卜戒），話*（胡快），賴**（洛介），奈**（那賴），大**（特奈），蔡**（倉大），餈***（勒戒）。

祭韻：

（開三）制26（征例），例16（力制），祭4（子例），袂2（弭敝），曳（以制），逝（時制），世（舒制），敝（毗祭），稅（輸袂）；

（合三）芮12（而銳），銳6（以芮），歲5（相芮）/衛7（于劌），劌（居衛），綴（陟衛）。

廢韻：

（合三）吠6（房廢），廢3（方吠），肺（方吠），穢（污廢）。

齊韻：

（開四）兮22（胡雞），雞14（古兮），稽2（古兮），西11（先稽），奚15（胡雞），黎5（郎奚），齊3（徂奚），題3（杜奚），氐（都奚）〔註39〕；

聲，在《六書故》中作反切下字時被切字也均爲去聲，所以「解」作「隘」的反切下字就只能取去聲讀音了。

〔註37〕夬，《六書故》首音古買切，小字注「又古賣切」，作反切下字1次，被切字「噲」，是去聲字，定其反切爲古賣切。

〔註38〕階，《六書故》無字頭，在「堦」字頭下，注「又作階」。

〔註39〕氐，《六書故》首音丁禮切，又音都奚切。作反切下字1次，被切字「泥」，首音奴氐切，又奴禮切，又去聲。奴氐切與奴禮切、去聲對立，當爲平聲，故「氐」字作反切下字取都奚切。

（合四）圭 10（古畦），畦 4（戶圭），攜 3（玄圭）。

薺韻：

（開四）禮 39（盧啓），仳4（溪補），啓 2（康禮），弟（徒禮），濟（子禮），米（莫禮），補（泥米）。

霽韻：

（開四）計 57（古詣），詣 11（五計），細 4（穌計），帝（都計），契（苦計），繼（古詣）。

（合四）桂 8（古惠），惠 5（胡桂）。

反切比較的數據爲：

自切：

咍韻 51，海韻 26，代韻 30。泰韻 56。灰韻 62，賄韻 27，隊韻 51。佳韻 5，蟹韻 14，卦韻 15。皆韻 34，駭韻 7，怪韻 32。夬韻 9。祭韻 83。廢韻 10。齊韻 95，薺韻 48，霽韻 83。

混切：

咍/海 1；代/隊 1，代/泰 1。泰/代 2，泰/隊 1，泰/過 1。賄/灰 2；隊/泰 2，隊/怪 1，隊/至 1；蟹/駭 1；卦/怪 1，卦/夬 1，卦/蟹 1。皆/佳 8；怪/代 1，怪/泰 1，怪/卦 3，怪/夬 4，怪/眞 1。祭/霽 1，祭/至 1。廢/味 1。齊/霽 1，齊/皆 1；薺/紙 1；霽/廢 1，霽/至 1，霽/錫 1，霽/泰 1，霽/怪 1。

3.5.2　代隊泰韻混切

1、代隊混切 1 例

瑁，莫代（明代開一去蟹）/莫佩（明隊開一去蟹）。

代韻和隊韻開合口不同，一般不會發生混切。但「瑁」爲唇音字，不分開合。《六書故》中「玳」、「瑁」二字相連，音徒耐切、莫代切，明示其疊韻，故給「瑁」標開口反切下字。

2、代泰混切 3 例

匄，古代（見代開一去蟹）/古太（見泰開一去蟹）。

慨，苦蓋（溪泰開一去蟹）/苦愛（溪代開一去蟹）。

嘅，口蓋（溪泰開一去蟹）/苦愛（溪代開一去蟹）。〔註40〕

又有「藹」字《六書故》烏改切，又去聲，去聲爲影母代韻。《廣韻》於蓋切，影母泰韻。《六書故》相當於以代切泰。

3、隊泰混切 3 例

沛，北昧（幫隊合一去蟹）/博蓋（幫泰開一去蟹）。

貝*，補妹（幫隊合一去蟹）/博蓋（幫泰開一去蟹）。

䝗，黃外（匣泰合一去蟹）/胡對（匣隊合一去蟹）。

泰韻在《廣韻》中獨用，《六書故》中其開口與代韻相混，合口與隊韻相混。

3.5.3 佳皆夬合流

反切系聯中平聲佳韻的 4 個反切下字，除「媧」字系聯入麻韻外，「厓、街、膎」都系聯入皆韻。夬韻反切下字也已經完全系入怪、卦韻。反切比較中，三韻系也大量混切，如下。

1、佳皆混切 13 例

厓*，五皆（疑皆開二平蟹）/五佳（疑佳開二平蟹）。

篩，所皆（生皆開二平蟹）/山佳（生佳開二平蟹）。

釵，楚皆（初皆開二平蟹）/楚佳（初佳開二平蟹）。

街*，古𪙊（見皆開二平蟹）/古膎（見佳開二平蟹）。

鞵，戶皆（匣皆開二平蟹）/戶佳（匣佳開二平蟹）。

䰏，薄皆（並皆開二平蟹）/薄佳（並佳開二平蟹）。

柴，鉏皆（崇皆開二平蟹）/士佳（崇佳開二平蟹）。

唉〔註41〕，於解（影蟹開二上蟹）/於駭（影駭開二上蟹）。

塊，苦卦（溪卦開二去蟹）/苦怪（溪怪開二去蟹）。

債〔註42〕，側介（莊怪開二去蟹）/側賣（莊卦開二去蟹）。

〔註40〕「慨、嘅」2 例澤存堂本《廣韻》在慨小韻，音苦蓋切，周祖謨校改「蓋」爲「愛」，校語：「案『蓋』在泰韻，不得切，故宮《王韻》作苦愛反，《唐韻》作苦慨反，並是。『愛』、『慨』均在本韻。」

〔註41〕「唉」，《六書故》無字頭，在「欸」字頭下，注：「又作『唉』。」以於解切音與《廣韻》「唉」字比較。

曬，所戒（生怪開二去蟹）/所賣（生卦開二去蟹）。

解，胡戒（匣怪開二去蟹）/胡懈（匣卦開二去蟹）。

包括沿用《說文》大徐本反切 1 例：

膎*，戶皆（匣皆開二平蟹）/戶佳（匣佳開二平蟹）。

2、怪夬混切 4 例

敗*，卜戒（幫怪開二去蟹）/補邁（幫夬開二去蟹）。

敗，步拜（並怪開二去蟹）/薄邁（並夬開二去蟹）。

快*，苦怪（溪怪合二去蟹）/苦夬（溪夬合二去蟹）。

包括沿用《說文》大徐本 1 例：

蠆，丑介（徹怪開二去蟹）/丑犗（徹夬開二去蟹）。

3、卦夬混切 1 例

夬，古賣（見卦開二去蟹）/古邁（見夬開二去蟹）。〔註43〕

《廣韻》佳皆夬同用，《六書故》反切比較中混切的數量和比例都很大，三韻系已合為一部。

3.5.4　一二等韻間的相混與對立

《六書故》音注蟹攝一等代、泰韻各與二等怪韻有 1 例混切：

賚*，洛介（來怪開二去蟹）洛代（來代開一去蟹）。

賴*，勒戒（來怪開二去蟹）/落蓋（來泰開一去蟹）。

這兩例混切都是反切用字的混切，造成系聯上一等代韻的「賚」字，泰韻的「賴、奈、大、蔡」字系入二等怪韻。而在少量混切的同時，一、二等韻間有更多對立。如下：

咍、皆韻系對立 4 例：

〔註42〕「債」，《六書故》無字頭，在「責」字頭下，有側介切音，注「逋貸未償曰責」，小字「又作『債』」。與《廣韻》「債」字比較。

〔註43〕澤存堂本《廣韻》「夬」小韻作古賣切，周祖謨校改「賣」為「邁」，校語：「案『賣』在夬（按，當為卦）韻，以『賣』切『夬』非也。故宮《王韻》、《唐韻》均作古邁反，當據正。《六書故》「夬」字還注了上聲讀音古買切，也在佳韻系。

塏，古諧切，又古哀切。「哀」屬咍韻，「諧」屬皆韻開口。

荄，古哀、古諧二切。「哀」屬咍韻，「諧」屬皆韻開口。

欸，烏開切，又於皆、於解、於亥三切。「開」屬咍韻，「皆」屬皆韻開口。「亥」屬海韻，「解」爲蟹韻開口。這一字的四個音中包含了平聲咍、皆與上聲海、蟹的對立。

灰與皆、佳韻系對立2例：

槐，戶恢、戶乖二切。「恢」屬灰韻，「乖」屬皆韻合口。

塊，苦卦、苦對二切。「對」屬隊韻，「卦」屬卦韻合口。

這些對立明顯表示一二等韻間是有差別的，說明《六書故》音系中蟹攝一二等字尚未完全相混。因爲一二等混切只發生在開口韻中，下面我們只討論開口。今天溫州方言蟹攝二等開口字的主元音爲[a]，一等開口字的主元音爲[e]，僅泰韻的舌音字主元音爲[a]，與二等韻相同，如「帶[ta]、賴[la]、奈[na]」等，這個特點正與《六書故》音注中所表現出來的部分相合。《六書故》中與二等韻混切的一等字中也有「賴」字。但是，今天溫州方音中韻母讀[a]的一等字只限於泰韻開口舌音字，代韻的開口舌音字依然讀[e]，如代[de]、耐[ne]、賫[le]〔註44〕等。可見，泰韻舌音字轉入二等，是發生在代、泰韻合流之前。《六書故》中代韻開口舌音字「賫」也與二等韻混切，則與今天的溫州方音不合。

《六書故》中「柰」字的特殊音注，與《增韻》互證，更突出了泰韻舌音字轉入二等的這個語音特點。《六書故》原文：

> 柰，那賴、奴代二切，果也，棠屬。……借爲柰何之柰。又乃个切，
> 與那聲義相近。

由戴侗釋義，「柰」字頭下實際包括「柰、奈（柰何之柰）」二字。「柰」，《廣韻》奴帶切，「果木名」。「奈」字，《廣韻》奴帶切，「如也。遇也。那也。」又奴箇切，「奈何。」《集韻》「柰」字增乃箇切，「能也。」就是說，《廣韻》、《集韻》中「柰、奈」字有那賴切（泰韻）和乃箇切（箇韻）二音，均無奴代切（代韻）音。《六書故》給「柰（奈）」字新增的奴代切音，肯定與那賴切是不同音的。特意增加這樣一個不見於前代韻書的新讀音，必然是要表現當時的實際語音。

〔註44〕 「賫」字音取自鄭張尚芳《溫州方言志》181頁，中華書局，2008年。

這可能有兩個原因：一，戴侗方言中「柰（奈）」字有新舊兩種讀音並存，那賴切表示新讀音，奴代切表示舊讀音；二，更有可能的原因是，「奈」字是個常用字，方言中發生了讀音變化，就與通語不再符合了，所以戴侗要特意增加一個音切表示通語中的讀音。《增韻》也在代韻的乃代切耐小韻中重增了「柰、奈」二字：「柰，果名。又泰韻。重增。」「奈，如也，那也，遇也。又泰、箇二韻。重增。」毛居正之所以重增了「柰、奈」二字，也很可能是因爲其口語中泰韻柰小韻，音乃帶切〔註45〕，讀音發生了變化，與通語不合了。《六書故》與《增韻》的這種契合，印證了當時吳語方音的特殊變化。

以往關於《增韻》的研究，對代韻的乃代切耐小韻中重增「柰、奈」二字並沒有引起重視，僅有學者根據其又音作爲代、泰混同的證明。〔註46〕這例重增確實也可證明代泰韻混同（重增一個代韻讀音表示原來的泰韻音），但更重要的原因，並非代泰韻混同，而是泰韻的舌音字在方音中讀音發生了變化。若不結合《六書故》的音注，單純觀察《增韻》，恐怕是無法得出這個結論的。

3.5.5　齊祭廢韻與止攝相混

《六書故》音注中蟹攝三四等齊、祭、廢韻之間相互混切稀少，只有 1 例霽廢混切：

艾，魚計（疑霽開四去蟹）/魚肺（疑廢開三去蟹）。

以及 1 例沿用《說文》大徐本反切的祭霽混切：

渻，匹制（滂祭開三去蟹）/匹計（滂霽開四去蟹）。〔註47〕

其餘表現均爲各韻與止攝字的混切，有齊韻系與止攝混切 7 例：

甂，頻彌（並支開三平止）/部迷（並齊開四平蟹）。

〔註45〕四庫本《增韻》作「尸」，形訛，馬明俊據北大本校正爲「乃」，見馬明俊《增修互注禮部韻略音韻研究》，北京大學碩士論文，2000 年。

〔註46〕李子君《〈增修互注禮部韻略〉研究》416 頁，列柰、奈，尸帶切，又乃代切。作爲泰、代讀音混同的證據。社會科學文獻出版社，2012 年。

〔註47〕渻，《六書故》匹制、匹備二切。《說文》大徐本音匹備切、又匹制切，完全相同。《集韻》匹計切，字形作「渳、溈」，釋義引《說文》不差，而無匹制切音。很可能《說文》有另一版本音匹計切，而戴侗所見《說文》與今通行本同，均作匹制切。

郪，千私（清脂開三平止）/七稽（清齊開四平蟹）。

庳，旁禮（並薺開四上蟹）/便俾（並紙開三上止）。

狴，蒲愍（並至開三去止）/部禮（並薺開四上蟹）（集）。

疐，丁四（端至開三去止）/都計（端霽開四去蟹）。

荔，郎計（並霽開四去蟹）/力至（來至開三去止）。

包括沿用《說文》大徐本反切 1 例：

迷*，民卑（明支開三平止）/莫兮（明齊開四平蟹）。

又「迷」字，《六書故》又去聲，「別作謎」，去聲爲明母寘韻。《廣韻》「謎」音莫計切，明母霽韻。《六書故》相當於以寘切霽。

廢、祭韻與止攝的混切各 1 例：

痱，方吠（非廢開三去蟹）/方味（非未開三去止）。

轛，朱衛（章祭合三去蟹）/追萃（章至合三去止）。

蟹攝齊、祭、廢韻轉入止攝，是宋代通語的重要變化。周祖謨認爲宋人詩韻「齊祭廢與止攝字合爲一類」〔註48〕，魯國堯歸納宋詞韻部也是如此〔註49〕，王力《漢語語音史》也將齊、祭、廢韻併入止攝支齊部〔註50〕，各家意見都很統一。《六書故》齊、祭、廢韻與止攝相混符合宋代通語。

但是，齊韻在與止攝相混的同時也有對立，如下：

齊，即夷，祖奚。「即、祖」同爲精母，「夷」屬脂韻，「奚」屬齊韻。

黳，煙奚，於夷。「煙、於」同爲影母，「夷」屬脂韻，「奚」屬齊韻。

這 2 例對立的反切下字都是「夷」與「奚」，上面我們也看到脂、齊韻之間的混切，若要解釋這種對立，只能說齊韻正處於與止攝合流的過程中了。

綜上，《六書故》的蟹攝音注，體現出的時音特點是一等韻咍灰泰韻合流；二等韻佳皆夬韻合流；三、四等廢祭齊韻處於與止攝合流，但還處於合流的過程中。一等代、泰韻的部分舌音字轉入二等，則是方音的特殊音變。「奈（奈）」字的音注與《增韻》的契合，印證了吳音的這一特殊變化。

〔註48〕周祖謨《宋代汴洛語音考》，載《問學集》613 頁，中華書局，1966 年。

〔註49〕魯國堯《論宋詞韻及其與金元詞韻的比較》，《魯國堯語言學論文集》392 頁，江蘇教育出版社，2003 年。

〔註50〕王力《漢語語音史》303～304、313、327～332 頁，商務印書館，2008 年。

3.5.6　特殊字音

1、以咍切海

騃，五來（疑咍开一平蟹）/五亥（疑海开一上蟹）（集）。

　　騃，五駭切。《說文》曰：「馬行仡仡也。」按，今以童騃爲騃。又五來切，又偶起切。

騃，《廣韻》牀史切，「趨行皃，《西京賦》曰：『羣獸駓騃。』」又五駭切，「癡也。」《集韻》有七音，牀史切、丈里切、羽已切同注「獸行皃」。又偶起切，「馬行皃。」語駭切，「《說文》：『馬行仡仡也。』」與《六書故》五駭切同。又坦亥切，「疲也。」又五亥切，「童昏也。」無《六書故》五來切音。

《漢語大詞典》給「騃」字第（二）義項注音「dāi（舊讀ái）」，引《字彙》音匡。釋義：「同『呆』。愚。」引《集韻》「童昏也」。與《六書故》五來切和「今以童騃爲騃」音義正合。「童昏」應表示如兒童般癡愚之義。可見《六書故》五來切記錄了「騃」字讀音的新變，遠早於《字彙》。

2、以賄切灰 2 例

瓃，盧每（來賄合一上蟹）/魯回（來灰合一平蟹）。

　　瓃，盧回、盧每、倫追三切。《說文》曰：「玉器也。」

瓃，《廣韻》力追切，「玉器。」又魯回切、力遂切，義同。《集韻》同。均無盧每切音。盧每切是盧回切的上聲，《集韻》賄韻魯猥切磊小韻中有多個「畾」聲符的字，戴侗方音中也很可能上聲一讀。

虺，呼每（曉賄合一上蟹）/呼回（來灰合一平蟹）。

　　虺，……《詩》云：「虺虺其靁。」呼每切，借以狀雷聲。又借爲虺
　　隤之虺，《詩》云：「我馬虺隤。」呼回切，疲瘁貌也。

「虺」字呼每切音未見於《廣韻》、《集韻》。《詩·邶風·終風》「虺虺其雷」，《經典釋文》音虛鬼反，朱熹《詩集傳》亦音虛鬼反。《增韻》呼回切，注「虺，病也，《詩》：『我馬虺隤。』又喧虺，《詩》：『虺虺其雷。』陸德明音毀，誤。」均無呼每切音。呼每切是呼回切的上聲讀音，可能戴侗師承的讀書音讀《詩經》有如此讀法。另，今江蘇無錫表蝮蛇義的「虺」字音[huɛ⁵²]，翁壽元《無錫方言本字續考》：「禿虺蛇，瞎禿虺：蝮蛇。稱它爲瞎禿虺，據說它的眼睛不靈敏，

或是指人給咬了後，人眼就看不清東西。」〔註51〕[huɛ⁵²]合於呼每切音，也許「虺」字的本義在戴侗方言中即有呼每切音，戴侗取此音形容《詩經》雷聲的擬音。

3、以隊切至

帥，所對（生隊合一去蟹）/所類（生至合一去蟹）。

> 帥，所醉切，佩巾也，亦作帨。孫氏所律切。康成曰：「拭物之巾也。」借爲
> 帥師、帥衆之帥，與率通，所律切。帥之者爲帥，所對切。

「帥」字，《廣韻》音所律切，「佩巾，又將帥，亦姓……」又所類切，「將帥也。曹憲《文字指歸》云『佩巾也』。」《集韻》增輸芮切，同「帨」，「佩巾」。均無所對切音。

戴侗注所對切是「帥」字的新讀音，應是從所類切發展出來的。《中原音韻》中，可以發現個別止攝的莊組合口字讀音發生不規則演變，轉移到蟹攝皆來韻，有「揣」字，《廣韻》初委切，初母紙韻，《中原音韻》入皆來部上聲；「衰」字，《廣韻》所追切，生母脂韻，《中原音韻》入皆來部平聲；「帥」字，《中原音韻》入皆來部去聲，都是同樣的變化。〔註52〕《六書故》給「帥」字注所對切音正與《中原音韻》的皆來部去聲相合，說明這種變化在南宋已經發生了。《六書故》「帥」字三音是異音別義，戴侗給最常用的將帥義注所對切，也說明當時「帥」字的新讀音已經是它的主要的讀音了。

4、以隊切怪

聵，戶對（匣隊合一去蟹）/五怪（疑怪合二去蟹）。

見2.5.3。

5、以泰切過

唾，吐外（透泰合一去蟹）/湯臥（透過合一去果）。

> 唾，湯臥切。《說文》曰「垂聲」，按，垂於聲不諧。又吐外切。或作涶。口液也。
> 穀吐次液因謂之唾。《記》曰：「讓食不唾。」《傳》曰：「不顧而唾。」

唾，《廣韻》湯臥切，「《說文》云『口液也』」。《集韻》音義同。均無吐外切音。

〔註51〕轉引自許寶華、宮田一郎主編《漢語方言大詞典》3960頁，中華書局，1999年。
〔註52〕參見薛鳳生《中原音韻的音位系統》69、72頁，北京語言學院出版社，1990年。

吐外切是戴侗方音，以小字注出，大概以爲不合雅正。今天溫州話「唾」讀
[t'ai⁴²]，與「退、褪、蛻」同音，[註53] 正與吐外切音相合。

6、以怪切寘

螠，烏介（影怪開二去蟹）/於賜（影寘開三去止）。

> 螠，烏介切。似彭蜎，可食，薄殼而小。

螠，《廣韻》於賜切，「螠女蟲。案《爾雅》曰：『蜆，縊女。』郭璞云：『小黑
蟲，赤頭，喜自經死，故曰縊女。』字俗從虫。」《集韻》音義同。均無烏介切
音。戴氏所言之「螠」與《廣韻》、《集韻》中並非一物。今日溫州方言稱作「螠
兒」，是「一種蟹，棲息於近海或河口的沙泥灘上。」[註54] 戴侗之後，人們對
「螠」字也多有辯證和解釋。《正字通》：「螠，舊註音益，小黑蟲，喜自縊。按
蟹屬螠似彭蜎，殼薄而小，可食。螠讀如隘。」是取《六書故》音義。

7、以齊切皆

喈，古奚（見齊開四平蟹）/古諧（見皆開二平蟹）。

> 喈，居諧切，鳴聲也。《詩》云：「雞鳴喈喈。」又古奚切。

喈，《廣韻》古諧切，「鳥聲。」《集韻》增許介切，「聲也。」均無古奚切音。
由戴侗引詩，可見《六書故》古奚切是古音叶讀音。吳棫《韻補》堅奚切，朱
熹《詩集傳》叶居奚切，均同音。

8、以齊切霽

鵑，古攜（見齊合三平蟹）/古惠（見霽合三去蟹）。

> 鶗，如連切。鵑，古攜切。楊雄《反騷》曰：「徒恐鶗鵑之將鳴兮，
> 顧先百草爲不芳。」鵑亦通用歸、嶲、規。《爾雅》曰嶲周。別作雄、鷞。……

鵑，《廣韻》古惠切，「鶪鵑，即杜鵑也。」與《六書故》同義。《集韻》又增吉
典切、居悖切、古穴切三音，均同義。無古攜切音。古攜切應是戴侗自擬的讀音。
戴侗注「鵑亦通用歸、嶲、規」，故擬此音。古攜切爲齊韻，「歸」爲微韻，「規」
爲支韻，戴侗認爲三者通用，也可看出其實際語音中齊韻與止攝各韻已混。

〔註53〕鄭張尚芳《溫州方言志》197 頁，中華書局，2008 年。

〔註54〕李榮主編，游汝杰、楊乾明編撰《溫州方言詞典》127 頁，江蘇教育出版社，
1998 年。

9、以霽切錫

滴，丁計（端霽開四去蟹）/都歷（端錫開四入梗）。

> 滴，都歷切，水初下點滴也。又丁計切，餘瀝垂欲滴也。

滴，《廣韻》都歷切，「水滴也」。《集韻》丁歷切，「《說文》：『水注也』。」均無丁計切音。丁計切應是「渧」字讀音（《六書故》未收「渧」字）。「渧」，《廣韻》都計切，「《埤蒼》云：『渧瀝，漉也。』」《集韻》丁計切，「泣皃。一曰滴水。」《一切經音義》和《龍龕手鑒》中都以「渧」爲「滴」的俗字，清代胡文英的《吳下方言考》收「渧」字：「渧，音蒂，《埤蒼》：『渧瀝，漉也。』案水已竭而尚餘滴瀝也，吳諺謂餘瀝爲渧。」今天溫州話「滴」字文讀[tei₅]，入聲；白讀[tei⁵]，去聲，與《六書故》二音相合。〔註55〕

10、以霽切泰

大，特計（定霽開四去蟹）/徒蓋（定泰開一去蟹）。

> 大，字徒蓋切，又特計、唐个二切。象人四肢舒展，引之則凡博大
> 者皆謂之大。……

大，《廣韻》徒蓋切，「小大也。」又唐佐切，未釋義，當同義。《集韻》又增三音，他蓋切，同「夳、太、泰」。又他佐切，「太也。何休曰約誓大甚。」又他達切，「籒文象人形也。」（此取《說文》亣字音義。）均無特計切音。《六書故》特計切是戴侗的古音叶讀音，吳棫《韻補》徒帝切，朱熹《詩集傳》叶特計切，均同音。

11、以霽切怪

屆，古詣（見霽開四去蟹）/古拜（見怪開二去蟹）。

> 屆，古拜、古詣二切，至也。《書》云：「無遠弗屆。」《詩》云：「君
> 子如屆。」又曰：「辟彼舟流，不知所屆。」……

屆，《廣韻》古拜切，「至也。舍也。《說文》：『行不便。』」《集韻》音義略同。均無古詣切音。《六書故》古詣切是戴侗的古音叶讀音。吳棫《韻補》居吏切，志韻，朱熹《詩集傳》叶居氣切，未韻，三者叶讀的差異，體現了宋代齊韻系與止攝相混的特點。

〔註55〕《漢語方音字彙》77頁，於溫州音「滴」字下注：「白讀爲『渧』訓讀，都計切。」

3.6　臻　攝

3.6.1　系聯和比較

《六書故》共有臻攝反切 772 個，直音 5 個，聲調標音 30 個。反切下字系聯的結果爲：

眞韻：

（開三）鄰 16（力珍），眞 11（側鄰），人 10（如鄰），珍 8（張陳），賓 7（必民），民 6（彌鄰），神 3（食鄰），貧 3（薄賓），因 3（於眞），陳 2（池鄰），隣 2（力珍），津（將鄰），身（升人）/巾 13（居銀），銀 2（語巾）。

軫韻：

（開三）忍 26（尔軫），軫 3（章忍），引 3（余忍），盡（之忍）〔註 56〕，牝（毗忍）。

（合三）隕 13（于敏），殞（于敏）〔註 57〕，敏（眉隕）。

震韻：

（開三）刃 33（而振），振 5（之刃），晉 5（即刃），吝 5（良刃），覲 3（渠吝），僅（渠吝），進（即刃），鎮（陟刃），震（章刃），仞（而震）。

質韻：

（開三）質 25（之日），吉 14（居質），必 12（卑吉）〔註 58〕，栗 7（力質），日 6（人質），悉 6（息七），乙 4（於筆），七 3（親吉），畢 3（卑吉），密 2（彌必），逸（夷質），匹（普吉），壹（伊吉），一（於悉），筆（鄙密）〔註 59〕。

諄韻：

（合三）倫 50（龍春），春 5（樞倫），遵 4（將倫），勻 3（羊倫），屯 2（陟倫），旬（常倫）。

〔註 56〕盡，《六書故》首音慈刃切，又之忍切。作反切下字 1 次，被切字「泯」，取上聲之忍切。

〔註 57〕殞，《六書故》無字頭，在「隕」字頭下，「人之死沒因謂之隕」，小字注「別作『殞』」。

〔註 58〕必，《六書故》首音卑位切，又卑吉切，作反切下字取入聲卑吉切。

〔註 59〕筆，《六書故》無字頭，在「聿」字頭下。「聿」，首音鄙密切，「古所用書也，象又持刻画之刀，又作『筆』」。

準韻：

（合三）允7（余準），尹6（余準），準3（之允）。

稕韻：

（合三）閏9（儒順），峻6（私閏），順（食閏），浚（須閏），瞚（舒閏），俊（子峻）。

術韻：

（合三）律21（劣戌），聿9（余律），戌2（辛聿），出（尺律），橘（居聿）。

臻韻：

（開三）臻7（側詵），詵5（疏臻）。

櫛韻：

（開三）櫛2（阻瑟），瑟（所櫛）。

欣韻：

（開三）斤11（俱欣），欣（許斤）。

隱韻：

（開三）謹8（居隱），隱5（於謹）。

焮韻：

（開三）靳2（居近），近（巨靳）〔註60〕。

迄韻：

（開三）訖8（居迄），迄（許訖）。

文韻：

（合三）分24（甫文），云23（王分），文7（無分）。

吻（問*）韻：

（合三）粉9（方吻），吻3（武粉），縕*（於粉）。

問、慁*韻：

（合三）問22（文運），運6（王問），困11*（苦問），寸4*（倉困），鈍*（徒困），悶*（莫困）。

〔註60〕近，《六書故》首音巨謹切，又去聲，作反切下字取去聲讀音，對應《廣韻》巨靳切。

物韻：

（合三）勿 26（文弗），弗 4（分勿），物 2（文弗）。

痕韻：

（開一）根 4（古痕），痕 3（胡根），恩（烏痕）。

很韻：

（開一）狠 2（下狠），狠（口狠）。

恨韻：

（開一）艮（古恨），恨（下艮）。

魂韻：

（合一）昆 32（古渾），渾 16（戶昆），魂 10（戶昆），奔 4（逋昆），尊 2（祖昆），存（徂尊）。

混韻：

（合一）本 35（布刊），忖 2（取本），衮 2（古本），刌（倉本）。

沒韻：

（合一）沒 16（莫勃），卒 2（臧沒），勃（薄沒）/骨 14（古忽），忽 10（呼骨），兀（五忽）。

反切比較的數據爲：

自切：

眞韻 81，軫韻 45，震韻 55，質韻 85。諄韻 65，準韻 15，稕韻 19，術韻 31。臻韻 11，櫛韻 3。欣韻 11，隱韻 13，焮韻 3，迄韻 8。文韻 54，吻韻 10，問韻 27，物韻 32。痕韻 5，很韻 3，恨韻 2。魂韻 64，混韻 40，慁韻 17，沒韻 44。

混切：

眞/臻 1，眞/欣 4，眞/先 2。軫/準 1，軫/隱 1，軫/吻 2；震/軫 1；質/迄 1，質/錫 1。準/軫 1；術/質 2，術/物 1。臻/眞 1。欣/微 1；迄/沒 1。吻/軫 1，吻/問 1；問/慁 1，問/物 1。痕/很 2，痕/玄 1。魂/咍 1。

3.6.2　三等各韻系合流

《六書故》音注中臻攝三等眞臻諄欣文各韻系間互有混切，如下。

1、真諄韻系混切 4 例：

筍，舒隕（書軫合三上臻）/思尹（心準合三上臻）。

篅，美尹（明準合三上臻）/眉隕（明軫合三上臻）。

筆，卑聿（幫術合三入臻）/卑吉（幫質開三入臻）。

汩，于聿（喻三術合三入臻）/于筆（喻三質合三入臻）。

2、真臻韻系混切 2 例：

籶，疏津（生真開三平臻）/所臻（生臻開三平臻）。

蓁，市臻（禪臻開三平臻）/匠鄰（從真開三平臻）。

3、真欣韻系混切 6 例：

筋，居銀（見真開三平臻）/舉欣（見欣開三平臻）；

勤，渠巾（群真開三平臻）/巨斤（群欣開三平臻）。

芹，渠巾（群真開三平臻）/巨斤（群欣開三平臻）。〔註61〕

殷，衣身（影真開三平臻）/於斤（影欣開三平臻）。

瑾，飢忍（見軫開三上臻）/几隱（見隱開三上臻）（集）。

吃，居壹（見質開三入臻）/居乙（見迄開三入臻）。

4、真文韻系混切 4 例：

韞，委隕（影軫合三上臻）/於粉（影吻合三上臻）。

惲，委隕（影軫合三上臻）/於粉（影吻合三上臻）。〔註62〕

苑（與「蘊」通），於隕切（影軫合三上臻）/（《廣韻》「蘊」字）於粉（影吻合三上臻）。〔註63〕

慍，紆粉（影吻合三上臻）/委隕（影軫合三上臻）（集）。〔註64〕

〔註61〕勤、芹兩字，《說文》大徐本音巨巾切，真欣相混。《集韻》在欣韻，但音切是渠巾切，《類篇》沿襲《集韻》渠巾切音，戴侗此處大概是取了《類篇》的音切。

〔註62〕惲，韞，《集韻》在隱韻，委隕切，《類篇》反切同，《六書故》可能襲用《類篇》反切，而與《廣韻》混切。

〔註63〕《六書故》中有「蘊」字頭，音於粉切，與《廣韻》同。

〔註64〕慍，《六書故》：「於問切，蘊忿不平於中也。又紆粉切。」《廣韻》於問切，「怒也。」《集韻》有四音，其中委隕切，「心所蘊積也。」鄔本切，「慍惀煩憒。」

5、諄文韻系混切 1 例

蔚，迂律（影術合三入臻）/紆物（影物合三入臻）。

臻攝三等韻《廣韻》眞臻諄同用，欣文同用，上面所列混切第 3、4、5 項全爲這兩部之間的混切，可見，《六書故》音注中臻攝三等各韻系已經合流了。王力《漢語語音史》宋代韻部合臻攝三等眞諄臻韻與欣文韻的牙喉音字爲眞群部，相對的入聲韻與梗曾攝入聲合爲質職部。《六書故》音注臻攝三等各韻系合流符合宋代通語。

3.6.3　文韻輕脣音轉入魂韻

《六書故》中有文魂混切 1 例：

困*，苦問（溪問合三去臻）/苦悶（溪慁合一去臻）。

這例混切也導致了去聲慁韻完全與問韻系聯，但實際上兩韻洪細不同，是有分別的。這例混切中被切字「困」與反切下字「問」都是常用字，說明「問」字確實有了洪音讀音。但在《六書故》音注中，「問」字同時也作爲大多數問韻字的反切下字，很可能當時還有細音讀法，兩音並存。

綜上，《六書故》的臻攝音注，三等各韻相混，文韻輕脣音轉入魂韻。

3.6.4　特殊字音

1、以眞切先 2 例

千，此因（清眞開三平臻）/蒼先（清先開四平山）。

《六書故》「千」音此因、此先二切，《廣韻》、《集韻》均只有蒼先切一音，戴侗增此因切音，是古音叶讀音。先韻字古音與眞韻通，宋人已經發現。《六書故》「田」音地因、徒年二切，「天」音他前、他眞二切，「顚」首音都年、都因二切，都是兼注古音叶讀音與時音。「田、天、顚」字《集韻》也收入眞韻讀音，實際上也是古音叶讀音。《六書故》「千」字此因切音，《集韻》未收，吳棫《韻補》雌人切，朱熹《詩集傳》叶倉新切、七因切，均同音。

編，卑民（幫眞開三平臻）/卑眠（幫先開四平山）。

均在上聲。《六書故》於粉切音若與《集韻》鄔本切音比較，則是吻混相混。鑒於「苑（與「蘊」通）」、「韞」字均爲軫吻相混，「慍」字也歸爲同類。

編，《說文》布玄切，《集韻》中此音作卑眠切，《類篇》以卑眠切置於首。雖然戴侗發現先韻字古音與真韻通，但此例並不像是擬古。因為一者戴侗所擬古音叶讀音往往與今音並列首音，此處僅注一音；二者吳棫、朱熹也未擬此音。「編」字是常用字，疑「卑民切」為「卑眠切」之誤。

2、以欣切微

旂，渠斤（群欣開三平臻）/渠希（群微開三平止）。

> 旂，渠斤切。《考工記》曰：「龍旂九游，以象大火也。」

旂，《廣韻》渠希切，「《爾雅》：『有鈴曰旂。』《釋名》：『交龍曰旂。旂，倚也。』」《集韻》同音，「《說文》：『旗有眾鈴，以令眾也。』一曰：『交龍為旂。』」《六書故》渠斤切為古音叶讀音，朱熹《詩集傳》叶其斤切，同音。吳棫《韻補》渠巾切，真韻，宋代真欣合流，亦同音。《六書故》「旂」字音注也不同於大多數古音叶讀音，僅注一音，並未同時注出今音，根據《六書故》釋義只引《周禮》，《廣韻》、《集韻》釋義也只徵引前人文獻，可以看出「旂」字在當時已不習用。所以戴侗大概只將其作為古字，注古音以存古。

3、以迄切沒

矻，逆訖（疑迄開三入臻）/苦忽（溪沒合一入臻）。
見 2.4.2。

4、以問切物

尉（熨），紆問（影問合三去臻）/紆勿（影物合三入臻）。

> 尉，紆勿切，又紆問切。盛火於斗，以案摩舒繒帛也。《說文》曰：「從
> 上案下也。從尼，又持火以尉申繒也。」按從尼未可曉。俗作熨、鬱鬱。因之為尉撫
> 之義，紆謂切，春秋時晉始有軍尉。俗作慰。

「尉」即「熨」字，《廣韻》「尉」音於胃切，「侯也。《說文》作尉，云：『從上案下也。從尼，又持火所以仲繒也。』《風俗通》曰：『火斗曰尉。』俗作熨。……」又紆勿切，同義。《集韻》音義略同。均無《六書故》紆問切音。

今天普通話「熨」字讀音正合《六書故》紆問切音。《六書故》音注表明，「熨」字的新讀音在南宋就已經產生了。《漢語大字典》給「尉」字第（三）義

項注拼音 yùn，注「同『熨』，本作尉，隸作尉，俗作熨。」並引《說文》、《廣韻》等，此處不妨增收《六書故》的反切紆問切。「熨」字第（一）義項注拼音 yùn，反切取《廣韻》紆物切，則更不合理，可改為《六書故》紆問切。

5、以痕切很 2 例

齦，康根（溪痕開一平臻）/康很（溪很開一上臻）。

狠，口根（溪痕開一平臻）/康很（溪很開一上臻）。

> 齦，康根切，又上聲。齧食骨間肉也。與狠通。
>
> 狠，口狠切，豕攫倒狠齧取食也。引之為狠土狠田。別做墾。……又口
> 根切，狠齧骨間肉也。別作狠〔註65〕。

齦，《廣韻》康很切，「齧也。」又語斤切，同「齗」，「齒根肉也。」《集韻》音義同。「狠」《廣韻》康很切，「豕食兒。」《集韻》同。「齦」即今天的「啃」字，《說文》：「齦，齧也。」段玉裁《說文解字注》：「此與豕部狠音義同，疑古祇作狠，齦者後出分別之字也。今人又用為齦字矣。」《六書故》「齦、狠」同注康（口）根切，是戴侗的方音，今天溫州話「啃」讀作[ˌkʼaŋ]，正是平聲，與《六書故》康根切音相合。

6、以痕切先

佷，胡恩（匣痕開一平臻）/胡田（匣先開四平山）。

> 佷，胡田、胡恩二切。《說文》曰：「狠也。」按今人亦以忿恨不可
> 解為佷。

佷，《廣韻》音胡田切，「《說文》作佷，狠也」。「佷」又胡涓切，「很也。」《集韻》音義略同。戴氏言「今人亦以忿恨不可解為佷」，可見其對「佷」字很熟悉，在胡田切之外所增胡恩切音，可能為其方音讀法。

7、以魂切咍

> 炱，徒哀切，縣煤也。東甌呼徒魂切。

炱，《廣韻》徒哀切，「炱煤」。《集韻》增湯來切，「煤塵」。無《六書故》徒魂切音。戴侗明言東甌，應是當時溫州的方音。

〔註65〕「狠」字誤，明影抄元本作「貌」。疑當作「齦」。

3.7 山 攝

3.7.1 系聯與比較

《六書故》共有山攝反切 1284 個，直音 2 個，聲調標音 67 個。反切下字系聯的結果爲：

寒韻：

（開一）干 27（古寒），寒 17（胡安），安 4（烏寒），闌 2（洛干），乾（古寒）〔註66〕，丹（得干）。

旱（緩*）韻：

（開一）旱 18（胡笴）〔註67〕，但 6（杜旱），罕 2（呼旱），亶（多旱），滿 2*（莫旱）。

翰、（襉*、諫**）韻：

（開一）旰 22（古案），案 11（烏旰），旦 4（得案），贊 3（則旰），幹〔註68〕（古案），莧 7*（胡旦），澗**（古莧）。

曷韻：

（開一）葛 16（格曷），曷 3（何葛）/達 12（唐割），割 10（古達）。

桓韻：

（合一）官 60（古丸），丸 15（胡官），潘 2（鋪官），完（胡官），寬（苦丸）。

緩韻：

（合一）管 17（工短），短 3（都管），卵（魯管），莞（工短）〔註69〕，欵（苦管）〔註70〕。

換（緩*、諫**）韻：

〔註66〕乾，《六書故》首音渠焉切，又古寒切。作反切下字取寒韻 1 次，被切字「檀」（徒乾切）。其餘均爲仙韻。

〔註67〕旱，《六書故》首音下旰切，又上聲。作反切下字均取上聲讀音，對應《廣韻》胡笴切。

〔註68〕幹，《六書故》首音居寒切，又古案切。作反切下字均取古案切音。

〔註69〕莞，《六書故》無字頭，在「管」字頭下，注「又作『莞』」。

〔註70〕欵，《六書故》無首音，小字注「孫氏苦管切……孫氏彊傅苦管之音，未必然。」雖如此，此處作反切下字，仍合苦管切音。

（合一）玩 18（五丑），丑 13（古換），亂 10（郎段），段（都玩），館（古玩），貫（古玩），漫（莫丑），換（胡玩），奐（呼丑），緩 3*（胡玩），患 3**（胡丑），虲 3**（古患）〔註71〕，擐**（胡虲）/半 9（博幔），幔 2（莫半）。

末韻：

（合一）括 16（古活），活 16（戶括）/末 13（莫撥），撥 4（北末），友（蒲撥）。

山韻：

（開二）閑 8（候艱），閒 3（古閑），艱 2（古閑），間（古閑）〔註72〕。

產韻：

（開二）限 14（戶簡），簡 5（古限）。

鎋韻：

（開二）轄 5（下瞎），瞎 2（許轄）。

刪韻：

（開二）顏 4（五姦），姦 3（居顏）〔註73〕。

（合二）還 10（胡關）〔註74〕，關 8（古還），頑 3（五還），班 2（補蠻），蠻（模還）。

潸韻：

（合二）版 6（補綰），綰 3（塢版）。

諫（裥*）韻：

（開二）晏 8（烏諫），諫 4（古晏），慢（莫晏）。

（合二）幻*（胡慣）〔註75〕。

黠韻：

（開二、合二）八 17（博拔），點 9（功八），滑 4（戶八），戛 3（訖黠），

〔註71〕虲，《六書故》首音古猛切，又古患切，作反切下字取古患切。

〔註72〕間，《六書故》字頭和「別作（又作、亦作）」中未出現，按音義取「閒」字古閑切音。

〔註73〕姦，《六書故》無字頭，在「奸」字頭下，注「又作姦」。

〔註74〕還，《六書故》首音似緣切，又音胡關切，作反切下字取胡關切。

〔註75〕幻，《六書故》胡關切，又去聲。作反切下字取去聲讀音，對應《廣韻》胡慣切。

拔（薄八），察（楚八）。

元韻：

（開三）言 6（語軒），軒（虛言）。

（合三）袁 36（羽元），元 10（愚袁），煩（附袁），原（愚袁），爰（于元）。

阮（獮*）韻：

（開三、合三）遠 13（雨阮），阮 7（虞遠），偃 4（衣遠），幰 3（虛偃），晚 2（縛遠），反（甫遠），宛（於遠），蹇 6（紀偃）〔註76〕，辨 4*（蒲蹇），免 2*（母辨），勉 2*（芒辨）。

願韻：

（開三、合三）萬 4（無販），販 3（方萬），建 3（居萬），獻 2（許建），曼（亡販）/願 5（魚怨），怨 2（於願），券（去願）。

月韻：

（開三）謁 3（於歇），歇 2（許謁）。

（合三）月 9（魚厥），伐 8（房越），越 7（王伐），厥 4（俱越），發（方伐）。

仙韻：

（開三）連 24（力延），延 22（以然），然 11（如延），儃 4（相然），篇（滂連），筵（以然）/虔 7（渠焉），焉 3（於乾），乾 2（渠焉）。

（合三）緣 29（與專）〔註77〕，專 9（職緣），員 7（于專），沿 5（余專），遄 4（市緣），全 3（疾緣），權 3（渠員），宣（須緣），川（昌緣），圜（于權）。

獮韻：

（開三）善 14（常衍），淺 10（七衍），衍 9（以淺），展 4（知衍），演 3（以淺）〔註78〕，輦 2（力展），遣（去演）。

〔註76〕蹇，《廣韻》阮韻居偃切、獮韻居免切二音，《六書故》僅注阮韻紀偃切一音。《六書故》中「蹇」作反切下字既切了阮韻字，也切了獮韻字。反切比較不作為混切，但是系聯則必然把「辨」「免」等字系入阮韻。

〔註77〕緣，《六書故》以絹切，又平聲。作反切下字 30 次，其中 29 次均為平聲，平聲讀音對應《廣韻》與專切。唯有 1 次被切字「絹」（吉緣切），為去聲。

〔註78〕演，《六書故》無字頭，在衍字頭下，小字注「別作演」。

（合三）沇 20（以轉），兗 12（以轉）〔註79〕，轉 3（陟兗），沔（彌沇），緬（彌兗）。

線（霰*）韻：

（開三）戰 8（之扇），扇 2（式戰），繕（時戰）。

（合三、合四）絹 9（吉緣），緣（以絹），掾（以絹），串（尺絹），絢*2（許掾），眩*（黃絢），縣*（黃絢）〔註80〕/眷 7（居倦），變 7（彼眷），倦 5（渠眷），戀 4（龍眷）。

薛（屑*、月**）韻：

（開三）列 46（力糵），薛 7（私列），別 3（冰列），滅 2（亡列），舌（食列），洩（舒列）〔註81〕，桀（其列），糵（五列）〔註82〕，孼（魚列），洌（良薛），孑（居桀），烈（力孽），結 56*（古屑），屑 6*（私列），蔑 3*（莫噎），噎*（一結），竭 8**（渠列）。

（合三）劣 14（力輟），輟 3（陟劣）/悅 5（弋雪），雪 5（相說），說（輸爇），爇（如悅）〔註83〕。

先韻：

（開四）年 10（泥賢），堅 7（經田），田 5（徒年）〔註84〕，賢 3（由堅），肩（激賢）/眠 10（莫千）〔註85〕，千 6（此先）〔註86〕，前 6（昨先），先 5（穌前），天 2（他前），煙 2（於前）。

（合四）玄 13（胡涓），涓 3（古玄）。

銑韻：

（開四）典 18（多殄），殄 3（徒典），顯 2（呼典），絸（古典）。

〔註79〕兗，《六書故》無字頭，在沇字頭下，小字注「又作兗」。

〔註80〕縣，《六書故》首音胡涓切，又去聲，做反切下字取去聲讀音，對應《廣韻》黃絢切。按，本作黃練切，依周祖謨校改黃絢切。

〔註81〕洩，《六書故》無字頭，在「泄」字頭下，注「又作洩」。

〔註82〕糵，《六書故》首音五葛、五列二切，作反切下字取五列切。

〔註83〕爇，《六書故》無字頭，在「焫」字頭下，注「又作爇」。

〔註84〕田，《六書故》首音地因、徒年二切，地因切是注古音，作反切下字取徒年切。

〔註85〕眠，《六書故》無字頭，在「瞑」字頭下，注「又作眠，莫千切。」

〔註86〕千，《六書故》首音此因、此先二切，此因切是注古音，作反切下字取此先切。

（合四）犬 5（口泫），泫 2（胡畎），畎 2（激犬）〔註87〕。

霰（線*）韻：

（開四、開三）甸 21（堂練），練 9（郎甸），見 8（古甸），薦（在甸），硯（吾甸）〔註88〕，電（堂練），賤 2*（自見），箭 2*（子賤），面*（彌箭），綫*（私箭）。

屑韻：

（合四）穴 11（乎決），決 6（古穴），血 2（呼決），節（即血）。

反切比較的數據為：

自切：

寒韻 45，旱韻 24，翰韻 40，曷韻 35。桓韻 76，緩韻 28，換韻 55，末韻 49。山韻 14，產韻 18，襇韻 7，鎋韻 5。刪韻 29，潸韻 9，諫韻 19，黠韻 30。元韻 54，阮韻 31，願韻 19，月韻 42。仙韻 132，獮韻 90，線韻 50，薛韻 88。先韻 71，銑韻 33，霰韻 41，屑韻 86。

混切：

寒/桓 5，寒/山 1，寒/元 1；旱/緩 3；翰/襇 1；曷/末 4，曷/歌 1，曷/薛 1。桓/換 1，桓/刪 1，桓/諫 1；換/翰 1，換/諫 1，換/緩 1；末/合 1。產/潸 1；襇/諫 1；鎋/黠 1，鎋/曷 1。刪/山 2；諫/換 2；黠/鎋 2，黠/曷 1，黠/屑 1，黠/歌 1。元/仙 2；願/線 1。仙/先 5，仙/線 1；獮/阮 1，獮/銑 3；線/霰 2；薛/月 1，薛/屑 6。先/仙 2；霰/願 1，霰/線 3。

3.7.2　寒韻牙喉音與桓韻相混

《六書故》中有寒、桓韻系混切 13 例：

磐，薄干（並寒開一平山）/薄官（並桓合一平山）。

構，莫干（明寒開一平山）/母官（明桓合一平山）。

蔓，莫干（明寒開一平山）/母官（明桓合一平山）。

洹，戶干（匣寒開一平山）/胡官（匣桓合一平山）。

〔註87〕畎，《六書故》無字頭，在「く」字頭下，「又作甽、畎」。

〔註88〕硯，《六書故》在研字頭下，小字注「又作硯」。研，《六書故》五堅切，又去聲。「硯」取去聲讀音，對應《廣韻》吾甸切。

鄿，莫干（明寒開一平山）/謨官（明桓合一平山）（集）。

拌，薄旱（並旱開一上山）/蒲旱（並緩合一上山）。

扶，薄旱（並旱開一上山）/蒲旱（並緩合一上山）。

滿，莫旱（明旱開一上山）/莫旱（明緩合一上山）。 [註89]

扞，胡玩（匣換合一去山）/胡旰（匣翰開一去山）。 [註90]

軷，薄葛（並曷開一入山）/蒲撥（並末合一入山）。

沫，莫葛（明曷開一入山）/莫撥（明末合一入山）。

抹，莫葛（明曷開一入山）/莫撥（明末合一入山）。

秣，莫葛（明曷開一入山）/莫撥（明末合一入山）。

　　寒、桓韻系關係密切，早期《切韻》系韻書只有寒韻，《廣韻》中寒、桓同用，王力《漢語語音史》宋代韻部合寒、桓、刪、山及元韻輕脣音字爲寒山部，入聲字對應爲曷黠部。 [註91]《六書故》音注中寒桓韻混切很多，但也很特殊。早期《切韻》系韻書雖寒桓不分，但因開合口相區別，兩者在反切用字上一般也不會相混，只有在脣音不分開合的情況下才有可能混用，《廣韻》中「沿襲未改」的反切（「拌、扶、滿」）正是如此。但《六書故》中不僅混用的次數要多於《廣韻》，而且不止於脣音，「洹、扞」都是匣母字，屬牙喉音，這在開合口有別的條件下是不應該出現的。

　　現代吳方言寒韻分爲兩部分，舌齒音字與刪山合併，牙喉音字與桓韻合併，這種情況在《洪武正韻》中就已經明確表示。甯忌浮指出《洪武正韻》中將寒韻的舌齒音字併入刪韻，牙喉音字則與桓韻合併，立新的寒韻，依據

[註89]　「拌、**扶、滿**」3例，《廣韻》緩韻並母、明母兩小韻的反切爲蒲旱切和莫旱切，反切下字也使用旱韻字。周祖謨在「伴」字下校語：「蒲旱切，《切三》、敦煌《王韻》作薄旱反。蒲旱、薄旱音同。案旱在旱韻，以旱切伴不合。陸韻、王韻旱緩未分，因假開口字切脣音合口字；《廣韻》旱緩既判爲兩韻，於此猶沿襲未改。五代刻本韻書旱緩分立，伴作步卵反，於聲韻盡合。」又於「滿」字下校語：「切一、切三、敦煌《王韻》同，五代刻本韻書作莫卵反。」《集韻》中兩小韻音部滿切和母伴切，均改爲桓韻字。

[註90]　《六書故》「扞」字兩出，另「干」字頭下注「干所以扞也，故扞禦亦單作干，戶旰切。」音則與《廣韻》合。

[註91]　王力《漢語語音史》306～307、309～313頁，商務印書館，2008年。

正是吳音〔註92〕。我們觀察《六書故》中以寒切桓的 10 例，反切下字「干（見母）、旱（匣母）、葛（見母）」均為牙喉音字，而以桓切寒的 1 例，被切字「扞（匣母）」也是牙喉音字，寒韻牙喉音字與桓韻相混，正符合吳音的特點。

其實，寒韻的牙喉音與舌齒音分類，在《集韻》中就有表現。《集韻》將上聲旱韻舌齒音字（包括一個影母小韻「侒」）移入緩韻，去聲翰韻的舌齒音字移入換韻，這種合併正與《六書故》和《洪武正韻》（均為寒韻牙喉音字與桓韻合併）相反。對於這種現象，邵榮芬解釋為閩廣方音的影響，寒韻舌齒音讀合口，寒、桓之間僅為開合口的分別。〔註93〕董建交不支持邵榮芬的觀點，他指出閩方音寒韻牙喉音也讀合口，《集韻》這種表現的實質是寒韻牙喉音（董文稱「鈍音」）與舌齒音（董文稱「銳音」）分化，兩者主元音不同，這種分化與現代吳語表現相同，在宋代可能是通語的一種語音變化。《集韻》將寒韻上去聲的舌齒音字移入桓韻，而非併入二等，則「可能是《集韻》遷就《廣韻》等第框架的結果，也可能反映了寒韻分化的早期階段」。〔註94〕《集韻》寒韻上去聲確實體現出明確的舌齒音與牙喉音分化的特點，至於為什麼將舌齒音字併入桓韻，董文「反映了寒韻分化的早期階段」的解釋似乎很難成立；而「遷就《廣韻》的等第框架」，因為韻目字「旱」、「翰」均為牙喉音字，所以只能將牙喉音字保留在旱、翰韻，把舌齒音字移入桓韻，又不與桓韻原來的舌齒音字合併，是比較合理的。《洪武正韻》中取消桓韻，直接把《廣韻》桓韻併入寒韻的牙喉音，組成新的寒韻，就沒有《集韻》的這種限制了。

3.7.3 山刪合流

《六書故》音注中有山、刪韻系混切 7 例：

藺，古顏（見刪開二平山）/古閑（見山開二平山）。

浧，胡關（匣刪合二平山）/獲頑（匣山合二平山）。

彎，莫限（明產開二上山）/武板（微潸開二上山）。

〔註92〕寗忌浮《洪武正韻研究》59～61 頁，上海辭書出版社，2003 年。寗忌浮《漢語韻書史（明代卷）》52～53 頁，上海人民出版社，2009 年。

〔註93〕邵榮芬《集韻音系研究》77～79 頁，商務印書館，2011 年。

〔註94〕董建交《〈集韻〉寒桓韻系開合混置的語音性質》，語言研究，2009 年第 4 期。

澗*，古莧（見襇開二去山）/古晏（見諫開二去山）。

鞻，胡戞（匣黠開二入山）/胡瞎（匣鎋開二入山）。

挖〔註95〕，古八（見黠開二入山）/古刹（見鎋開二入山）（集）。

軋，乙辖（影鎋開二入山）/烏黠（影黠開二入山）。

另，聲調注音方面：「疝」字，《六書故》所晏切，又平聲，平聲為生母刪韻，《廣韻》所閒切，生母山韻。「鏟」字，《六書故》初諫切，又上聲。上聲為初母濟韻。《廣韻》初限切，初母產韻。「幻」字，《六書故》胡關切，又去聲。去聲為匣母諫韻。《廣韻》胡辨切，匣母襇韻。這 3 例都相當於山、刪韻系相混。

3.7.4　一二等韻間的混切與對立

《六書故》音注中山攝一、二等韻間的混切有：

1、寒韻系與山刪韻系混切 4 例

斕，郎干（來寒開一平山）/力閑（來山開二平山）。

莧*，胡旦（匣翰開一去山）/侯襇（匣襇開二去山）。

撒，山戞（生黠開二入山）/桑葛（心曷開一入山）。

擦（《集韻》作「攃」〔註96〕），七辖（清鎋開二入山）/七曷（清曷開一入山）。

2、桓、刪韻系混切 4 例

班，補蠻（並桓合一平山）/布還（並刪開二平山）。

〔註95〕「挖」即「刮」字，《六書故》引《考工記》「刮磨之工」，小字注「刮，故書作『挖』」。《集韻》「挖」作為「刮」的異體。

〔註96〕「攃」是個後起字，《廣韻》、《集韻》均未收，《六書故》釋義「摩之切急也」。《漢語大字典》「攃」字注：「摩擦。後作『擦』。」認為「擦」是「攃」的後起字。並引清翟灝《通俗編‧雜字》：「按，擦訓為摩，始見《集韻》；其從察者，始見《篇海》。俱非古字也。」「攃」字，《廣韻》桑割切，「攃攃聲」；又七曷切，「足動草聲」，均為擬聲詞。《集韻》桑葛切，同「縩、蔡、撒」，「《說文》：『繀縩，散之也。』一曰放也。」又七曷切，「摩也」。七曷切為摩擦義，與《六書故》對應。戴侗取「攃」字為正體，不收「擦」字形，且只注摩擦一個義項，可見以「擦」字形表摩擦之義在當時已經通行了。《增韻》雖未收「擦」字，卻在「揩」字下注：「摩也，擦也。」也可見「擦」字當時已習用。

患*，胡貫（匣換合一去山）/胡慣（匣諫合二去山）。

挽，烏擐（影諫合二去山）/烏貫（影換合一去山）。

絆，博慢（幫諫合二去山）/博漫（幫換合一去山）。〔註97〕

又有「篹」字，《六書故》初官切，又去聲，去聲爲初母換韻。《廣韻》初患切，初母諫韻。《六書故》相當於以換切諫。

由這兩類混切看來，似乎一二等韻已走向合流，但桓、刪韻系混切的同時，還存在着對立：

般，逋潘，逋還。潘在桓韻，還在刪韻，桓、刪對立。

劀，古活、古滑。活在末韻，滑在黠韻，末、黠對立。

拔，薄八，蒲末。末在末韻，八在黠韻，末、黠對立。

今天吳方音中刪韻系合口與桓韻依然存在對立，如溫州方言，桓韻唇舌音字韻母一般爲[ø]，如「端[ᴅtø]、鑽[ᴅtsø]、盤[ᵇbø]、撥[pø]」等，桓韻牙喉音字韻母一般爲[y]、[o]（入聲），如「官[ky]、歡[çy]、括[koˀ]、活[ɦoˀ]」等；山刪韻合口韻母一般爲[a]，如「頑[ᵛva]、還[ᵛva]、彎[ᵘua]、關[ᴷka]」，但也有部分刪韻合口字轉入桓韻，如「閂[ᴅsø]、篹[ˋtsˋø]、刷[søˀ]、刮[koˀ]〔註98〕」等。所以《六書故》音注中桓刪之間的混切可以理解爲部分字音的混同，對立則是兩個韻類的差異。

寒韻系與刪、山韻系沒有出現對立，混切中的4例中有3例爲舌齒音，則有可能寒韻的舌齒音與山、刪韻系已合流。綜合上文寒韻的牙喉音字與桓韻相混，《六書故》音注中透露出來的山攝一二等字的關係正與《洪武正韻》相合。

3.7.5　元韻輕唇音轉入寒韻

《六書故》音注有1例寒、元混切：

璠，父闌（奉寒開一平山）/附袁（奉元開三平山）。

體現了元韻輕唇音字變爲洪音。

〔註97〕此例澤存堂本《廣韻》作博慢切，在換韻，周祖謨校：「故宮本敦煌本《王韻》、《唐韻》作『漫』，當據正。」可見《廣韻》版本已混。

〔註98〕上面列舉的桓、刪對立的「劀」字，《六書故》注「又作刮」，戴侗認爲「劀、刮」是一個字。《六書故》中的古活、古滑二切，正可以看作「刮」字由鎋韻轉入轉入末韻，新舊兩種讀音並存的歷史過程。

3.7.6　元仙先合流

《六書故》音注中元、仙、先三韻系合流，混切如下。

1、元仙韻系混切 5 例

翾，許袁（曉元合三平山）/許緣（曉仙合三平山）。

顴，渠爰（群元合三平山）/巨員（群仙合三平山）。

羍（《廣韻》作「羍」），居願（見願合三去山）/居眷（見線合三去山）。

竭*，渠列（群薛開三入山）/其謁（群月開三入山）。

包括沿用《說文》大徐本反切 1 例：

匽，於蹇（影獮開三上山）/於幰（影阮開三上山）。

又有「鄢」字，《六書故》於幰切，小字注「又平聲」，平聲爲影母元韻，《廣韻》於乾切，影母仙韻。《六書故》相當於以元切仙。

2、元先韻系混切 1 例

健，渠見（群霰開四去山）/渠建（群願開三去山）。

3、仙先韻系混切 21 例

蓮，力延（來仙開三平山）/落賢（來先開四平山）。

鄰，因連（影仙開三平山）/因蓮（影先開四平山）（集）。

鵑，古員（見仙合三平山）/古玄（見先合四平山）。

瘸，烏沿（影仙合三平山）/烏玄（影先合四平山）。

肙（《廣韻》作「蜎」），於沿（影仙合三平山）/烏玄（影先合四平山）。

鮮，息肩（心先開四平山）/相然（心仙開三平山）。

䏰，朱玄（章先合四平山）/職緣（章仙合三平山）。

萹，比兗（幫獮開三上山）/方典（非銑開四上山）。

衒，熒絹（匣線開三去山）/黃練（匣霰開四去山）。

賤，自見（從霰開四去山）/才線（從線開三去山）。

擶，即甸（精霰開四去山）/子賤（精線開三去山）（集）。

鄄，吉縣（見霰合四去山）/吉掾（見線合三去山）。

揑，乃別（泥薛開三入山）/奴結（泥屑開四入山）。

巀，五子（疑薛開三入山）/五結（疑屑開四入山）。

包括沿用《說文》大徐本反切 7 例：

扁，方免（幫獼開三上山）/方典（影銑開四上山）。

丏，彌沇（明獼合三上山）/彌殄（明銑合四上山）。

絢，許掾（曉線合三去山）/許縣（曉霰合四去山）。

尐，子結（精薛開三入山）/姊列（精屑開四入山）。

屑，私列（心薛開三入山）/先結（心屑開四入山）。

嫳，匹滅（滂薛開三入山）/普蔑（滂屑開四入山）。

闋，頃雪（溪薛合三入山）/苦穴（溪屑合四入山）。

又有「研」字，《六書故》五堅切，又上聲，注「別作『碾』」。上聲爲疑母銑韻。「碾」字《廣韻》泥展切，泥母獼韻。《六書故》相當於以銑切獼。

《廣韻》仙先同用，元與臻攝魂痕同用。王力《漢語語音史》宋代韻部合仙先韻與元韻牙喉音字爲元先部，相對應入聲爲月薛部。〔註99〕元仙先三韻系合流，是宋代通語時音的特點。

3.7.7　特殊字音

1、以曷切薛

齰，助達（崇曷開一入山）/私列（心薛開三入山）。

見 2.3.6。

2、以曷切歌，以黠切歌

阿，於曷（影曷開一入山）/於何（影歌開一平果）。

阿，於黠（影黠開二入山）/於何（影歌開一平果）。

> 阿，於何切，小阜依於大山者也。……又借爲發語辭，於曷切。越
>
> 人呼於黠切。

於曷切、於黠切二音，《廣韻》、《集韻》均未收，戴侗釋爲「發語辭」，與於何切意義相區別，屬於異音別義。「發語詞」是什麼意思，戴侗沒有舉例，根據字面意義推測可能是指詞頭。「阿妹、阿誰」一類用法，從南北朝時代就已經興起，宋代也很普遍。其中於黠切，依戴侗言爲越人方音。現代漢語吳方言中「阿」字白讀音作入聲，蘇州讀[aʔ]，揚州讀[æʔ]，均與於黠切相對應。鄭張尚芳認爲，

〔註99〕王力《漢語語音史》318～321 頁，商務印書館，2008 年。

吳語中「阿」作親屬人稱的詞頭非常發達，「阿本平聲，由於常讀輕聲而促化爲入聲。宋末溫州學者戴侗《六書故》已記此音：『阿，於何切，越人呼於點切。』說明這一現象已經很早了。」〔註100〕《資治通鑒音注》中「阿」有注「從安入聲」、於曷切的例證，正是用在「阿母」之類的稱呼中和人名單字之前。〔註101〕另外，今天太原話的「阿」字也白讀也爲入聲[ɣaʔ]，可見或許宋代「阿」字的入聲讀音不只存在於吳方言中，覆蓋的範圍可能更廣，《六書故》中注於曷切音未說明是方音，有可能是當時通語中的讀音。

3、以桓切換

攢，徂官（從桓合一平山）/在玩（從換合一平山）。

> 攢，徂官切，輯聚也。又作「攢」。

攢，《廣韻》在玩切，「聚也」，與《六書故》釋義相同，音去聲。《集韻》：祖官切，「治擇也」；又子罕切，「折也」。又則旰切，「聚也」；又徂畔切，「聚也」。前兩者義不合，後兩者義相合，均爲去聲。「攢」字作攢聚義古讀去聲，宋代已讀入平聲，宋詞押韻中與平聲相押可以證明。〔註102〕《增韻》於平聲桓韻徂官切欑小韻重增「攢」字，注：「攢，蔟聚也。相如賦《攢戾莎》。韓愈詩：『西來騎火萬星攢。』亦作欑、菆。」《六書故》只注平聲，說明到南宋末年，「攢」字只有平聲讀音了。《中原音韻》收在桓歡部平聲，亦相合。

4、以桓切諫

篡，初官切（初桓合一平山）/初患（初諫合二去山）。

> 篡，初官切，又去聲。《說文》曰：「逆而奪取曰篡。」

篡，《廣韻》初患切，「奪也，逆也。」《集韻》初患切，「逆而奪取曰篡。」又芻眷切，「奪取也。」《六書故》平聲初官切音，各書無。「篡」應是個比較常用的字，戴侗將初官切置於首音，很可能是其方音讀法。又去聲（換韻），對應的是《廣韻》、《集韻》初患切（諫韻），換、諫相混。上文 3.7.4 中我們已經討論

〔註100〕鄭張尚芳《溫州方言志》219 頁，中華書局，2008 年。

〔註101〕馬君花《〈資治通鑒音注〉音系研究》183 頁，首都師範大學博士學位論文，2008 年。

〔註102〕參見張令吾《宋代江浙詩韻特殊韻字探析》，古漢語研究，2000 年第 2 期。

過，桓韻系與刪韻系合口並不是完全的相混，只是部分字音有混讀，今天溫州方言「篡」讀['tsʻø]，韻母正合於一等桓韻系，但聲調爲上聲，與《六書故》二音均不同。

5、以點切屑

桔，古八（見點開二入山）/古屑（見屑開四入山）。

> 桔，古八切，絜橰也，亦作桔橰。又古屑切，《傳》曰：「門于桔桀
> 之門。」又桔梗，草藥也。

桔，《廣韻》古屑切，「桔梗。」《集韻》吉屑切，「《說文》『桔梗，藥名』，一曰直木。」又奚結切，「桔桀，鄭門名。」《六書故》不取奚結切音，古屑切音與《廣韻》、《集韻》同。

戴侗此處釋義是兩音別義，古八切專音「桔橰」；古屑切音桔梗與鄭門名。桔橰，《說文》「橰」字注：「桔橰，汲水器也。」《廣韻》「橰」字亦注「桔橰」。「桔橰」是一種農用機械，古代常見，戴侗也應該很熟悉，他單給「桔橰」義注古八切音，應是方音中「桔橰」的「桔」讀作此音。

6、以仙切線

悁，規緣切。（見仙合三平山）/規掾（見線合三去山）。

> 悁，規緣切，狷急也。晉語曰：「小心悁介不敢行也。」與狷義近。
> 《說文》曰「忿也」。又縈緣切，憂也。《詩》云：「中心悁悁。」

悁，《廣韻》於緣切，「憂悁也。」《集韻》增規掾切音，「躁急也」，與《六書故》同義，但爲去聲。

《六書故》以「狷急也」解釋「悁」字，「悁」字音也與「狷」相同。「狷」，《廣韻》有古縣切、吉掾切二音，均爲去聲。《集韻》則增古玄切，《六書故》首音古玄切，已是平聲占優勢了。古玄切爲先韻，規緣切爲仙韻，宋代仙、先合流，《六書故》「悁」字首音規緣切正與「狷」字同音。

還有 2 例聲調標音的特殊字音：

7、莞，古丸切之上聲

> 莞，古丸切，又上聲，小蒲也。莖葉圓長，叢生如著，可以爲席。
> 剔取其莖中虛白者，可以漬油然登，故又謂之登心草。蒲類而小，

　　　　故謂小蒲，又一種尤細，謂之龍須。……

莞，《廣韻》古丸切，「草名，可以爲席。亦云東莞，郡名。又姓，《姓苑》云今吳人。」又胡官切，「似蘭而圓，可爲席」，當是同一種草名。又戶板切，「莞爾而笑」。《集韻》有八音，錯綜複雜，無《六書故》的「又上聲」音。

　　東莞地名，在《廣韻》、《集韻》中都有特別注明（《廣韻》、《集韻》中的「東莞」應是指南北朝時的東莞郡，在今山東省境內），《廣韻》在古丸切音下，《集韻》在古丸切、古玩切二音下，均無上聲讀音。今天東莞地名讀上聲，正與《六書故》注音相合。《六書故》「又上聲」，應是宋代的新讀音。

8、甂，卑眠切之上聲

　　　　甂，卑眠切，又上聲。扁缶也。《說文》曰：「似小瓵，大口而卑，
　　　　用食。」

甂，《廣韻》布玄切，「小盆。」《集韻》增紕延切音，「《說文》：『似小瓵，大口而卑，用食。』」均無上聲讀音，上聲可能是戴侗的方音讀音。又《集韻》上聲卑典切有「䉥」字，注：「小缶也。一曰紡錘。」

3.8　效　攝

3.8.1　系聯和比較

　　《六書故》共有效攝反切 615 個，直音 2 個，聲調標音 35 個。反切下字系聯的結果爲：

　　蕭（宵*）韻：

　　（開四）聊 13（洛蕭），簫 11（先幺），幺 11（於垚），雕 10（都僚），垚 9（吾聊），蕭 7（先雕），僚 4（力簫），遼 2（憐簫），凋（都僚），消 11*（相幺），驕 7*（舉幺），邀 7*（伊消）〔註103〕，宵 5*（相邀），焦 3*（滋消），鑣 2*（悲驕），麃*（表驕），囂*（欣消）。

　　篠韻：

　　（開四）了 12（盧鳥），皎 6（古了），鳥 4（都了）。

_____

〔註103〕邀，《六書故》無字頭，在「徼」字頭下，小字注「又作邀」。

嘯（笑*）韻：

（開四）弔 21（多嘯），嘯 2（穌弔）〔註104〕，料（力弔），肖 8*（先弔）。

宵韻：

（開三）遙 21（余招），招 17（之遙），昭 8（之遙），搖 5（余招），要（於遙），姚（余招）/嬌 6（居妖），妖 3（於喬），喬 2（渠嬌）。

小韻：

（開三）沼 16（之少），紹 4（市沼），少 2（書沼）〔註105〕，繞（而沼）/小 13（私兆），夭 5（依小），表 4（彼矯），矯（舉夭），兆（治小）。

笑韻：

（開三）妙 12（彌笑），笑 5（私妙），召 3（直笑），廟 3（眉召），曜（弋笑）〔註106〕/照 9（之少），少（失照）。

肴韻：

（開二）交 53（加爻），肴 7（胡茅），爻 4（乎交），茅（謨交）。

巧韻：

（開二）巧 13（苦絞），狡 3（古巧），絞 2（古巧），飽 2（博巧），爪（側狡）。

效韻：

（開二）教 23（居效），效 5（侯教），孝 4（呼效），校 2（戶孝）〔註107〕，較 2（居效）〔註108〕，豹（北教），櫂（直效）。

豪韻：

（開一）刀 42（都牢），牢 10（魯刀），勞 9（魯刀），高 6（古牢），遭 6（臧曹），曹 2（藏牢），豪（乎刀）/袍 3（薄褒），褒（博毛），毛（莫袍）。

皓韻：

（開一）皓 23（胡老），老 17（盧皓），浩 8（胡老），抱 5（薄皓），早 4

〔註104〕嘯，《六書故》無字頭，在「歗」字頭下，注「又作嘯」。

〔註105〕少，《六書故》書沼切，又去聲。作反切下字共 3 次，2 次上聲，1 次去聲。

〔註106〕曜，《六書故》無字頭，「耀」字頭下，注「亦作『曜』」。

〔註107〕校，《六書故》首音戶交、戶孝二切，作反切下字取戶孝切。

〔註108〕較，《六書故》首音訖岳切，又居效切，作反切下字取居效切。

（子浩），討（他皓），好（呼老）。

号韻：

（開一）到 33（多告）〔註109〕，報 10（薄号），告 2（古到），号 2（胡到）〔註110〕。

反切比較的數據爲：

自切：

蕭韻 60，篠韻 20，嘯韻 23。宵韻 98，小韻 47，笑韻 40。肴韻 64，巧韻 21，效韻 37。豪韻 81，皓韻 59，号韻 47。

混切：

蕭/宵 8；篠/小 2；嘯/笑 1。宵/蕭 3；笑/宵 1，笑/篠 1；肴/宵 1；效/肴 1。

3.8.2 蕭宵合流

《六書故》音注系聯中宵、笑韻均有韻字系入蕭、嘯韻，反切比較中蕭、宵韻系有混切 14 例：

蔍，悲蕭（幫蕭開四平效）/甫嬌（非宵開三平效）。

椒，子僚（精蕭開四平效）/即消（精宵開三平效）。

驕*，舉幺（見蕭開四平效）/舉喬（見宵開三平效）。

鴞，堅蕭（見蕭開四平效）/于驕（喻三宵開三平效）。

蹺，丘幺（溪蕭開四平效）/去遙（溪宵開三平效）。

招，祁垚（群蕭開四平效）/祁堯（群宵開三平效）（集）〔註111〕

鯈，詩姚（書宵開三平效）/蘇彫（心蕭開四平效）。

猇，馨妖（曉宵開三平效）/許幺（曉蕭開四平效）（集）。

朓，徒紹（定小開三上效）/徒了（定篠開四上效）。

繳，居繞（見小開三上效）/古了（見篠開四上效）。

肖*，先弔（心嘯開四去效）/私妙（心笑開三去效）。

〔註109〕到，《六書故》首音都皓、多告二切，作反切下字取多告切。

〔註110〕号，《六書故》乎刀切，又去聲。作反切下字取去聲讀音，對應《廣韻》胡到切。

〔註111〕這一例比較特殊，反切下字「垚」、「堯」均在蕭韻，《集韻》注祁堯切，但收在宵韻。《集韻》宵、蕭已有相混，《六書故》可能是沿襲了《集韻》的反切。

包括沿用《說文》大徐本反切 3 例：

消*，相幺（心蕭開四平效）/相邀（心宵開三平效）。

絹，相幺（心蕭開四平效）/相邀（心宵開三平效）。

鄡，牽遙（溪宵開三平效）/苦幺（溪蕭開四平效）。

又有「繚」字，憐簫切，又上、去二聲。去聲來母嘯韻。《集韻》「繚」去聲力照切，來母笑韻。《六書故》相當於以嘯切笑。

上述混切中有常用字，如「驕、繳、肖、消」等；其中「驕、肖、消」均為反切下字，可見宵、蕭二韻系已經合流了。《廣韻》宵蕭同用，王力《漢語語音史》宋代韻部合宵、蕭韻與肴韻牙喉音蕭肴部。〔註112〕《六書故》音注蕭、宵合流符合宋代通語。但《六書故》音注中肴韻牙喉音不與蕭、宵韻相混，沒有混切，而且還有對立，如：

歊，許交切，又虛驕、黑酷、黑角三切。「許、虛」同為曉母，「交」為肴韻牙喉音，「驕」為宵韻，肴韻牙喉音與宵韻對立。

3.8.3　豪、肴對立

《六書故》音注中一等豪韻和二等肴韻保持獨立，沒有混切；不僅如此，豪、肴韻之間還有對立，如：

獳，奴刀切，又奴交切。「刀」為豪韻，「交」為肴韻，豪肴對立。

磝，五交切，又牛刀切。「五、牛」同為疑母，「刀」為豪韻，「交」為肴韻，豪肴對立。

《廣韻》豪獨用、肴獨用。王力《漢語語音史》宋代韻部合豪韻與肴韻唇舌齒音為豪包部。〔註113〕《六書故》音注體現的豪、肴韻關係與王力宋代韻部不同，與《廣韻》一致。

綜上，《六書故》的效攝音注，豪、肴獨立，宵蕭合流。

3.8.4　特殊字音

1、以笑切篠

瞭，力照（來笑開三去效）/盧鳥（來篠開四上效）。

〔註112〕王力《漢語語音史》303、317～318 頁，商務印書館，2008 年。

〔註113〕王力《漢語語音史》303、317～318 頁，商務印書館，2008 年。

瞭，力照切。目明也。《周官》:「眠瞭相瞽。」

「瞭」,《廣韻》落蕭切,「目明也。」又盧鳥切,「目睛明也。」《集韻》音義同。《六書故》音系蕭、宵相混,「瞭」音力照切與《廣韻》二音只是聲調不同,讀去聲。今天「瞭望」一詞中「瞭」讀作去聲,瞭望義在宋代應未出現,《六書故》也未注瞭望義,但去聲讀音與今音相合,應是當時的新讀音。

2、以笑切宵

瘭，必妙 (幫笑開三去效) /卑遙 (幫宵開三平效)。

　　瘭，必妙切。又卑遙、匹妙二切。《千金方》曰:「肉中忽生點,大者如

　　豆,細者如黍粟,劇者如梅李有根,痛傷應心。……」

瘭,《廣韻》卑遙切,「瘭疽,病名。」《集韻》卑遙、匹妙二音,義同。《六書故》小字所列的二音,與《集韻》相同。戴侗已經注意到了《廣韻》、《集韻》中的讀音,僅以小字列作又音,表示他並不認同,可見首音必妙切應是當時的實際讀音。

3、以肴切宵

歊，許交切 (曉肴開二平效) /許嬌 (曉宵開三平效)。

　　歊,許交切,气歊歔上騰也。又虛驕、黑酷、黑角三切。

歊,《廣韻》許嬌切,「熱氣。《說文》曰:『歊歊,氣出貌。』」又火酷切,「氣出兒。」《集韻》增黑各切音,「嚣也。」《六書故》又虛驕、黑酷、黑角三切正對應《廣韻》、《集韻》音,都以又音標出,可見首音許交切應是戴侗最認可的讀音,很可能是戴侗的方音。許交切爲二等肴韻,洪音,與聲符「高」音更接近。

4、以效切巧

拗，於較 (影效開二去效) /於交 (影肴開二平效)。

　　拗,於絞切,曲折也。又於較切,反戾也。

拗,《廣韻》於絞切,「手拉。」(周祖謨校:手拉,切三及故宮王韻作手撥。)應與《六書故》「曲折」(即拉彎)同義。《集韻》又於交切,「戾也。」與《六書故》「反戾也」義同,但聲調不同,爲平聲。又乙六切,「抑也。」《廣韻》、《集韻》均無《六書故》於較切音。又,《集韻》去聲於較切有「㘖」字,「很戾也」,

與《六書故》「拗」字音義同。《增韻》去聲效韻重增於教切拗小韻，小韻內僅有「拗」一個字，注：「《玉篇》『拗捩』，固相違也。亦作㘴、㘴。」（按，宋本《玉篇》「拗」音烏狡切，「拗折也」；又「捩」字頭下注「拗捩也」。《增韻》釋義當據後者，但《玉篇》並無去聲讀音。）說明「拗」表示違戾義讀去聲是南宋的實際讀音，這一讀音與今音相合。《漢語大字典》注拼音 ào，反切取《古今韻會舉要》於教切。《古今韻會舉要》是沿襲《增韻》音，不妨改作《增韻》於教切。

還有 2 例聲調標音的特殊字音：

5、縹，鋪沼切之平聲

> 縹，鋪沼切，又平聲。《說文》曰：「帛青白色也。」劉熙曰：「淺青色。」

縹，《廣韻》敷沼切，「青黃色也。」新添類隔更音和切改爲偏小切。《集韻》匹沼切，「《說文》：『帛青白色也。』」又匹妙切，「帛青白色。」無《六書故》又平聲音。此字戴侗雖未釋義，僅以小字引《說文》、《釋名》，但「縹」在當時應是一個較常見的字，「縹緲」一詞宋人也常用。《增韻》在平聲宵韻紕招切漂小韻增入「縹」字，注：「縹縹，輕舉貌。《揚雄傳》：『縹縹有陵雲之志。』賈誼賦：『鳳縹縹其高逝。』」《六書故》又平聲音與其相合，可見「縹」的平聲讀音是南宋時音。《漢語大字典》「縹」字注二音：上聲 piǎo，取《廣韻》反切，義「（1）青白色的絹；（2）青白色；（3）古地名。」平聲 piāo，義「[縹乎][縹縹][縹緲]皆隱隱約約若有若無貌」。平聲可增收《增韻》反切紕招切。

6、驃，匹召切之平聲

> 驃，匹召切，又平聲。《說文》：「黃馬發白色，一曰白髦尾。」一曰馬剽疾也。

驃，《廣韻》、《集韻》的注音都很有些奇怪。《廣韻》笑韻毗召切，「驃騎，官名。又馬黃白色。又卑笑、匹召二切。」但笑韻匹妙切小韻未收「驃」字，也無卑妙切小韻，也就是說，又音二音均未出現。〔註114〕《集韻》毗召切驃小韻有兩個「驃」字，小韻首字「驃」，「《說文》：『黃馬發白色，一曰白髦尾。』」又「驃」，「馬行疾兒。」同一個字在一個小韻內重出，也相當特殊。又卑妙切，「馬黃色。」

〔註114〕余迺永《新校互注宋本廣韻》校勘記 363、364 頁辨之甚詳，認爲此二音皆當收入。上海辭書出版社，2000 年。

《類篇》作：「驃，毗召切，《說文》：『黃馬發白色，一曰白髦尾。』又毗召切，馬行疾皃。又卑妙切，馬黃色。文一，重音二。」完全照搬《集韻》，兩次注毗召切音。

《六書故》的匹召切出現在《廣韻》的又音裏，《集韻》則未收錄。但《玉篇》：「驃，毗召、匹妙二切，驍勇也。漢有驃騎將軍。」收有此音。《六書故》又平聲讀音各書不載，可能是戴侗習用的讀書音。

3.9　果　攝

3.9.1　系聯和比較

《六書故》共有果攝反切 205 個，聲調標音 12 個。反切下字系聯的結果爲：

歌韻：

（開一）何 50（胡歌），俄 7（五何），哥 3（古俄），歌 3（古何），佗（唐何）。

哿韻：

（開一）可 13（冎我），我 5（五可），左 2（臧可）。

箇韻：

（開一）个 8（古賀），賀 4（侯个）。

戈韻：

（合一）禾 28（乎戈），戈 11（古禾），波 6（博禾），和 4（胡戈）。

果韻：

（合一）果 29（古火），火 10（許果）。

過韻：

（合一）臥 14（吾貨），過 5（古臥），貨（呼臥），唾（湯臥）。

反切比較的數據爲：

自切：

歌韻 63，哿韻 20，箇韻 12。戈韻 46，果韻 39，過韻 20。

混切：

歌/戈 1。戈/歌 3；過/果 1。

3.9.2 歌戈相混

《六書故》音注中歌、戈兩韻系間的混切共 4 例：

麾，莫何（明歌開一平果）/眉波（明戈合一平果）（集）〔註115〕。

蘿，魯禾（來戈合一平果）/魯何（來歌開一平果）。

籮，洛戈（來戈合一平果）/魯何（來歌開一平果）。

涐，耦和（疑戈合一平果）/五何（疑歌開一平果）。

又有「皷」字，《六書故》普何切，又上聲，上聲爲滂母哿韻。《廣韻》普火切，滂母果韻。《六書故》相當於以哿切果。

歌戈兩韻系關係密切，《切韻》中只有歌韻，《廣韻》歌、戈同用。王力《漢語語音史》隋—中唐音系、晚唐—五代音系、宋代音系中歌、戈均爲一部。〔註116〕《六書故》歌戈合流符合宋代通語。歌、戈韻在開合口有別的情況下，除脣音外，本不應出現混切。《六書故》音注中的混切有 3 例是非脣音，這說明歌、戈韻合流後，開合口也發生了新的變化。

3.9.3 戈三等韻轉移

《廣韻》韻系中，戈韻有少量三等韻字。《六書故》的音注中，反切下字中沒有出現《廣韻》中的戈韻三等字。被切字中，《廣韻》中戈韻的開口三等字在《六書故》中以麻韻字作反切下字：呿，丘加/丘伽；「茄」，求加/求伽。《廣韻》、《集韻》麻韻均無群母小韻，《六書故》「茄」字的求加切，相當於給麻韻增加了群母小韻，是將戈韻三等字轉入麻韻的結果。（《六書故》還有一個「痂」字，首音其加切，與「茄」音同，又音古牙切。《廣韻》、《集韻》等書中「痂」均只有古牙切一音。）另外，「枷」字，廣韻有二音，麻韻古牙切和戈韻三等求迦切，《六書故》只有古牙切一音。「脞」字，《廣韻》有二音，果韻倉果切和戈韻三等醋伽切，《六書故》只有過韻倉過切一音。戈韻的合口三等字在《六書故》中只出現一個，鞾（即「靴」字），音呼戈切，則是以戈韻一等字作反切下字。所以，《六書故》的音系中不再有戈韻三等字。

〔註115〕麾，《六書故》莫何切，與摩通。《集韻》眉波切，「散也。」《集韻》無例句出處，不知「散也」何意，似與《六書故》不同。「摩」，《廣韻》莫婆切，亦在戈韻。按，《廣韻》、《集韻》歌韻並無脣音。

〔註116〕王力《漢語語音史》，192、260、296 頁，商務印書館，2008 年。

　　《五音集韻》將戈韻三等字歸入麻韻三等，新增見母居伽、溪母丘伽、群母求伽、曉母許胇四個小韻。注：「今將戈韻三等開合口共有明頭八字，使學者難以檢尋，今韓道昭移於此麻韻中收之，與遮車蛇奢同爲一類，豈不妙哉。達者細詳知道不謬矣。」《六書故》與《五音集韻》的共同點是取消了戈韻三等韻，但《六書故》中戈三等韻的歸等似乎與《五音集韻》不同，需要具體分析一下。合口「韄」字音呼戈反，下字與故宮《王韻》切語相同，故宮《王韻》：「韄，韄鞾，無反語。火戈反，又希波反。陸無反語。古今。」李榮認爲「『無反語』表示不是一等字，如果是一等字，可以做反切下字的字就多了。……火戈反可能是沒有辦法，趨近之而已的反切。果攝三等字本來全是借字，念三等是摹仿外國音，念一等是漢化的讀音，後來三等這一個讀音占了優勢，方言的讀音是從三等來的。」〔註117〕如此，《六書故》給「韄」字注一等反切，也不一定代表一等讀音。開口字「茄、痂」，六書故音求（其）加切，麻韻增加了群母小韻，但群母只與三等字相切，雖然「茄、痂」的反切下字用二等「加」字，但實際讀音也很可能爲三等細音。這就與《五音集韻》的新增群母小韻相同了。

　　戈三等韻的轉移，是因爲戈韻的主元音發生變化，由[ɑ]轉爲[ɔ]，三等韻字可能因爲是「摹仿外國音」的借音字，主元音沒有跟着變化，就被歸入假攝了。

3.9.4　特殊字音

1、以過切果

　　脞，倉過（清過合一去果）/倉果（清果合一上果）。

　　　脞，倉過切。《書》云：「元首叢脞哉。」孔氏曰：「細碎無大略。」陸氏倉

　　果切。一曰切肉。

脞，《廣韻》倉果切，《集韻》取果切，均與《經典釋文》音同。《集韻》又有七戈切，無去聲讀音。戴侗已注意到《經典釋文》音上聲倉果切，以小字列出，可見其並不認同。「脞」字不是個常用字，戴侗只注去聲讀音，可能是其師承的讀書音。

〔註117〕李榮《切韻研究》47 頁，中國科學院，1952 年。

3.10　假　攝

3.10.1　系聯和比較

　　《六書故》共有假攝反切 236 個，直音 1 個，聲調標音 6 個。反切下字系聯的結果爲：

　　麻（佳*）韻：

　　（開二）加 48（古牙），牙 15（五加），巴 6（伯加），遐 2（何加），嘉（古牙）。

　　（合二）瓜 18（古華），華 7（胡瓜）〔註118〕，媧 2*（烏瓜）。

　　（開三）遮 10（之奢），邪 3（似遮），奢 2（式車），嗟 2（咨邪），車（昌遮）。

　　馬韻：

　　（開二）下 11（胡雅），雅 6（五下），假 2（舉下）。

　　（合二）瓦 7（五寡），寡（古瓦）。

　　（開三）者 9（之野），野 5（羊者）〔註119〕，也 5（羊者）。

　　禡韻：

　　（開二）駕 28（古訝），訝 5（吾駕），嫁 4（古訝），罵 2（莫駕），亞 2（衣架），架（古訝），迓（魚駕），夏（亥駕）〔註120〕。

　　（合二）化 10（呼跨），跨（枯化）。

　　（開三）夜 17（羊射），射 2（食夜），舍（始夜）。

　　反切比較的數據爲：

　　自切：

　　麻韻 109，馬韻 43，禡韻 72。

　　混切：

〔註118〕華，《六書故》首音況乎、況瓜二切，又胡瓜切，又胡化切。作反切下字取胡瓜切音。

〔註119〕野，《六書故》首音羊褚、羊者二切，反切下字取羊者切。

〔註120〕夏，《六書故》首音亥雅、亥駕二切，「夏」只作 1 次反切下字，被切字爲「嗄」，取去聲亥駕切。

麻/模 1，麻/佳 2，麻/歌 1，麻/戈 2；馬/紙 1，馬/梗 1，馬/厚 1；禡/卦 2，禡/馬 1。

3.10.2　車遮部似未產生

《六書故》假攝的反切下字在等列上系聯整齊，每韻所分 3 組分別代表開口二等、合口二等和開口三等。《中原音韻》中的車遮部在《六書故》中音注中是否形成，很難通過系聯和比較看出。因爲三等字本就不和二等字互切，反切的系聯和比較也都不會發生關係，所以即使兩者沒有相互系聯和混切，也不能作爲車遮部形成的證據。

不過，從上節（果攝）列舉的戈韻三等字轉入麻韻的注音來看，如果戴侗給「茄、痂」注音音其加切表示的是三等韻的話，就相當於以二等字切三等字了，似乎車遮部還沒有形成。

以往關於宋代語音的研究往往傾向於車遮部尚未形成，王力《漢語語音史》宋代韻部統一在麻蛇部，魯國堯歸納宋詞韻也是麻韻二、三等字通押，看不出分立的跡象。但在宋代文獻中也可找到較確鑿車遮部形成的證據，《增韻》中有毛居正的按語：「麻字韻自奢字以下，馬字韻自寫字以下，禡字韻自藉字以下，皆當別爲一韻。」《增韻》反映了最新的語音發展。

3.10.3　部分佳韻系字轉入麻韻系

《六書故》中有佳麻混切 4 例：

娃，烏瓜（影麻合二平假）/於佳（影佳開二平蟹）。

鮭，烏瓜（影麻合二平假）/烏蝸（影佳合二平蟹）（集）。

畫，戶化（匣禡合二去假）/胡卦（匣卦合二去蟹）。

詿，古罵（見禡合二去假）/古賣（見卦合二去蟹）。

其中，「詿」字《六書故》兼注古賣、古罵二切，於《廣韻》卦韻讀音外又增禡韻一讀。

部分佳韻系和夬韻字轉入麻韻系，是宋代通語的特點。其實，這種轉變在《廣韻》、《集韻》中也有所體現，我們可以把一些字在《廣韻》、《集韻》、《六書故》中的音注情況列表比較一下（僅列佳、夬、麻韻目，不列反切）。

	蛙	蝸	媧	娃	佳	罷	詿	畫	卦	掛	話
廣韻	佳麻	佳麻	佳麻	佳	佳	蟹	卦	卦	卦	卦	夬
集韻	佳麻	佳麻	佳麻	佳	佳麻	蟹馬	卦	卦	卦	卦	夬禡
六書故	麻	麻	麻	麻	佳麻〔註121〕	蟹禡	卦禡	禡	卦	卦	怪

　　平聲合口「蛙、媧、蝸」，因爲《廣韻》、《集韻》都有兼注佳、麻韻讀音，前人研究中一般不作爲佳韻轉入麻韻的證據，但是從《廣韻》、《集韻》佳、麻兩韻兼收到《六書故》只注麻韻，也可以看出演變的跡象。「娃」字《廣韻》、《集韻》均在佳韻，《六書故》則只注麻韻。平聲開口「佳」字，《廣韻》無麻韻讀音，《集韻》、《六書故》則兼注佳、麻。上去聲方面，《廣韻》均無馬、禡韻讀音，《集韻》有「罷、話」二字兼注馬、禡，《六書故》則有「罷、詿」二字兼注禡韻，「畫」字只注禡韻。比較三書的表現，可以推測，佳韻系轉入麻韻系，平聲似乎比上去聲更加積極，變化得更早。

　　去聲字「卦、掛、話」在宋代韻文押韻中已普遍轉入假攝〔註122〕，反映出宋代通語的發展，而在《六書故》中還很保守。「罷」字《六書故》中收錄的蟹、禡韻兩種讀音，比較特別，我們具體討論一下：

　　罷，《六書故》有部買切音，義「休罷之罷」，與《廣韻》同。又有部罵切音，義「罷散之罷」，下面小字注：「《說文》曰：『罷，遣有罪也。從能，言有賢能而入网，即貰遣。《周官》有議能之辟是也。』按，《說文》之說甚鑿而不通，能有耐音，乃取其聲。」《說文》大徐本注音薄買切，《六書故》不取其音。按理說，罷散義與休止義聯繫緊密，可以說是休止義的一個具體表現，《廣韻》、《集韻》中都沒有單出音義，《六書故》單給罷散義列出義項和讀音，與休止義相區別，恐怕是有原因的。這很可能是因爲戴侗的實際語音中，休止義的「罷」

〔註121〕《六書故》無「佳」字頭，「嘉」字頭下小字注：「又有佳字，善也。古膎、古牙二切。按，古無佳字，楚辭始有之，實一字也。」戴侗認爲「佳」與「嘉」實一字，可見「佳」字的麻韻讀音已經很普遍了。

〔註122〕劉曉南《宋代文士用韻與宋代通語及方言》：「在唐代，佳韻系就已經徘徊在麻、皆之間，如杜甫詩中『佳崖涯柴』幾個字就偶然押麻。這意味着這個從未獨立過的中古帶-i尾韻部，韻尾正處在劇烈變動中。到宋代，文人筆下押麻韻的蟹攝字逐漸集中於「涯佳罷掛卦畫話」諸字，形成了《中原音韻》的規模。」載《古漢語研究》2001年第1期。

字仍讀蟹攝音，而罷散、罷免義的「罷」字則讀作假攝音。「罷」的罷散、罷免義與一般的休止義使用場合不同，經常作爲官方用語，在士人之間應用，很有可能受通語讀音的影響。戴侗單獨給罷散、罷免義注部罵切，說明當時通語中的「罷」字已經讀入假攝了。至於注去聲，而不是對應的上聲（《集韻》上聲傍下切，義「止也」）是因爲宋代通語裏濁上變去已經發生。沈括《夢溪筆談》卷一：「如打字音丁梗反，罷字音部買反，皆吳音也。」說明「北宋時大部分地區讀音已與《切韻》不同。」〔註 123〕《六書故》「罷」字的部買切正對應沈括所言吳語，而補罵切則反映通語的實際讀音。

由「罷」字沈括所言可推知，在佳韻系部分字讀音方面，《六書故》中保守的表現可能是吳方音的反映。

3.10.4　特殊字音

1、以麻切模

罦，古華（見麻合二平假）/古胡（見模合一平遇）。

> 罦，古華切。《詩》：云「北流活活，施罦濊濊。」《淮南子》曰：「釣者靜之，罦者扣舟。」葢急流取魚之網也。

罦，《廣韻》古胡切，「魚罦」。《集韻》攻乎切，「《說文》『魚罦也』」。《經典釋文》中「罦」字三見，亦同音。《六書故》單注古華切一音，可能是其方音讀法，與聲符「瓜」字音同。

2、以麻切歌

他，汤加（透麻开二平假）/託何（透歌开一平果）。

「他」，《廣韻》中屬於歌韻，託何切，作爲「佗」（義「非我也」）的俗字。戴侗對「他」字的音義很注意，「它」字頭下的小字注：「書傳多借它、佗爲他，按他與佗二字不可合，說具人部。」人部「佗」字，戴侗注二音，唐何切，「背負曰佗」，又湯何切，「負且曳也」。「他」字音湯加切，注「非我曰他」。這說明到了戴侗的時代，「他」不再僅僅作爲「佗」的俗字而存在，已成爲代詞用法的正體，而「佗」字形已經不常用作代詞了，所以戴侗要特意把「他」與「佗」

〔註 123〕周祖謨《宋代方音》，載《問學集（下）》659 頁，中華書局，1966 年。沈括筆記亦引於此。

分開。「他」的字音轉入麻韻，是因為歌韻的主元音發生了變化，而「他」作為常用字，保持了原來的讀音，就與麻韻接近了。這是宋代時音的體現，從宋詞押韻中「他」字主要與麻蛇韻相押可以證明。〔註124〕但是，當時還沒有韻書、字書給「他」字注麻韻讀音，之前的《廣韻》、《集韻》、《類篇》、《增韻》等書都收在歌韻，金元時期的《五音集韻》、《古今韻會舉要》也在歌韻（可能因為麻韻是二等韻，不與端組聲母相拼，無法增入的緣故），《中原音韻》也在歌戈部。《六書故》的這個音注反映了《六書故》重視記錄實際口語語音的價值。

3、以馬切紙

廖，昌也（昌馬開三上假）/尺氏（昌紙開三上止）。

> **廖**，尺尒切。又昌也切。《說文》曰：「廣也。」《吳語》曰：「齊宋徐夷曰：
> 將關溝而**廖**我。」

廖，《廣韻》尺氏切，「廣也。《國語》曰：『夾溝而廖我。』」《集韻》音義同。均無《六書故》小字「又昌也切」。按，《九經字樣》：「廖，音侈。」《集韻》「侈」有齒者切音，同「哆」，「大兒。」戴侗將「又昌者切」與《說文》「廣也」義同用小字列出，大概認為「廖」表示大義是可以讀作昌也切的，這或許是方音中「侈」字的讀音。

4、以馬切梗

打，都假（端馬開二上假）/都冷（端梗開二上梗）。

> 打，都挺、都冷二切，又都假切，擊也。

「打」，《廣韻》德冷切，「擊也。」又都挺切，義同。《集韻》僅都挺切一音，義同。均無都假切音。「打」字的假攝讀音在宋代出現，歐陽修《歸田錄》中已提到「打」有丁雅反音，《增韻》則是韻書中最早收錄「打」字的假攝讀音的，音都瓦切。關於「打」字在韻書、字書中的注音，甯忌浮《古今韻會舉要及相關韻書》中論述甚詳〔註125〕。需要說明的一點是，雖然《增韻》的注音要早於《六

〔註124〕鍾明立《漢字例外音變研究》48 頁，統計宋詞押韻中『他』字用作押韻字共有 41 次，其中用作麻蛇韻的有 34 次，占總數的 83%，廣東高等教育出版社，2008 年。

〔註125〕甯忌浮《古今韻會舉要及相關韻書》269～270 頁，中華書局，1997 年。

書故》，但《康熙字典》、《漢語大字典》均取《六書故》都假切音而不取《增韻》都瓦切音，可能有一種考慮：《增韻》中的都瓦切，反切下字用「瓦」，是以合口注開口，用通語拼切不十分協調，而《六書故》的都假切則在開合口上一致。

5、以馬切厚

母，莫假（明馬開二上假）/莫厚（明厚開一上流）。

> 母，滿鄙、莫古二切，又莫后、莫假二切。有子爲母，取象於乳。

按古書母馬同音，皆莫古切；今世俗母馬同音，皆莫假切。……

《六書故》中給「母」字注了四個音，從其先後並列，以及戴侗的論述來看，前二音是古音音注，後二音是今音音注。古音音注中我們在上文（3.3.3）中已經討論，今音音注中，莫假切《廣韻》、《集韻》均未收，是戴侗的方音。今天溫州方言「母」字白讀爲[ʻmo]，與「馬」字音同，正與《六書故》莫假切音相合。

3.11　宕　攝

3.11.1　系聯和比較

《六書故》共有宕攝反切 588 個，直音 1 個，聲調標音 36 個，反切下字系聯的結果爲：

陽韻：

（開三、合三）良 56（呂張），章 15（諸良），張 8（菖良），方 8（府良），陽 6（與章），王 5（于方），彊 2（巨良），易 2（与章），房 2（符方），長（直良），昌（尺良），畺（居良），揚（余章），防（符方）/羊 29（與祥），莊 3（側羊），祥（似羊），翔（如羊）。

養韻：

（開三、合三）兩 33（良奬），掌 4（諸兩），往 3（于兩），丈 2（直兩），奬（子兩）/网 3（武紡），紡 2（甫网）。

漾韻：

（開三）亮 28（力讓），讓 5（而羕），諒 2（力讓），羕（余亮），訪（專亮），尙（時亮），向（許亮）。

（合三）放 4（甫妄），況 3（訏放），妄（亡放）。

藥韻：

（開三）約 16（於略），灼 16（之若），略 15（力灼），若 7（而灼），虐 4（逆約），勺 4（衹若），酌 2（之若），謔（虛約），藥（以灼），爵（即略），雀（即略），卻（去約）。

（合三）縛 8（符钁），钁（居縛）。

唐韻：

（開一）郎 39（魯當），當 10（都郎），剛 6（古郎），岡 5（古郎），湯 2（他郎），亢 2（胡郎），滂（普郎），唐（徒郎）。

（合一）光 22（姑黃），黃 4（戶光），旁 2（步光），荒 2（呼光）。

蕩韻：

（開一）朗 20（盧黨），黨 3（多朗）。

（合一）廣 6（古晃），晃 2（胡廣）。

宕（絳*、蕩**）韻：

（開一、合一）浪 23（來碭），碭 2（徒浪），謗 4（補浪），宕（徒浪）〔註126〕，曠（苦謗），降 3*（古浪），蕩**（徒浪）。

鐸韻：

（開一、合一）各 86（古洛），洛 5（盧各），閣（古洛），鶴 3（下各），鄂（五各），莫（末各），託（他各），博 2（補各），郭 13（古博）〔註127〕，钁（戶郭）。

反切比較的數據為：

自切：

陽韻 142，養韻 47，漾韻 46，藥韻 75。唐韻 95，蕩韻 32，宕韻 28，鐸韻 110。

混切：

陽/庚 1；漾/映 1；藥/鐸 1，藥/昔 2。唐/庚 1；宕/絳 1，宕/蕩 1，宕/映 1；鐸/覺 3，鐸/陌 1。

〔註126〕宕，《六書故》無字頭，也沒作為其他字形的異體出現，系聯取《廣韻》徒浪切。

〔註127〕郭，《六書故》無字頭，在「𩫏」字頭下，注「又作郭，从邑。」

3.11.2　特殊字音

　　《廣韻》陽、唐同用。王力《漢語語音史》宋代韻部中合江宕攝舒聲爲江陽部，相對應入聲爲覺藥部。[註128]《六書故》音注江、宕攝合流，已在 3.2.2 中討論。此外，宕攝有 1 例一三等入聲鐸、藥韻間的混切：

　　椁，古縛（見藥合三入宕）/古博（見鐸合一入宕）。

　　是因爲三等唇音字「縛」變爲洪音，可以作一等字「椁」的反切下字了。

　　《六書故》音注中宕攝的特殊字音有 7 例，如下。

1、以陽切庚

　　兄，許方（曉陽合三平宕）/許榮（曉庚合三平梗）。

　　　兄，許榮、許方、許訪三切，同生長曰兄，少曰弟。

「兄」，《廣韻》許榮切，「《爾雅》：『男子先生曰兄。』《說文》：『長也。』」《集韻》增許放切，同「況」，「《說文》：『寒冰也。』一曰益也，矧也，譬也。」均無《六書故》許方切音。許方切是戴侗的古音叶讀音，吳棫《韻補》虛王切，朱熹《詩集傳》叶虛王切，均同音。

2、以漾切映

　　泳，于亮（喻三漾開三去宕）/爲命（喻三映合三去梗）。

　　　永，于景切，水長流也。象兩水接流，凡事物之長因通曰永。又爲
　　　命、于亮二切，潛行水中謂之永。《詩》云：「漢之廣矣，不可永思。」
　　　別作泳。

戴侗爲命、于亮二切是爲「潛行水中」義，即「泳」字注音。「泳」，《廣韻》、《集韻》僅爲命切一音，《六書故》增于亮切音，是戴侗的古音叶讀音，即根據其引《詩》擬的古音。朱熹《詩集傳》叶弋亮反，同音；吳棫《韻補》於放切，影母，反映了宋代通語影、喻合流。

3、以藥切錫 2 例

　　斀，夷約（喻四藥開三入宕）/羊益（喻四昔開三入梗）。

　　射，亦灼（喻四藥開三入宕）/羊益（喻四昔開三入梗）。

〔註128〕王力《漢語語音史》304～306、308～309 頁，商務印書館，2008 年。

> 斁，夷益、夷約二切，猒也。《詩》云：「服之無斁。」又云：「在彼
> 無惡，在此無斁。」通亦作射。《詩》云：「神之格思，不可度思，
> 矧可射思。」⋯⋯

> 射，⋯⋯又夷益、亦灼二切，借爲猒射之射，與斁通。《詩》云：「不
> 可度思，矧可射思。」⋯⋯

由上二字《六書故》注文可見，「射」字讀夷益、亦灼二切，與「斁」字同音義，是假借用法。戴侗爲二字注夷約（亦灼）切音是古音叶讀音。吳棫《韻補》二字均有弋灼切音，朱熹《詩集傳》二字均叶弋灼反。

4、以唐切庚2例

明，母滂（明唐合一平宕）/武兵（微庚合三平梗）。

觥，古黃（見唐合一平宕）/古橫（見庚合二平梗）。

「明」，《六書故》首音母滂、母兵二切，《廣韻》武兵切，《集韻》眉兵切，均無母滂切音。戴侗增母滂切音，是古音叶讀音。吳棫《韻補》謨郎切，朱熹《詩集傳》叶謨郎反，均同音。

「觥」字《六書故》首音古橫、古黃二切，《廣韻》、《集韻》均只古橫切一音，戴侗增古黃切音，是古音叶讀音。吳棫《韻補》古黃切，朱熹《詩集傳》叶姑黃反，均同音。

5、以宕切映

怲，彼浪（幫宕開一去宕）/陂病（幫映開三去梗）。

> 怲，彼病切，又彼浪切。《詩》云：「憂心怲怲。」毛氏曰：「憂盛滿也。」

「怲」字，《廣韻》有上、去聲二音：兵永切，「憂也。」又陂病切，「憂心也。」同義。《集韻》音義同，均無彼浪切音。《六書故》彼浪切，是戴侗的古音叶讀音，正是根據其引《詩》所擬。吳棫《韻補》被旺切，朱熹《詩集傳》叶兵旺反，同音。

6、以鐸切陌

嚇，郝各（曉鐸開一入鐸）/呼格（曉陌開二入梗）。

> 嚇，盧訝、郝格、郝各三切，恐嚇也。⋯⋯

嚇，《廣韻》呼訝切，「笑聲」；又呼格切，「怒也」。《集韻》虛訝切，「以口距人謂之嚇」；又郝格切，「怒也」。《廣韻》、《集韻》二音與《六書故》前二音相同，均無郝各切音，戴侗增此音是方音讀法。今天溫州話「嚇」字有文白兩讀，文讀音[ha⌐]，對應陌韻郝格切；白讀音[ho⌐]，正對應《六書故》新增的鐸韻郝各切。

3.12　梗　攝

3.12.1　系聯和比較

《六書故》共有梗攝反切 664 個，直音 2 個，聲調標音 26 個。反切下字系聯的結果爲：

庚韻：

（開二）庚 32（古行），行 6（戶庚）〔註 129〕，更 2（古行）〔註 130〕。

（開三）京 8（舉卿），卿 4（去京），荊（舉卿）。

（合三）兵 9（餔明），明（母兵）〔註 131〕，榮（永兵）。

梗韻：

（開二）杏 10（何梗），猛 5（莫杏），梗 2（古杏）/冷（魯打），打（都冷）〔註 132〕。

（開三、合三）永 6（于景），景 6（居皿），皿（美丙），丙（兵永）。

映韻：

（開二）孟 6（莫更），更 2（古孟）。

（開三）命 5（眉慶），慶 5（丘竟）〔註 133〕，敬 2（居慶），病 2（皮命），

〔註 129〕行，《六書故》首音戶剛、戶庚二切，作反切下字取戶庚切。

〔註 130〕更，《六書故》首音古行切，又古孟切。作反切下字 4 次，被切字「甥」、「胻（戶更切，又去聲）」中取平聲古行切，被切字「孟、能（奴登切，又奴臺切，又奴代切，又奴更切）」中取去聲古孟切。

〔註 131〕明，《六書故》首音母滂、母兵二切，作反切下字取母兵切。

〔註 132〕打，《六書故》首音都挺、都冷二切，作反切下字 1 次，被切字「冷」，故取都冷切音。

〔註 133〕慶，《六書故》首音丘疊、丘竟二切，作反切下字取丘竟切。

竟（居慶）。

　　陌（麥*）韻：

　　（開二、合二）格 20（古百），陌 9（莫百），百 7（博陌），伯 6（博陌），貘 6（古獲），白 3（薄陌），額 2（五格），迫（博陌），獲 9*（胡伯），麥 5*（莫獲）。

　　（開三）戟 7（紀逆），逆 4（魚戟）。

　　耕（庚*）韻：

　　（開二、合二）耕 26（古莖），莖 12（戶耕），萌 6（莫耕），宏 2（戶萌），盲 5*（眉耕），橫 2*（戶盲）。

　　耿韻：

　　（開二）耿 2（古幸），幸 1（胡耿）。

　　麥韻：

　　（開二）革 24（古覈），覈 2（下革），戹 2（於革），責 2（則革）。

　　清韻：

　　（開三）盈 25（以成），成 7（時征），征 7（諸盈），貞 4（知盈），并 2（府盈）〔註 134〕，情（慈盈），嬰（伊盈）。

　　（合三）營 7（余縈），頃 3（去營）〔註 135〕，縈（渠營），瓊（渠營）。

　　靜韻：

　　（開三、合三）郢 12（以整），整 2（之郢），逞（丑郢），穎（余逞）/井 2（即頃），頃 2（去穎）〔註 136〕。

　　勁韻：

　　（開三）正 11（之性），性 2（息正），令（力正），盛（承正）〔註 137〕，政（之盛）。

〔註 134〕并，《六書故》首音必正切，又平、上二聲，作反切下字 2 次，被切字「名」、「洺」，取平聲讀音，對應《廣韻》府盈切。

〔註 135〕頃，《六書故》首音去營切，又上聲，作反切下字平聲 2 次，上聲 3 次。

〔註 136〕頃，《六書故》首音去營切，又上聲，上聲對應《廣韻》去穎切。《六書故》「穎」不作反切下字，音與頃切，《廣韻》亦音餘頃切，不能系聯。

〔註 137〕盛，《六書故》首音時征切，又去聲，作反切下字取去聲讀音，對應《廣韻》承正切。

昔韻：

（開三、合三）益 17（伊昔），隻 13（之石），亦 12（羊益），昔 10（思積），石 9（徂亦），積 4（津亦），易 3（夷益），辟（房益），迹（資昔），赤（昌亦），役（營隻）。

青韻：

（開四）丁 40（當經），經 29（堅靈），靈 3（郎丁），形 2（戶經）；

（合四）熒 4（戶扃），扃 3（古熒），冋（古熒）。

迥韻：

（開四）頂 14（都挺），挺 5（他頂），鼎 3（都挺）；

（合四）迥 6（戶茗），茗（莫迥）。

徑韻：

（開四）定 14（徒徑），徑 3（吉定）。

錫（昔*）韻：

（開四）歷 38（郎擊），擊 11（吉歷），狄 11（徒歷），的 5（都歷），激 5（古歷），戟 5（吉歷），溺（乃歷），僻（普擊），覤（莫狄），璧*（必激）。

反切比較的數據為：

自切：

庚韻 65，梗韻 33，映韻 21，陌韻 62。耕韻 38，耿韻 3，麥韻 40。清韻 57，靜韻 19，勁韻 16，昔韻 68。青韻 81，迥韻 28，徑韻 17，錫韻 81。

混切：

庚/耕 4，庚/清 1，庚/青 1；映/勁 1，映/梗 1；陌/麥 3。耕/庚 6，耕/清 2；麥/陌 4。清/仙 1，清/勁 1；靜/迥 1；昔/錫 4，昔/職 1。青/清 1；迥/拯 1；錫/昔 1，錫/德 1。

3.12.2　庚二與耕合流，庚三與清、青合流

《六書故》音注庚韻系二等與耕韻系混切，庚韻系三等與清、青韻系混切，如下。

1、庚、耕韻系混切 17 例

繃（《廣韻》作「繃」），悲盲（幫庚開二平梗）/北萌（幫耕開二平梗）。

崝，鉏庚（崇庚開二平梗）/士耕（崇耕開二平梗）。

盲，眉耕（明耕開二平梗）/武庚（微庚開二平梗）。

茵，眉耕（明耕開二平梗）/武庚（微庚開二平梗）。

棖，宅耕（澄耕開二平梗）/直庚（澄庚開二平梗）。

振，除耕（澄耕開二平梗）/直庚（澄庚開二平梗）。

鎗，楚耕（初耕開二平梗）/楚庚（初庚開二平梗）〔註138〕。

傖，助耕（崇耕開二平梗）/助庚（崇庚開二平梗）。

画，胡虢（匣陌合二入梗）/胡麥（匣麥合二入梗）。

咋，側格（匣陌開二入梗）/側革（匣麥開二入梗）。

獲，胡伯（匣陌合二入梗）/胡麥（匣麥合二入梗）。

拆，恥革（徹麥開二入梗）/恥格（徹陌開二入梗）（集）。

虢，古獲（見麥合二入梗）/古伯（見陌合二入梗）。

欪（《廣韻》作「喀」），苦革（溪麥開二入梗）/苦格（溪陌開二入梗）。

包括沿用《說文》大徐本反切 3 例：

甿，莫庚（明庚開二平梗）/莫耕（明耕開二平梗）。

氓，武庚（微庚開二平梗）/莫耕（明耕開二平梗）。

齚，側革（莊麥開二入梗）/側格（莊陌開二入梗）（集）。

2、庚、清韻系混切 2 例

珵，除荊（澄庚開三平梗）/直貞（澄清開三平梗）。

鄭，直敬（澄映開三去梗）/直正（澄勁開三去梗）。

3、庚、青韻系混切 1 例

洴，蒲兵（並庚開三平梗）/薄經（並青開四平梗）。

4、清、青韻系混切 7 例

蟶，丑經（徹青開四平梗）/丑貞（徹清開三平梗）。

竝，蒲郢（並靜開三上梗）/蒲迥（並迥開四上梗）。

澼，匹辟（滂昔開三入梗）/普擊（滂錫開四入梗）。

錫，先易（心昔開三入梗）/先擊（心錫開四入梗）。

郹，古役（見昔開三入梗）/古闃（見錫開四入梗）。

〔註138〕鎗，《集韻》在庚韻，音楚耕切。《類篇》亦楚耕切。《集韻》、《類篇》庚、耕已混。

闃，許璧（曉昔開三入梗）/許激（曉錫開四入梗）。

璧，必激（幫錫開四入梗）/必益（幫昔開三入梗）。

《廣韻》梗攝庚、耕、清同用，青獨用。王力《漢語語音史》宋代韻部合庚韻二等與耕韻爲庚生部，入聲與曾攝一等德韻合爲麥德部；合庚韻三等與清、青韻爲京青部，入聲與曾、臻攝三等合爲質職部。〔註139〕《六書故》音注庚韻二等與耕韻合流，庚韻三等與清、青韻合流，均與王力《漢語語音史》相合，但梗攝與曾攝間的混切則不限於入聲。

3.12.3　梗、曾攝混切

《六書故》梗、曾攝字之間的混切有 9 例：

筝，側弘（莊登合一平曾）/側莖（莊耕開二平梗）。

罃，於弘（影登合一平曾）/烏莖（影耕開二平梗）。

拯，煮鼎（章迴開四上梗）/音蒸上聲（章拯開三上曾）。

幗，古或（見德合一入曾）/古獲（見麥合二入梗）。

飾，賞隻（書昔開三入梗）/賞職（書職開三入曾）。

籴，徒力（定職開三入曾）/徒歷（定錫開四入梗）。

闃，忽域（曉職合三入曾）/苦鶪（溪錫合四入梗）。

刺，七力（清職開三入曾）/七迹（清昔開三入梗）。

墄，倉歷（清錫開四入梗）/七則（清德開一入曾）。

梗曾攝舒聲混切，分別爲梗攝二等耕韻與曾攝一等登韻的混切 2 例、梗攝四等迴韻與曾攝三等拯韻 1 例；入聲混切，分別爲梗攝二等麥韻與曾攝一等德韻混切 1 例，梗攝三四等昔、錫韻與曾攝三等職韻混切 4 例，等的對應都很嚴整。

《六書故》梗攝與曾攝相混，表現在平、上、入三聲，比王力歸納的宋代韻部（僅入聲合流）更進一步。王力歸納宋代韻部的主要材料爲朱熹反切，也許在梗、曾攝舒聲上的表現保守了一些。前人的很多研究成果都顯示宋代梗、曾攝舒聲已合流，如周祖謨分析邵雍《皇極經世書聲音倡和圖》〔註140〕，魯國

〔註139〕王力《漢語語音史》314～315、324～325、332～337 頁，商務印書館，2008 年。

〔註140〕周祖謨《北宋汴洛語音考》，《問學集（下）》601 頁，中華書局，1966 年。

堯歸納宋詞韻部〔註 141〕，都將梗、曾攝舒聲合爲一部。《六書故》音注入聲和陽聲對應整齊，梗、曾攝陽聲也有相混，與入聲的表現一致。

3.12.4　特殊字音

1、以耕切青 2 例

莊，補耕（幫耕開二平梗）/薄經（並青開四平梗）。

莊，普耕（滂耕開二平梗）/滂丁（滂青開四平梗）（集）。

見 2.1.6。

2、以清切仙：

舅，維頃（喻四清合三平梗）/胡涓（匣先合四平山）。

> 舅，胡涓切，又維頃、呼宏二切。《說文》曰：「駃言也。勻省聲。」
> 籀文不省。

舅，《廣韻》胡涓切，「《說文》云：『漢中西城有舅鄉。』」又呼宏切，「匉舅，大聲。又姓，蜀錄關中流人舅琦、舅廣。」《集韻》增九峻切音，同韻，「《博雅》：『欺也。』或作匉。」均無維頃切音。《六書故》胡涓切、呼宏切音與《廣韻》同，又增維頃切音，有可能是方音中的一種讀法。

3、以清切勁

夐，渠營（群清合三平梗）/休正（曉勁合三去梗）。

見 2.4.3。

此外，還有 1 例聲調注音的特殊讀音：

酓，于命切之平聲。

> 酓，于命切。《說文》曰：「酌也。」《漢書》：「中山王淫酓。」又平
> 聲。

酓，《廣韻》爲命切，「酌酒。」又虛正切，「酌酒。」《集韻》音義同，均無平聲讀音。《六書故》平聲音應來自《漢書》顏師古注。《漢書·敘傳第七十下》「中山淫酓」，顏師古注：「酓，酌酒也，音詠，合韻音榮。」平聲即對應顏師

〔註 141〕魯國堯《論宋詞韻及其與金元詞韻的比較》，《魯國堯語言學論文集》393 頁，江蘇教育出版社，2003 年。

古注的「合韻音榮」。戴侗大概不很認可這個合韻的平聲音，故以小字列出。

3.13　曾　攝

3.13.1　系聯和比較

《六書故》共有曾攝反切 236 個，直音 1 個，聲調標音 13 個。反切下字系聯的結果：

蒸（登*）韻：

（開三、開一）陵 23（力膺），膺 5（於陵），仍 5（如陵），冰 3（筆陵），烝 2（煮仍），承 2（辰陵），徵（陟陵），澄（直陵），稜 2*（閭承），曾 1*（昨稜）。

證韻：

（開三）證 8（諸應），應（於證），孕（以證），甑（子孕）。

職（錫*）韻：

（開三、合三、合四）力 49（六直），職 10（質力），逼 10（彼側），即 4（子力），色 3（所力），域 3（于逼），直 2（除力），側 2（阻力），弋 2（與職），亟（紀力），棘（己力），偪（筆力），織（質力），測（察色），閾 4*（忽域），鵙*（古閾）。

登韻：

（開一）登 16（都滕），騰 5（徒登），滕 4（徒登），增 2（咨騰），能（奴登）/朋（步崩），崩（悲朋）。

（合一）弘 6（胡厷），厷 2（古弘）。

等韻：

（開一）等（多肎），肎（苦等）。

嶝韻：

（開一）鄧 6（徒亙），亙 3（古鄧）〔註142〕。

德韻：

〔註142〕亙，《六書故》首音古登切，又去聲，作反切下字取去聲讀音，對應《廣韻》
　　　　　古鄧切。

（開一）北 13（補墨），墨 3（莫北）/得 8（當則），德 7（多則），則 6（即德）。

（合一）或 3（胡國）〔註143〕，國（古或）。

反切比較的數據爲：

自切：

蒸韻 41，證韻 11，職韻 85。登韻 37，等韻 2，嶝韻 9，德韻 39。

混切：

蒸/登 1；職/昔 1，職/錫 2，職/屑 1，職/燭 1。.登/耕 2，登/東 1；登/冬 1；德/麥 1，德/屋 1。

3.13.2　特殊字音

《六書故》音注曾攝與梗攝混，上文（3.12.3）已論。曾攝有特殊字音 6 例，如下。

1、以職切屑

㲸，呼域（曉職合三入曾）/呼決（曉屑合三入山）。

　　㲸，呼穴、呼域二切。《說文》曰：「水從孔中出。」又爲㲸寥。《楚辭》曰：
　　「㲸寥兮天高而氣清。」

㲸，《廣韻》呼決切，「㲸瀎，空皃。」《集韻》呼決切，「《說文》：『水从孔穴出也。』」又古穴切，同「潏」，「《說文》：『涌出也。』一曰水中坻，人所爲爲潏。一曰水名，在京兆杜陵。或从穴。」《六書故》已收呼穴切（同《廣韻》呼決切）音，又增呼域切音，與其並列，可能爲戴侗的方音讀法。

3、以登切東

弓，居弘（見登合一平曾）/居戎（見東合三平通）。

弓，《廣韻》居戎切，《集韻》同音。《六書故》音居戎、居弘二切，增居弘切音，是戴侗的古音叶讀音。吳棫《韻補》姑弘切，朱熹《詩集傳》叶姑弘反，均同音。

〔註143〕或，《六書故》無首音，小字注「……徐鉉曰今俗作胡國切，以爲疑或不定之義。」作反切下字取此胡國切音。

4、以登切冬 2 例

疼，徒登（定登開一平曾）/徒冬（定冬合一平通）。

> 疼，徒登切，痛也。又徒冬切。

疼，《廣韻》徒冬切，「痛也。」《集韻》徒冬切，「《博雅》痛也。」均無徒登切音。「疼」字的登韻讀音始見於唐代玄應的《一切經音義》卷十四「下里間音縢」，唐詩押韻中也偶有體現，金代韓道昭的《五音集韻》中徒登切騰小韻中收「疼」字，注「俗」，表示徒登切是「疼」字俗音。另外，《廣韻》徒登切縢小韻中收「癑」字，注「癑痛」，《集韻》又增「瘔」字形，應是「疼」字的異體。〔註 144〕《六書故》首音徒登切，以小字注「又徒冬切」，不同於《一切經音義》、《五音集韻》把徒登切當做俗音。可見到了南宋末年，「疼」字的徒登切已經佔據優勢，成爲通語中的主要讀音了。

此外《六書故》還有 1 例直音，也相當於以登切冬：儂，奴冬切，吳人謂人儂。按此即人聲之轉，甌人呼若能。

「甌」即指溫州地區，「儂」，《廣韻》奴冬切。「能」，《廣韻》奴登切。「儂」呼若「能」，是南宋時溫州的方音。

5、以德切屋

菖，鼻墨（幫德開一入曾）/方六（非屋合三入通）。

見 2.1.2。

6、以職切燭

局，其力（群職開三入曾）/渠玉（群燭合三入通）。

> 局，其力、衢六二切，言有所局，不得伸也。尺聲。《詩》云：「謂天蓋高，不敢不局。謂地蓋厚，不敢不脊。」局與脊荔。……

局，《廣韻》渠玉切，《集韻》同音。《六書故》衢六切音與《廣韻》對應（屋燭相混），新增其力音切是戴侗的古音叶讀音。戴侗的論述很明確，是根據引《詩》「局」與「脊」荔所擬。值得注意的是，「脊」，《六書故》子亦切，昔韻，戴侗

〔註 144〕李昌禹對「疼」字的徒登切音考證甚詳，見李昌禹《〈五音集韻〉異讀字研究》57〜60 頁，北京大學碩士論文，2013 年。本文「疼」字音的簡述均參考李文。

給「局」字擬其力切，職韻，職、昔相混，正符合我們上文 3.12.3 所述的《六書故》音注梗、曾攝相混的特點。戴侗同時還用了諧聲的證據（「尺聲」），聲符「尺」也是昔韻，同樣職、昔相混。吳棫《韻補》訖力切，與戴侗同韻。朱熹《詩集傳》叶居亦反，則是昔韻不混。

3.14 流 攝

3.14.1 系聯和比較

《六書故》共有流攝反切 472 個，直音 1 個，聲調標音 16 個。反切下字系聯的結果為：

尤韻：

（開三）求 28（渠鳩），鳩 28（居求），由 23（以州），周 17（職留），流 12（力求），尤 13（羽求），留 11（力求），浮 10（房尤），牛 4（語求），牟 5（莫浮），秋 4（七牛），猶 2（以周），休（許求），柔（而由），收（尸周），州（隻留），丘（起秋）。

有韻：

（開三）九 32（舉有），久 19（舉有），有 6（云九），缶（甫九），丑（勅九），柳（力久），帚（之九），酒（子久），友（延九），酉（與久）。

宥（幼*）韻：

（開三）救 34（居又），又 18（于救）〔註145〕，富 3（方副），副（專救）〔註146〕，臭（尺救），右（于救），宥（于救），究（居又），狩（書究），繆*（亡救）〔註147〕/就 3（疾僦），僦 2（即就）。

幽韻：

（開三）幽 4（於虯），虯 2（渠幽）〔註148〕，彪（必幽），蚴（渠幽）。

〔註145〕又，《六書故》首音延九、羽巳二切，又于救切。作反切下字取于救切音。

〔註146〕副，《六書故》首音芳逼切，「判析也。」又專救切，「借爲副貳之副。」作反切下字取專救切音。

〔註147〕繆，《六書故》首音迷浮切，又去聲。作反切下字 1 次，被切字「幼」，取去聲讀音，去聲在宥韻，對應《廣韻》亡救切。

〔註148〕虯，《六書故》無字頭，在「蚴」字頭下，小字注「丩亦作虯」。「蚴」，《六書

黝韻：

（開三）黝 3（於糾），糾（居黝）。

侯韻：

（開一）侯 53（乎溝），溝 5（古侯），鉤 3（古侯），婁 2（洛侯）。

厚韻：

（開一）口 17（苦后），后 16（胡口），厚 5（胡口），苟 3（古厚），垕 2（胡口），母（莫后）〔註149〕，狗（舉后）。

候韻：

（開一）候 34（胡冓），豆 10（徒候），透 5（他候），奏 5（則候），冓 4（古候），寇（可候）。

反切比較的數據為：

自切：

尤韻 162，有韻 59，宥韻 66。幽韻 7，黝韻 4，幼韻 1。侯韻 62，厚韻 44，候韻 58。

混切：

有/黝 1，有/厚 2，有/旨 2。幽/尤 1。侯/尤 1；厚/囊 1；候/遇 1。

3.14.2　尤幽侯相混

《六書故》音注中，尤韻系分別與幽、侯韻系混切，如下。

1、尤幽混切 2 例

緱，伊蚪（影幽開三平流）/於求（影尤開三平流）。

蝚，於九（影有開三上流）/於糾（影黝開三上流）。

又有「繆」字，《六書故》迷浮切，又去聲，去聲對應明母宥韻。《廣韻》靡幼切，明母幼韻。《六書故》相當於以宥切幼。

《六書故》中幽韻系的字非常少，平聲幽韻 8 個，上聲黝韻 5 個，去聲幼韻僅 1 個，尤、幽系間雖僅有 3 例相混，但平、上、去聲都有相混，也可看出

故》於九切，又渠幽切。「蚪」「蝚」作反切下字均取渠幽切音。

〔註149〕母，《六書故》首音滿鄙、莫古二切，又莫后、莫假二切。首音二音是古音音注，作反切下字取莫后切。

兩韻系已經合流了。

2、尤侯混切 3 例

鎪，先侯（心侯開一平流）/所鳩（生尤開三平流）。

脢，母九（明有開三上流）/莫后（明厚開一上流）。

𢅼，隴丑（來有開三上流）/郎斗（來厚開一上流）。

《廣韻》流攝尤、幽、侯同用。王力《漢語語音史》宋代韻部合流攝三韻系為尤侯部。〔註150〕《六書故》音注的表現與宋代通語相符合。

3.14.3　特殊字音

1、以有切旨 2 例

軌，矩有（見有開三上流）/居洧（見旨開三上流）。

> 軌，矩有、矩洧二切。……《詩》云：「濟盈不濡軌，雉鳴求其牡。」……
>
> 朱子曰：「軌，居美切，𢈉居有切。車轍也。」……按：軌，九聲，於詩軌與牡叶，朱子
>
> 已得其音……

軌，《廣韻》居洧切，《集韻》同音。《六書故》增矩有切音為戴侗的古音叶讀音。戴侗參考了朱熹的叶音，又根據「軌」字諧「九聲」作為證據，證明「朱子已得其音」。吳棫《韻補》己有切，亦同音。

篕，矩有（見有開三上流）/居洧（見旨開三上流）。

篕，《廣韻》居洧切，《集韻》同音。《六書故》矩洧、矩有二切，所增矩有切音，也是戴侗的古音叶讀音。吳棫《韻補》己有切，朱熹《詩集傳》己有切，均同音。

2、以厚切𡪤

傴，衣口（影厚開一上流）/於武（影虞合三上遇）。

> 傴，於武切，僂甚也。《傳》曰：「一命而僂，再命而傴，三命而俯。」
>
> 又衣口切。別作疴、瘕。

傴，《廣韻》於武切，「不伸也，尪也。荀卿子曰：『周公傴背。』」《集韻》委羽切，「《說文》：『僂也。』或作疴、瘕。」均無衣口切音。《六書故》音應是方音

〔註150〕王力《漢語語音史》322～324 頁，商務印書館，2008 年。

的一種讀法。「區」聲符的字，古音在侯部，後部分轉入虞韻系。《集韻》於口切小韻有許多「區」聲符的字，如「毆、毆、摳、歐、嘔、褔、堀、甌、饇」等，「傴」字方音中很可能有此異讀，是古音的遺留。今天溫州方言中「魚虞韻有部分字文讀 y、ʅ，白讀爲（j）au」〔註 151〕，是不同的歷史層次。

3、以候切遇

嫗，衣候（影候開一去流）/衣遇（影遇合三去遇）。

> 嫗，衣遇、衣候二切。母俯兒也。聲義與傴近。《記》曰：「煦嫗覆育萬物。」又曰：「羽者嫗伏。」鄭氏曰：「气曰煦，體曰嫗。」亦通作燠。《傳》曰：「民人痛疾，而或燠休之。」母所以謂之嫗也。
>
> 又委羽切。《說文》曰：「母也。」

類似於上例，衣候切音，《廣韻》、《集韻》不載。戴氏言「聲義與傴近」， 衣遇、衣候二切與「傴」字的於武、衣口兩音正是去聲與上聲對應。衣候切也應是戴侗方音中的一種讀法。

3.15　深　攝

3.15.1　系聯和比較

《六書故》共有深攝反切 201 個，直音 1 個，聲調標音 9 個。反切上字系聯的結果爲：

侵韻：

（開三）林 21（力尋），箴 9（諸深），尋 8（士箴），深 5（式箴），心 3（息林），鍼 3（職深），侵 2（七林），淫 2（余箴），岑（鉏箴），任（如林）/今 19（居音），音 9（於今），吟 2（魚音）。

寢韻：

（開三）荏 11（而沈），沈 3（式荏）〔註 152〕，稔 3（而沈）/錦 5（居飲），飲 2（於錦）/甚 9（常枕），衽 3（如甚），枕 2（章衽）。

〔註 151〕鄭張尚芳《溫州方言志》103 頁，中華書局，2008 年。

〔註 152〕沈，《六書故》首音持林切，又去聲，又式荏切。其作反切下字 3 次，被切字「荏、稔、箴（諸深切，又側沈切）」，作反切下字取上聲讀音式荏切。

沁韻：

（開三）禁 18（居蔭），鴆 3（直禁），沁（七鴆），蔭（於禁）。

緝韻：

（開三）入 25（人汁），立 8（力入），汁 3（即入），十 2（是汁），集（秦入），執（之入）/及 12（其急），汲 2（訖及），急（訖及）。

反切比較的數據為：

自切：

侵韻 84，寢韻 36，沁韻 22，緝韻 54。

混切：

侵/東 1；寢/軫 1，寢/侵 1；沁/寢 1；緝/合 1。

3.15.2　特殊字音

《六書故》音注深攝獨立，自成一類。有 4 例特殊字音，討論如下。

1、以侵切東

風，專今（敷侵開三入通）/方戎（非東合三入通）。

「風」字，《廣韻》方戎切，《集韻》同音。《六書故》專戎、專今二切（非敷合流），所增專今切音是戴侗的古音叶讀音。吳棫《韻補》方愔切，朱熹《詩集傳》叶孚愔、孚音、孚金切，均同音。

2、以寢切軫

眹，直稔（澄寢開三上深）/直引（澄軫開三上臻）。

> 眹，直引、直稔二切，目黑白也。莊周曰：「若有真宰而不得其眹。」
>
> 《類篇》曰：「目兆也。」

《廣韻》「眹」音直引切，「目童子也。又吉凶形兆謂之兆眹。」《集韻》丈忍切，「目兆也。」《六書故》新增直稔切音，與《廣韻》直引切音並列，可見直稔切也是戴侗習用的讀音，而且與直引切不同音，即戴侗實際語音中寢韻與軫韻是對立的，-m 尾不與-n 尾混同。據其釋義，可推測《六書故》直稔切音應取自「朕」字。

由《廣韻》注，「兆朕」義應用「眹」字。《六書故》小字引《類篇》也是

此義。《廣韻》「朕」字音直稔切，「我也。秦始皇二十六年始爲天子之稱。」與《六書故》音合，但未有朕兆之義。《集韻》、《類篇》均只注「我也」，不注朕兆義。雖如此，但從文獻材料可見，宋時「兆朕」、「朕兆」詞早已習用「朕」字。《六書故》「朕」音直禁切，小字注云：「《說文》曰：『我也。』侗按，古之君臣皆自稱曰朕。疑即兆朕之朕。」

「朕、朕」二字同聲符，也同用作朕兆義，「朕」字在方音中也很可能有直稔切音。

3、以寢切侵

箴，側沈（莊寢開三上深）/職深（章侵開三平深）。

> 箴，諸深切。箴猶鍼也。《記》曰：「衣裳綻列，紉箴請補綴。」又側沈切，箴諫也。傳曰：「命百官官箴王闕。」《商書》曰：「毋或敢伏小人之攸箴。」或曰箴即鍼也，箴規猶鍼砭也。

《廣韻》「箴」音職深切，「規也。又姓……」《集韻》諸深切，「《說文》：『綴衣箴。』一曰誡也。一曰竹名。又姓。」又口減切、古斬切二音，均注「竹名」。無側沈切音。《六書故》所注爲兩音別義，縫衣針義讀諸深切，箴諫義讀側沈切。《廣韻》、《集韻》箴諫義均爲職（諸）深切，《經典釋文》箴諫義均音之林反（或之金反、章金反，皆同音），都是平聲。

《增韻》在去聲沁韻職任切枕小韻重增三字：「針，鋒器，亦作鍼、箴，見《廣韻》。」「鍼」「箴，同上，又戒也。」《廣韻》去聲沁韻之任切枕小韻中有「針」字，未釋義，無「鍼、箴」二字。《集韻》去聲沁韻有「針、鍼」字，注「縫也，刺也」。綜合起來看，可以說「針」字在字書中有平去兩讀，同義，那麼「鍼、箴」應當也可以平去兩讀。值得注意的是，《增韻》「箴，同上，又戒也」，特意說明箴諫義（「戒也」）可以讀去聲。《六書故》則是兩音各義，只給箴諫義注上聲。由《六書故》和《增韻》的特殊說明來看，「箴」字作箴諫義也讀作上聲或去聲。箴諫義一般是在朝廷上的嚴肅場合中使用，戴侗特意爲其注音，很可能是當時習用讀音的一種。

4、以緝切合

卅，三十（心緝開三入深）/蘇合（心合開一入咸）。

卌，三十切，三十之合稱也。

卅，《廣韻》蘇合切，「《說文》『三十也』。」《集韻》同。無三十切音。戴侗給「廿」注音二十切，又小字部分列「卅」字，注音息入切，與《廣韻》同。「卌」字雖未注「四十切」，但與「四十切」也是同音。戴侗給「卅」字注三十切，可能是爲了跟「廿、卌」字保持一致，或者認爲「卅」字本應讀三十切，故擬此音。

3.16　咸　攝

3.16.1　系聯和比較

《六書故》共有咸攝反切 569 個，聲調標音 21 個。反切下字系聯的結果爲：

覃（談*）韻：

（開一）含 28（胡南），南 4（那含），函 2（胡男），男（那含），簪（側含）〔註153〕，藍*（盧含）〔註154〕。

感韻：

（開一）感 35（古窨），窨（徒感），黯（於感），禫（徒感）〔註155〕。

勘韻：

（開一）紺 9（古暗），暗 2（烏紺），憾（戶紺），勘（苦紺）。

合韻：

（開一）合 27（候閤），荅 9（都合），沓 5（道合），閤（古沓）。

談韻：

（開一）甘 13（古三），三 3（穌甘）。

敢韻：

（開一）敢 14（苟菼），覽 4（盧敢），菼（吐敢）。

闞、鑑*、陷**韻：

〔註153〕簪，《六書故》首音側岑、側含二切，用作反切下字 1 次，被切字「梣」，音癡林、疏簪二切，與侵韻對立，故取側含切音。

〔註154〕藍，《六書故》盧銜切，又盧含切。按一等韻取其作反切下字爲盧含切。

〔註155〕禫，《六書故》未收此字，但作爲反切下字出現 1 次，取《廣韻》反切系聯。

（開一）濫 7（盧闞），蹔 2（臧濫），闞（苦濫），瞰（苦濫）〔註156〕，監 6*（古蹔）〔註157〕，臽 3**（胡監）。

盍韻：

（開一）盍 20（轄臘），臘 4（力盍）。

咸、銜*韻：

（開二）咸 24（胡監），毚（士咸），讒（鉏咸），銜 10*（戶監），監 6*（古銜）。

豏韻：

（開二）減 9（古斬），斬 2（阻減），黯 2（烏減）。

洽韻：

（開二）洽 26（轄夾），夾 3（古洽）。

狎韻：

（開二）甲 10（古狎），狎 8（下甲）。

鹽、嚴*、添**韻：

（開三、開四）廉 44（力兼），鹽 12（余廉），占 7（職廉），淹 4（衣廉），炎（于廉），詹（職廉），嚴 2*（語淹），杴*（虛嚴），兼 8**（古恬），恬 2**（徒廉），嫌**（賢兼）。

琰韻：

（開三）檢 14（居奄），奄（衣檢），掩（衣檢）〔註158〕/險 3（戲儉），儉 2（巨險），貶（悲儉）/冉 9（如琰），琰 8（以冉），剡（以冉），染（而琰），漸（濡染）。

豔、㮇*（梵**）韻：

（開三、開四、合三）豔 4（以贍），贍 4（時豔）/驗 4（魚窆），窆（方驗）/念 11*（乃玷），玷 3*〔註159〕，店*（都念），簟*（徒念）/欠 2**〔註160〕，

〔註156〕瞰，《六書故》無字頭，在「闞」字頭下，小字注「又作瞰」。

〔註157〕監，《六書故》古銜切，又古蹔切，《廣韻》分屬銜韻和鑑韻。作反切下字 12 字，銜韻 6 次，鑑韻 6 次。

〔註158〕掩，《六書故》無字頭，在「揜」字頭下，注「亦作『掩』」。

〔註159〕玷，《六書故》丁占切，又去聲。反切下字取去聲讀音，四聲相承歸入豔韻，《廣

劔 2**（居欠）。

葉、業*韻：

（開三）涉 19（時攝），枼 12（與涉），輒 8（陟葉），接 4（即涉），攝 2（失涉），聶 2（尼輒），儠（質涉），獵（力涉），業 8*（魚怯），怯 2*（去涉），劫 2*（訖業）。

忝韻：

（開四）忝 2（他點），點（多忝）。

怗韻：

（開四）劦 26（胡頰），頰 4（古劦）。

梵、范*韻：

（合三）泛（甫犯），犯*（亡泛），汎（甫犯），氾（甫犯）。

乏韻：

（合三）乏（符法），法（方乏）。

反切比較的數據爲：

自切：

覃韻 33，感韻 38，勘韻 12，合韻 40。談韻 16，敢韻 15，闞韻 10，盍韻 21。咸韻 22，豏韻 8，陷韻 3，洽韻 27。銜韻 12，鑑韻 3，狎韻 11。鹽韻 62，琰韻 38，豔韻 13，葉韻 44。嚴韻 3，業韻 11。添韻 9，忝韻 3，㮇韻 16，怗韻 28。范韻 1，梵韻 5，乏韻 2。

混切：

覃/談 3；勘/感 1；合/盍 2。談/覃 1；敢/感 1，敢/豏 1，敢/覃 1，敢/琰 1；闞/鑑 1；盍/合 2，盍/泰 1。咸/銜 2，咸/凡 2；豏/檻 2，豏/敢 1，豏/范 1，豏/感 1；洽/狎 2。銜/咸 3，銜/談 1；鑑/陷 1，鑑/豔 1，鑑/感 1；狎/洽 6，狎/怗 1。鹽/咸 1，鹽/嚴 2，鹽/添 3，鹽/琰 1；琰/儼 1，琰/忝 1，琰/梵 1，琰/獮 1；葉/怗 4，葉/洽 1。業/葉 1。添/鹽 2；怗/葉 2。梵/銜 1，梵/范 1。

韻》豏韻無端（知）母小韻，故無反切。

〔註160〕欠，《六書故》首音去撿切，又去聲。反切下字取去聲讀音，四聲相承應歸入豔韻，《廣韻》豔韻無溪母小韻，故無反切。

3.16.2　一等覃談相混

《六書故》音注覃談韻系混切 9 例：

蚶，火含（曉覃開一平咸）/呼談（曉談開一平咸）。

儋，都含（端覃開一平咸）/都甘（端談開一平咸）。

藍*，盧含（來覃開一平咸）/魯甘（來談開一平咸）。

哈，虛甘（曉談開一平咸）/火含（曉覃開一平咸）。

黯，於敢（影敢開一上咸）/烏感（影感開一上咸）。

盍，烏合（影合開一入咸）/安盍（影盍開一入咸）。

獺，他合（透合開一入咸）/吐盍（透盍開一入咸）。

彆，德盍（端盍開一入咸）/都合（端合開一入咸）〔註161〕。

搨，吐盍（透盍開一入咸）/託合（透合開一入咸）（集）。

《廣韻》覃談同用，《六書故》音注覃、談相混，是否完全合流，我們下文 3.16.4 繼續討論。

3.16.3　二等咸銜韻與凡韻輕唇音合流

《六書故》音注咸銜韻系混切 16 例：

攙，初咸（初咸開二平咸）/楚銜（初銜開二平咸）。

巉，鉏咸（崇咸開二平咸）/鋤銜（崇銜開二平咸）。

杉，所銜（生銜開二平咸）/所咸（生咸開二平咸）。

摻，所銜（生銜開二平咸）/所咸（生咸開二平咸）。

咸*，胡監（匣銜開二平咸）/胡讒（匣咸開二平咸）。

檻，胡黯（匣豏開二上咸）/胡黤（匣檻開二上咸）。

艦，戶黯（匣豏二上咸）/胡黤（匣檻開二上咸）。

臽，胡監（匣鑑開二去咸）/戶韽（匣陷開二去咸）。

澀，色洽（生洽開二入咸）/色甲（生狎開二入咸）（集）。

呷，迄洽（曉洽開二入咸）/胡甲（匣狎開二入咸）。

〔註161〕彆，《六書故》：「皵彆，皮寬垂皃。」《廣韻》都盍切有「皷」字，「皵皷。」（「皵」音盧盍切，「皵皷，皮瘦寬皃。」）《六書故》之「彆」即是「皷」字。「彆」、「皷」二字實應同義（《廣韻》：「彆，皮彆。」《玉篇》：「彆，皮寬也。」《集韻》：「彆，皮縱。」），只音分在合、盍兩韻，《六書故》以「皷」音「彆」，兩韻相混。

闸，徂甲（從狎開二入咸）/士洽（崇洽開二入咸）。

袷，古狎（見狎開二入咸）/古洽（見洽開二入咸）。

梜，兼狎（見狎開二入咸）/古洽（見洽開二入咸）（集）。

掐，苦甲（溪狎開二入咸）/苦洽（溪洽開二入咸）。

瞌，黑甲（曉狎開二入咸）/苦洽（溪洽開二入咸）。

欱，呼甲（曉狎開二入咸）/迄洽（曉洽開二入咸）（集）。

又有「鑱」字，《六書故》士銜切，又上聲，注「別做劖」。上聲爲崇母檻韻。「劖」，《集韻》士減切，崇母豏韻。《六書故》音注相當於以檻切豏。

《廣韻》咸、銜同用，《六書故》音注咸、銜合流。

《六書故》音注中有咸、凡韻系混切 3 例：

凡，浮咸（奉咸開二平咸）/符芝（奉凡合三平咸）〔註162〕。

帆，浮咸（奉咸開二平咸）/符芝（奉凡合三平咸）。

包括沿用《說文》大徐本反切 1 例：

范，防減（奉豏開二上咸）/防錟（奉范合三上咸）。

又上「帆」字，《六書故》又去聲，去聲奉母陷韻。《廣韻》扶泛切，奉母梵韻。《六書故》相當於以陷切梵。

3.16.4　一二等韻的分合

《六書故》有咸攝一二等韻間的混切 7 例：

談，徒監（定銜開二平咸）/徒甘（定談開一平咸）。

藍，盧銜（來銜開二平咸）/盧甘（來談開一平咸）。

摻，所覽（生敢開一上咸）/所斬（生豏開二上咸）。

黮，他減（透豏開二上咸）/他感（透感開一上咸）。

爁，魯減（來豏開二上咸）/盧敢（來敢開一上咸）。

黮，徒監（定鑑開二去咸）/徒感（定感開一上咸）。

監，古蹔（見闞開一去咸）/格懺（見鑑開二去咸）。

〔註162〕凡、帆二字，澤存堂本《廣韻》符咸切，周祖謨校：「咸字誤，切三及故宮本、敦煌本王韻作芝，當據正。陳澧以爲《廣韻》作符咸者，因此韻字少，故借二十六咸之咸字，非也。」《集韻》亦作符咸切，邵榮芬《集韻音系簡論》（117頁）認爲《集韻》「咸」作反切下字是借韻。

其中「爁」字又平聲，平聲爲來母咸韻。《集韻》「爁」有盧甘切音，來母談韻。《六書故》音注相當於以咸切談。

但混切的同時，也有對立 6 例：

黵，他感切，他減切。感爲感韻，減爲賺韻，感、賺對立。

談，徒甘、徒監二切。甘爲談韻，監爲銜韻，談、銜對立。

藍，盧銜切，又盧含切。含爲覃韻，銜爲銜韻，覃、銜對立。

嶔，丘含切，又丘咸切。含爲覃韻，咸爲咸韻，覃、咸對立。

厭，於感切，烏減切。感爲感韻，減爲賺韻，感、賺對立。

涵，胡南、胡讒二切。南爲覃韻，讒爲咸韻，覃、咸對立。

一二等韻混切中的「黵、談、藍」三字也是對立中的例字，在《六書故》音注中它們既有一等讀音，也有二等讀音，《廣韻》中則只有一等讀音，《六書故》增加的讀音與《廣韻》比較則形成了混切，我們下文再具體討論。其餘 3 例混切，以二等切一等，被切字「爁」爲敢韻舌音字；以一等切二等的 2 例，反切下字「覽、黫」爲敢、闞韻舌、齒音字。也就是說，這 3 例與二等韻混同的都是談韻系的舌齒音字。一二等韻對立的 6 例，前 5 例一等反切下字則均爲覃韻系字，既有牙喉音字（含、感），也有舌齒音字（「南」）；後 1 例一等反切下字爲談韻牙音字。這種現象可歸納爲：咸攝一等覃韻系和談韻牙音字與二等韻對立，一等談韻系舌齒音字與二等韻相混。我們再觀察一下上文（3.16.2）中的談、覃混切例，以覃切談 3 例，被切字既有牙喉音字（「蚶」），也有舌齒音字（「儋、藍」），以合切盍的 2 例，被切字也既有牙喉音字（「盍」），也有舌齒音字（「搕」），也就是說，談韻系與覃韻系相混不能區分條件，牙喉音字和舌齒音字都與覃韻系相混。綜合起來，可以歸納爲：覃、談韻系牙喉音字與二等韻對立，談韻系部分舌齒音字與二等韻合流，其餘與覃韻系合流。

宋代通語咸攝一二等韻合流。王力《漢語語音史》宋代音系中舒聲合覃談咸銜與凡韻輕唇音爲覃咸部，對應的入聲爲合洽部。[註163]一二等韻合流音值上是一等韻的主元音向二等轉化，咸攝一等韻的主元音爲[ɑ]，合流之後則與二等同爲[a]。《六書故》音注咸攝一二等韻的特點與宋代通語不合，是吳語方音

〔註163〕王力《漢語語音史》307～308、312～313，商務印書館，2008 年。

的體現。今天吳方言咸攝一二等字有對立，魯國堯認為，通泰、吳、贛方言中的一個重要特徵，就是談韻按聲母條件分舌齒音與牙喉音兩類，舌齒音一般與二等韻合流，牙喉音與覃韻合流。〔註164〕

《六書故》一二等韻對立的6例中，被切字為牙喉音字的3例（「嵁、涵、厭」）《廣韻》也有相應的一、二等讀音，《六書故》的表現與《廣韻》是相同的。被切字為舌音字的3例（「藍、黮、談」），《廣韻》則只有一等讀音，我們可以具體分析一下：

「藍」字是個常用字，《廣韻》魯甘切，「染草，又姓……」《集韻》又盧瞰切，「酸蘫，又作蘫。」不是常用音義。兩書在常用的「染草、藍色」義上只有魯甘切一音，無《六書故》盧衘切音。《六書故》盧衘、盧含兩音並列，實際上正反映了「藍」字產生了二等新讀音，同時還保留着一等舊讀音的情況。但是因為談韻牙喉音與覃韻合流，所以「藍」字保留的一等讀音也跟覃韻相混了。

「談」也是個常用字，《六書故》「談」字原文：「談，徒甘、徒監二切，縱言也。又作譚。春秋有譚國。《詩》云：『譚公維私。』」可見，《六書故》中的「談」字頭下是包含「談、譚」兩個字的。談，《廣韻》徒甘切，談韻；譚，《廣韻》徒含切，覃韻。「談」字的情況與「藍」字相同，產生了二等新讀音，同時還保留着一等舊讀音。一等舊讀音跟覃韻相混，「談、譚」就同音了。

「黮」字，《六書故》有六音，首音徒感、他感二切，注：「黤黮之象如其聲。」又他減切，注：「黯黮之象如其聲也。」又徒監切，注：「黮黔，雲起濃黑皃。」（又時荏切、知林切，即「桑葚」之「葚」字，與我們這個話題無關，暫不討論。）「黤黮」、「黯黮」都是聯綿詞，表示濃黑義，應是一詞的不同寫法。「黮黔」與前兩者義同，是不同的語音形式。所以，這裏面的「黮」字都相同，戴侗分別賦予了四個讀音，又分別釋義，頗為繁複。《廣韻》「黮」字二音：徒感切，「黬黮，雲黑。」他感切，「黤黮，黑也。」同義。是《六書故》的首音二音。《集韻》「黮」字有八音，其中咸攝一二等有三音，徒感切，「《廣雅》黑也。」又他感切，「《說文》：『桑葚之黑也。』」又丈減切，「黬黮，果實黑皃。」

〔註164〕魯國堯《「顏之推謎題」及其半解》，《魯國堯語言學論文集》163～173頁，江蘇教育出版社，2003年。

釋義與《廣韻》略不同，但均為黑義。丈減切是二等澄母，會讓我們想到，《六
書故》他減切、徒監切兩音，都是端組聲母切二等韻，是不是古音的遺留呢？
應該不是。因為「黮」字的常用讀音是一等徒感、他感二音，二等讀音極少見。
《六書故》中的他減、徒監二音，應是時音的咸攝一二等合流以及濁上變去造
成的。通語咸攝一二等字合流，音值上是一等字的主元音轉為二等，合流之後，
則他感切與他減切同音，加之濁上變去，徒感切變為去聲，則與徒監切同音，《六
書故》中的他減、徒監二音實際上就是當時通語中的讀音。而吳方言中覃韻系
字不與二等字合流，戴侗方音中還保留着一等讀法，就與通語產生了差異。於
是戴侗就注了四個讀音。又因為《說文》、《廣韻》、《集韻》中的主要讀音是他
感、徒感二音，就將一等讀音列在首音了。另，戴侗「黭黮」、「黯黮」兩種寫
法也很對稱，「黭」，《六書故》於感切，一等，配「黮」字的一等讀音；「黯」，
《六書故》烏減切，二等，配「黮」字的二等讀音，可見戴侗的分別相當整齊。

　　由上面的分析，我們可以得出結論，《六書故》音注的咸攝一等談韻牙喉音
字與覃韻合流，談韻舌齒音與二等咸、銜韻合流，部分舌齒音字還保留一等讀
音，也與覃韻相混了。這應是今天吳方音咸攝一二等韻格局形成的早期階段。

3.16.5　三四等鹽嚴添凡韻合流

　　從系聯上看，平聲鹽、嚴、添韻聯為一組，去聲豔、㮇韻與梵韻牙喉音字
系聯為一組，入聲葉、業韻系聯為一組。可見鹽、嚴、添三韻系與凡韻系牙喉
音字已經合流了。反切比較上各韻間也互有混切。

1、鹽嚴韻系混切 4 例

黔，巨淹（群鹽開三平咸）/其嚴（群嚴開三平咸）（集）。

嚴*，語淹（疑鹽開三平咸）/語㮇（疑嚴開三平咸）。

儼，魚檢（疑琰開三上咸）/魚埯（疑儼開三上咸）。〔註165〕

〔註165〕此例澤存堂本《廣韻》作魯掩切，周祖謨校：「儼，切三及敦煌王韻在琰韻。
　　　　切三無儼韻。故宮王韻在本韻音魚儉反，此注魯掩切當做魚埯切。『魯』各本
　　　　作『魚』，不誤。『掩』，本書在琰韻，段注改作『埯』，是也。當據正。」從周
　　　　氏校語可以看出，「儼」字魚埯切，也就是儼韻反切下字是段注所改，在之前
　　　　的《切韻》、《廣韻》版本中並沒有出現，而甚至《切三》和故宮《王韻》都直
　　　　接收在琰韻，所以戴侗注魚檢切也可不看作混切。

笈，極業（群業開三入咸）/其輒（群葉開三入咸）。

2、鹽添韻系混切 12 例

沾，他廉（透鹽開三平咸）/他兼（透添開四平咸）。

恬*，徒廉（定鹽開三平咸）/徒兼（定添開四平咸）。

拈，奴廉（泥鹽開三平咸）/奴兼（泥添開四平咸）。

廉*，力兼（來添開四平咸）/力鹽（來鹽開三平咸）。

嗛，力兼（來添開四平咸）/力鹽（來鹽開三平咸）。

餂，他檢（透琰開三上咸）/他點（透忝開四上咸）（集）。

喋，託葉（透葉開三入咸）/託協（透怗開四入咸）（集）。

蹀，迪葉（定葉開三入咸）/徒協（定怗開四入咸）。

惵，迪涉（定葉開三入咸）/徒協（定怗開四入咸）。

褶，特獵（定葉開三入咸）/徒協（定怗開四入咸）。

曄，於荔（影怗開四入咸）/於葉（影葉開三入咸）。

捻，諾荔（泥怗開四入咸）/昵輒（泥葉開三入咸）（集）。

又有「玷」字，《六書故》丁占切，又去聲。去聲爲豔韻，《集韻》都念切，椓韻，《六書故》相當於以豔切椓。

3、鹽凡韻系混切 1 例

欠，去檢（溪琰開三上咸）/去劍（溪梵合三去咸）。

「欠」字《六書故》又去聲。去聲爲溪母豔韻。則與《廣韻》音聲調相合，相當於以豔切梵。

《廣韻》鹽添同用、嚴凡同用，《六書故》音注中除凡韻輕唇轉入咸韻外，鹽添嚴凡四韻系合流。王力《漢語語音史》的宋代音系中舒聲合鹽嚴添與凡韻牙喉音爲嚴鹽部，對應的入聲爲業葉部。〔註166〕《六書故》音注鹽添嚴凡四韻系合流符合宋代通語。

綜上，《六書故》的咸攝音注一等覃談合流，二等咸銜合流，三四等鹽嚴添凡合流，其中凡韻輕唇音字轉入二等，都體現了時音的演變。一等韻的舌齒音字與二等韻相混，則是吳方音的特點。

〔註166〕王力《漢語語音史》319～320、321～322 頁，商務印書館，2008 年。

3.16.6　-m 尾唇音字變爲-n 尾

《六書故》音注中-m 尾與-n 尾對立，如：

邯，胡甘、胡安二切。甘爲談韻，安爲寒韻，談寒對立。

眹，直引、直稔二切。引爲軫韻，稔爲寢韻，軫寢對立。〔註167〕

山、咸攝，臻、侵攝都存在對立，可見-m 尾與-n 是有區別的，但咸攝有 2 例與山攝的混切：

姶，舉友（見末合一入山）/烏合（影合開一入咸）。

俛，模貶（明琰開三上咸）/亡辨（明獼開三上山）。

「姶」字不是常用字，《六書故》音注也很特殊，我們在 2.4.3 中已討論。「俛」字音模貶切，是因爲「貶」字有了山攝（即-n 尾）讀音。《中原音韻》音系中也保持-m 尾和-n 尾的對立，但-m 尾的唇音字都變爲-n 尾，這是聲母異化的作用。「貶」字在《中原音韻》轉入先天部上聲，與「俛」同部同調。《六書故》以「貶」作「俛」的反切下字，說明戴侗實際語音裏「貶」字已經有了-n 尾讀音了。

3.16.7　特殊字音

1、以談切鹽

襜，都藍（端談開一平咸）/處占（昌鹽開三平咸）。

> 襜，蚩占、都藍二切，《詩》云：「終朝采藍，不盈一襜。」……

襜，《廣韻》處占切，又昌豔切，《集韻》同音。《六書故》增都藍切音是戴侗的古音叶讀音。朱熹《詩集傳》叶都甘反，同音。值得注意的是，「襜」若讀鹽韻本音，在朱熹和戴侗看來都與談韻的「藍」字不諧，說明談韻與鹽韻不能押韻，也就是說兩韻之間不只是洪細的不同，主元音也有區別。

2、以敢切覃

弇，古襌（見敢開一上咸）/古南（見覃開一平咸）。

> 弇，古襌切，兩手合覆，弇之義也。……引其義則廣中而陋口者皆謂之弇。《周禮》曰：「凡聲，弇聲鬱。」康成曰：「弇謂中央寬。」……
>
> 又姑南、於檢二切。

弇，《廣韻》古南切，「同也，蓋覆也。」又衣檢切，「蓋也。」《集韻》於《廣韻》又增三音，那含切，「姓也。」衣廉切，「弇中，隘道。」於瞻切，「鍾形中央寬也。《周禮》『弇聲欝』劉昌宗讀。」均無《六書故》古禪切音。戴氏以古禪切置於首音，以《廣韻》二音作爲又音，注於末尾，可見古禪切應是其常用的讀音，可能爲當時通語或方音中的一種讀法。今天河南南陽「弇」字讀[ˈkan]〔註168〕，與古禪切音相對應（韻尾變爲-n）。

3、以敢切琰

罨，烏敢（影敢開一上咸）/衣檢（影琰開三上咸）。

> 罨，於檢、烏敢二切，覆掩也。《說文》曰：「罜也。」

罨，《廣韻》衣檢切，「鳥網」。又烏合切，「網」。又於業切，「魚網」。三音基本同義。《集韻》增憶笈切音，亦同義。無《六書故》烏敢切音。《六書故》於檢切與《廣韻》衣檢切音同，增烏敢切音，可能爲戴侗的方音讀法。又，《廣韻》感韻烏感切小韻有「揞」字，義「手覆」，與《六書故》相合；又有「罯」字，注「魚網」，也與「罨」字同義。

4、以盍切泰

壒，丘盍（溪盍開一入咸）/丘蓋（溪泰開一去蟹）（集）。

> **壒**，丘盍切，埃塵之合也。又於蓋切。又作壨。

「壒」字，《廣韻》於蓋切，「塵也」。《集韻》又丘蓋切，「塵也」。均無丘盍切音。《六書故》丘盍切可能爲戴侗方音讀法。又，「盍」與「蓋」字形接近，「丘盍切」也可能爲「丘蓋切」之誤。

5、以狎切怗

莢，古狎（見狎開二入咸）/古協（見怗開四入咸）。

> 莢，古劦切，又古狎切。艸之屬若豆薺，木之屬若檀榆槐，其實皆莢。……

莢，《廣韻》古協切，「蓂莢，榆莢。又姓。」《集韻》吉協切，「《說文》艸實。一曰艸初生。一曰蓂莢，瑞艸。亦姓。」均無古狎切音。《六書故》增古狎切音，

〔註168〕許寶華、宮田一郎主編《漢語方言大詞典》4289 頁，中華書局，1999 年。

應是南宋通語讀音的新變化。《廣韻》的怗韻字，今音韻母多為[iɛ]，但其中的見母字今音讀[ia]，與狎韻同。《六書故》古狎切音，正體現了這個特殊的變化。

6、以鹽切琰

釅，子廉（精鹽開三平咸）/七漸（清琰開三上咸）。

見 2.3.6。

7、以琰切梵

欠，去檢（溪琰開三上咸）/去劍（溪梵合三去咸）。

　欠，去檢切，呵欠也，象人气上出。借爲欠闕之欠，去聲。

欠，《廣韻》去劍切，「欠伸，《說文》曰：『張口气悟也。』今借爲欠少字。」《集韻》音義略同。均無去檢切音。「欠」是個常用字，《六書故》所注爲兩音別義，以上聲去檢切爲呵欠義，去聲爲欠闕義。可見其實際讀音中，呵欠義是讀作上聲的，這可能是戴侗的方音的讀法。

8、以葉切洽

図，女聶（娘葉開三入咸）/女洽（娘洽開二入咸）。

　図，女洽切，又女聶切。《說文》曰：「下取物縮藏之。讀若聶。」

図，《廣韻》女洽切，「手取物。」又尼立切，「図図，私取皃。」《集韻》又增女減切，「縮取物也。」均無《六書故》女聶切音。戴侗小字引《說文》「讀若聶」，很可能是根據《說文》讀若自擬女聶切音。

9、以梵切銜

讞，語劍（疑梵合三去咸）/女監（泥銜開二平咸）（集）。

見 2.4.2。

3.17　韻母總結

歸納起來，《六書故》音注的在韻母方面的主要表現爲：

1、同攝內同等各韻合流。《六書故》表現這種特徵的韻類混切有：通攝東一、冬韻；東三、鍾韻。止攝支、脂、之、微韻。遇攝魚、虞韻。蟹攝佳、皆、夬韻。臻攝眞、諄、臻、欣、文韻。山攝山、刪韻；元、仙韻。果攝歌、戈韻。

梗攝庚韻二、耕韻；庚三、清韻。咸攝咸、銜韻；鹽、嚴、凡韻。同攝同等各韻合流，是宋代通語韻母簡化的主要特徵，這些韻類大多數在《廣韻》中就已標注同用，前人對於宋代音韻材料的研究也都將其合併，沒有異議。

2、同攝三、四等韻合流。《六書故》音注表現這種特徵的韻類混切有：蟹攝齊與祭、廢韻；山攝先與元、仙韻；效攝蕭與宵韻；梗攝青韻與庚三、清韻；咸攝添與鹽、嚴、凡韻。三、四等韻合流，也是宋代韻母簡化的主要特徵，在五代宋初就已發生〔註169〕。

3、江、宕攝合流；梗、曾攝合流。江、宕、梗、曾四攝都是-ŋ尾的陽聲韻攝。江、宕合流在唐代就已出現，梗、曾攝也在大部分宋代語音的研究成果中顯示已經合流。《六書故》音注符合宋代通語的特點。

4、蟹攝齊、祭、廢韻與止攝相混。蟹攝三四等韻轉入止攝也是宋代通語發生的重要演變。《六書故》音注在這一點上表現得比較保守，齊、祭、廢之間的混切稀少，三韻系雖都與止攝混切，但齊韻與止攝相混的同時還有對立，說明戴侗的實際語音還處在蟹攝三四等韻轉入止攝的過程之中。

5、部分佳、夬韻字轉入麻韻。部分佳、夬韻字轉入麻韻，是宋代通語的演變，在《六書故》音注中有明顯的表現。相對比而言，平聲比較徹底，上去聲則保守。上去聲字的保守可能與戴侗的方音有關。

6、部分流攝唇音字轉入遇攝。《六書故》音注部分流攝唇音字轉入遇攝，只有一等侯韻系字轉入模韻，三等尤韻系字則不變。

7、山咸攝一等韻的特殊表現。《六書故》韻母體現吳方音的最主要特徵就是山、咸二攝一二等韻的關係：山攝一等寒韻舌齒音與二等山、刪韻相混，牙喉音與一等桓韻合流；咸攝一等談韻舌齒音與二等咸、銜韻相混，牙喉音與一等覃韻合流。兩攝的格局是平行的。《六書故》的音注還沒有的表現得完全整齊：寒韻舌齒音與山、刪韻的關係還不密切，談韻舌齒音尚有部分保留一等讀音，與覃韻相混。

8、蟹攝一二等韻保持對立，僅一等代、泰韻部分舌音字轉入二等，也是吳方音的特點。

〔註169〕馮蒸《〈爾雅音圖〉音注所反映的宋初三四等韻合流》，漢字文化，1995年第4期。

第 4 章　聲　調

4.1　濁上變去

4.1.1　全濁上聲變全濁去聲

　　《六書故》的聲調與《廣韻》、《集韻》比較，主要體現出的全濁上聲變去聲的現象。反切中全濁去聲與上聲的混切有 14 例：

　　狴，蒲毖（並至開三去止）/部禮（並薺開四上蟹）（集）。

　　技，其記（群志開三去止）/渠綺（群紙開三上止）。

　　柱，直遇（澄遇合三去遇）/直主（澄麌合三上遇）。

　　粗，徂故（從暮合一去遇）/徂古（從姥開一上遇）。

　　薜，胡隘（匣卦開二去蟹）/下買（匣蟹開二上蟹）（集）。

　　盡，慈刃（從震開三去臻）/慈忍（從軫開三上臻）。

　　緩，胡玩（匣換合一去山）/胡管（匣緩合一上山）。

　　罷，部罵（匣禡開二去禡）/傍下（匣馬開二上假）（集）。

　　蕩，徒浪（定宕開一去宕）/徒朗（定蕩開一上宕）。

　　荇，下孟（匣映開三去梗）/何梗（匣梗開三上梗）。

　　朕，直禁（澄沁開三去深）/直稔（澄寢開三上深）。

頷，胡勘（匣勘開一去咸）/胡感（匣感開一上咸）。

欗，徒監（定鑑開二去咸）/徒感（定感開一上咸）。

犯，亡泛（微梵合三去咸）/防錟（明范合三上咸）。

這 14 例中有不少常用字，如「技、柱、盡、緩、朕、罷、犯」等。值得注意的是「緩」字，今天普通話讀上聲，是濁上變去的例外，《中原音韻》中「緩」讀去聲，是符合規律的。濁上變去最遲在晚唐就已經發生了，李涪《勘誤》、韓愈《諱辨》的文章是公認的確切證據。楊耐思認爲濁上變去經歷了兩步的演變，其中第一步是在濁音清化之前，是「同紐同韻的濁上與濁去混一」，若「濁音已經清化，就是濁上變同去聲的陽調」。〔註1〕《六書故》音注以上 14 例上去聲的混切，都是「同紐同韻的濁上與濁去混一」。

4.1.2　全濁上去聲並存

有些字在《廣韻》、《集韻》中只有濁上聲，而《六書故》中則上去聲兼注，這是濁上變去的過程中，上去聲讀音並存的現象。上面混切的例證中的「柱、頷、欗、犯」四字便是如此。「欗、犯」二字我們分別在上文 3.16.4 和 2.1.4 中討論過，這裏討論一下「柱、頷」二字。

《六書故》「柱」字有四音，原文爲：「柱，直主、直遇二切，立木承棟梁者也。又展呂切，樗柱也。亦作拄。又朱遇切，衰拄也。」《廣韻》「柱」有二音，直主切，「《廣雅》：『楹謂之柱。』又姓。」又知庾切，「柱夫草，一名搖車。」《集韻》有四音，重主切，「《說文》『楹也。』」展呂切，「支也。」冢庾切，「艸名。《爾雅》：『柱夫，搖車。』」朱遇切，「掌也，刺也。《漢書》：『連柱五鹿君。』」其中展呂切和冢庾切實即一音。比較可見，《六書故》直主、展呂、朱遇三音均與《集韻》相合，只有去聲直遇切音，《廣韻》、《集韻》不載。直遇切與直主切同列在首音，表楹柱義，表明當時濁去聲讀音已經很常用了。

「頷」字《六書故》胡感切，又胡南、胡勘二切。《廣韻》胡感切，又胡男切。《集韻》戶感切，又胡南切。均只有平聲和上聲讀音。《六書故》增去聲胡勘切音，是上聲讀音變去聲的反映。

〔註1〕楊耐思《北方話「濁上變去」來源試探》，《近代漢語音論（增補本）》22～23頁，商務印書館，2012 年。

此外，《六書故》還有兼注上去聲的音注 8 例，都是聲調標音：

敘，象呂切，又去聲。《廣韻》徐呂切，《集韻》象呂切，均無去聲讀音。

輔，奉甫切，又去聲。《廣韻》扶雨切，《集韻》奉甫切，均無去聲讀音。

迨，蕩亥切，又去聲。《廣韻》徒亥切，《集韻》蕩亥切，均無去聲讀音。《六書故》增去聲，與《增韻》同。〔註2〕

混，胡本切，又去聲。《六書故》原文：「混，胡本切，《說文》曰：『豐流也。』又去聲，混合也，引之爲混爻、混襟。」是兩音各義。《廣韻》「混」僅胡本切一音，「混流。一曰混沌，陰陽未分。」《集韻》「混」有四音，平聲胡昆切，同「昆」，「關，人名。漢有屬國公孫昆邪。」又公渾切，「混夷，西戎名。或作緄，通作昆。」又戶袞切，「《說文》：『豐流也。』一曰雜流。或作渾。」又古本切，同「滾、渾」，「大水流皃。」無去聲讀音。《六書故》給常用的混合、混雜義注去聲讀音，可見去聲讀音已經很盛行了。

渾，戶昆切，又上、去二聲。《廣韻》戶昆切，又胡本切。《集韻》胡昆切，又戶袞切，又古本切，均無去聲讀音。

焜，胡本切，又去聲。《廣韻》胡本切；《集韻》胡昆切，又公渾切，又戶袞切。均無去聲讀音。

旱，下旰切，又上聲。《廣韻》「旱」字僅有上聲胡笴切音。《集韻》上去聲兼收，上聲注「不雨也」，去聲注「《說文》不雨也」。可見，去聲讀音來自《說文》。《說文》大徐本作乎旰切，正是去聲。「旱」在切韻系韻書中作爲上聲的韻目字，且在唐五代韻書直至《廣韻》中均只有上聲讀音，《玉篇》亦只有上聲何但切一讀。可見，《說文》大徐本中所注的去聲讀音當爲後起，是濁上變去的體現。《六書故》兩音兼注，以去聲爲首音，說明在戴侗的實際語音中去聲已是常用讀音了。

扡，徐野切，又去聲。《廣韻》徐野切；《集韻》似也切，又待可切，均無

〔註2〕《增韻》也重增去聲音，注：「《詩》『迨其謂之』、『迨天之未陰雨』，與逮同。逮字既有去聲音，則迨字亦合有兩音。」是認爲「迨」與「逮」同，應當跟「逮」一樣有上去兩音。《六書故》小字注：「《類篇》合迨與逮爲一，非也。迨者，趣及於時至之前；逮者，追及於既去之後。」則認爲「迨」與「逮」不同。戴侗也給「迨」字注上去兩音，說明「迨」字自身已有去聲，而不是因爲「逮」字有去聲而給「迨」字加注去聲。

·187·

去聲讀音。

上面 8 例也有常用字，如「敍、輔、混、旱」等。「旱」將去聲讀音注爲首音，「混」字給常用義注去聲讀音，都說明去聲讀音的使用在當時已經很普遍了。但上聲讀音和去聲讀音並存，說明濁上變去正在進行的過程之中，還沒有最終完成。

以上《六書故》音注體現濁上變去的 22 個例證中，就有 12 個字兼注上、去聲，可見在濁上變去的進行過程中，上、去聲讀音並存是一種很普遍的現象。魏慧斌、陳邦雄統計了宋詞上去通押的例證，認爲宋詞用韻「上去通押」是通例，一個重要原因是「宋代全濁上聲字已大量變去，而上聲舊讀又未消失，連帶影響了其他非全濁上聲字也與去聲通押。」〔註 3〕因爲上、去聲讀音並存而導致上去通押是很有可能的。

〔註 3〕魏慧斌、陳邦雄《詞韻「上去通押」與「濁上變去」》，古漢語研究，2005 年第 4 期。

第 5 章　特殊字音

上文全面比較了《六書故》音注與《廣韻》、《集韻》的異同，可以看到，在與《廣韻》音系的系統性對應之外，《六書故》還有不少特殊的單字音。這些單字音主要可歸爲古音叶讀音和時音異讀兩大類。

5.1　古音叶讀音

5.1.1　戴侗考求古音的依據和方法

戴侗的古音思想很科學，我們在 1.1.3 中已有論述，其考求古音的實踐，主要體現在《六書故》中標注的古音叶讀音中。這類字音的數量並不多，還不能構成完整的體系，但其中也可以反映出戴侗考求古音的方法和態度。

《六書故》中的古音叶讀音共有 47 字 49 音，其中 32 字 33 音是《集韻》沒有收錄的。《六書故》的古音叶讀音在數量上遠不及吳棫《韻補》和朱熹《詩集傳》、《楚辭集注》，一方面，是因爲戴侗著書的主要目標並不是探求古音；另一方面，也可以說戴侗對於古音有着比較審慎的態度。《六書故》中的古音音注，大都由《詩經》押韻得出，如：

> 歗，蘇弔切，蹙口出聲以舒其懷也。又蘇六切，《詩》云：「條其歗矣，遇人之不淑矣。」又作嘯。

> 角，盧谷、古岳二切。獸角也。別作𧤓，非。按《詩》「麟之角，振振公族」，

角與族叶。「誰謂雀無角，何以穿我屋」，角與屋叶。《四皓》有角里先生。蓋皆在祿音。……

很明顯，「歗（嘯）」字的蘇六切音、「角」字的盧谷切音正是根據《詩經》用韻擬出的，《集韻》也收錄了這兩個讀音。

除《詩經》外，還根據《左傳》中的韻文：

> 豭，古牙、古乎二切，牡豕也。《傳》曰：「既定爾婁豬，盍歸吾艾豭。」

《韻補》豭音洪孤切，「豕也。《左氏傳》野人之歌曰：『既定爾婁猪，盍歸我艾豭。』」戴侗定古音與吳棫所依據的均爲《左傳》韻文，但音注不同，戴侗聲母保留見母，吳棫則改爲匣母。

《詩經》、《左傳》都是先秦文獻，戴侗證明古音所引的材料更集中於先秦，這是他選擇材料的審慎之處。

戴侗在利用押韻材料的同時，還多利用諧聲偏旁來證明古音，如：

> 局，其力、衢六二切，言有所局，不得伸也。尺聲。《詩》云：「謂天蓋高，不敢不局。謂地蓋厚，不敢不脊。」局與脊叶。……
>
> 軌，矩有、矩洧二切。……《詩》云：「濟盈不濡軌，雉鳴求其牡。」……朱子曰：「軌，居美切，叶居有切。車轍也。」……按：軌，九聲，於詩軌與牡叶，朱子已得其音……

「局」字戴侗根據「尺聲」；「軌」字戴侗根據「九聲」，證明「朱子已得其音」，這是戴侗在方法上的科學之處。

戴侗有時會把古音列在首音，但並非所有的古音叶讀音都被他列在首音。如：

> 許，盧呂切，諾可也。又呼古切，《詩》云：「伐木許許。」借以狀用力之聲也。

這裏僅將《詩經》協韻音作爲表擬聲作用的又音。可見戴侗在判斷上，不是單純地以《詩經》音爲古，還考慮了意義和用法。

戴侗也並非所有《詩經》中協韻音的都會收錄，如「訊」字條：

> 訊，思晉切，實問也。……訊、誶聲義相通。《詩》云：「凡百君子，莫肯用訊。聽言則荅，譖言則退。」訊與退叶。陸氏音碎。

吳棫《韻補》收「訊」字息悴切音，朱熹《詩集傳》「訊」叶息悴反。戴侗沒有給「訊」字注叶讀音，而是以訊、誶聲義相通來解釋，大概他將「訊與退荮」解釋爲「訊、誶」二字聲母相同，意義相通，所以把「訊」讀作「誶」，而不認爲「訊」字實際上有息悴切音。

5.1.2　戴侗古音叶讀音的特點

我們把《六書故》中的古音叶讀音列表，並列出吳棫《韻補》、朱熹《詩集傳》、《楚辭集注》中的叶音對比。其中有《集韻》中收錄的字音，也一併列出〔註1〕。

字	《六書故》音	《韻補》音	朱熹音	《集韻》音
邦	博公	悲工	卜工（卜功）	
囪	楚紅	粗叢		倉紅
降〔註2〕	下工	胡公	胡攻（乎攻、呼攻）	乎攻
濁	直谷	殊玉	殊玉	
角	盧谷	盧谷	盧谷	盧谷
歗（嘯）	穌六	息六	息六	息逐
來	力支、里乀	陵之、錄直	陵之、六直	陵之、六直
在	才几	此禮	此里（才里、音紫）	
改	己里	茍起	茍起	
待	遲止	直里	徒奇	
右〔註3〕	羽己	羽軌	羽軌	
母	滿鄙、莫古	姥罪、滿補	滿彼（滿委）、滿補	
邪	音徐	詳余	讀如徐	詳余
舍	始據	春遇		
夜	羊庶	元具	羊茹	
家	古胡	攻乎	古胡（古乎）	

〔註1〕吳棫、朱熹叶音只列出跟戴侗叶讀音相對應的讀音，其餘讀音不列出。朱熹隨文注音，往往同音有多個反切（或直音），在「（ ）」中一併列出。表中字頭按《六書故》注音的韻母順序排列，下面表格排序均同。

〔註2〕降，下工切音在「夆」字頭下，注「今通用降」。《集韻》乎攻切是爲「夆」字注音。

〔註3〕「右」，《六書故》字頭作「又」，注「象又手形」，實即「右」字。

瓜	古胡	攻乎	攻乎（音孤）	
華	況乎	芳無	芳無	
䯏	古乎	洪孤		
馬	莫古	滿補	滿補	滿補
喈	古奚	堅奚	居奚	
屆	古詣	居吏	居氣	
大	特計	徒帝	特計	
天	他眞	鐵因	鐵因	鐵因
顚	都因	地因	典因	地因
田	地因	地因	地因	地因
千	此因	雌人	倉新（七因）	
旂	渠斤	渠巾	其斤	
羅	盧何	良何	良何	良何
慶	丘疉	壚羊	袪羊（壚羊）	壚羊〔註4〕
英	於良	於良	於良（於姜）	於良〔註5〕
兄	許方	虛王	虛王	
泳	于亮	於放	弋亮	
明	母滂	謨郎	謨郎	
舻	古黃	姑黃	古黃	
彭	蒲光	蒲光	鋪郎	蒲光
恓	彼浪	被旺	兵旺	
斁	夷約	弋灼	弋灼	
射	亦灼	弋灼	弋灼	
夢	莫滕	莫登	謨滕（彌登、莫登）	彌登
弓	居弘	姑弘	姑弘	
薑	鼻墨	筆力	筆力	
局	其力	訖力	居亦	
軌	矩有	己有	居有	
簋	矩有	己有	己有	
風	專今	方愔	孚愔（孚音、孚金）	
襜	都藍	稱人	都甘	

〔註4〕「慶」字，《集韻》壚羊切音注：「亂也。通作羌。」義不合。

〔註5〕「英」字，《集韻》於良切音注：「稻初生未移者。」義不合。

通過對比和歸納，可以看出，戴侗的古音叶讀音有以下特點。

1、與吳棫、朱熹的反切用字多有不同

戴侗選取的注音字和所注的讀音並沒有超出吳棫、朱熹的範圍，僅有個別字與吳棫（或朱熹）注音不同。雖如此，但戴侗的反切用字與吳棫、朱熹則多有不同，這說明戴侗所注的古音叶讀音是有自己的審音的，而不是簡單照搬前人。

2、基本上一字一音

戴侗除「來、母」2 字各叶二音外，其餘 45 個字都只注一個古音叶讀音。吳棫《韻補》和朱熹叶音的一個重要缺陷就是有一字叶多音的現象，最著名的就有上表中的「家」字，吳棫《韻補》有攻乎、居何二音，朱熹《詩集傳》中有古胡（古乎）、各空、音谷三音，戴侗則只注古胡切一音。一字一音與戴侗的「古正音」理論正相符合。

3、具有系統性

戴侗在《六書故》中標注的古音叶讀音，不光在材料和方法上都比較科學，而且從其音注中也可以看出一定的系統性。上表 47 個字，戴侗所注古音叶讀音與其《廣韻》中的讀音韻類上的關係可以列表如下：

古音—時音	字
東—江〔註6〕	邦、囟、降、濁、角、歗（嘯）
支（脂、之）—咍	來、在、改、待
脂（之）—尤（侯）	右、母
虞（模）—麻	邪、舍、夜、家、瓜、華、貑、馬
齊—皆（泰）	喈、屆、大
眞—先	天、顚、田、千
欣—微	旂
陽（唐）—庚（清）	慶、英、兄、泳、明、觥、彭、怲、斁、射
登（蒸）—東（鍾）	夢、弓、薑、局
蒸—咍	來
尤—脂	軌、簋

〔註 6〕以《廣韻》的韻類表示，舉平以賅上、去、入。

侵—東	風
歌—支	罹
模—侯	母
談—鹽	襜

可見，《六書故》中的古音叶讀音是很有系統性的，「虞（模）—麻」、「陽（唐）—庚（清）」和「東—江」三種韻類對應就占了戴侗古音叶讀音總數的一半，這說明戴侗已經初步發現了一些古今音的對應規律。古今音的系統性對應，也是戴侗「古本音」理論的有效貫徹。

5.2　時音異讀

5.2.1　異讀與《廣韻》的語音差異

《六書故》中的特殊字音，除古音叶讀音，以及少量來自前代音注（如來自《經典釋文》的「菲」字音，來自《漢書》顏師古注的「萫」字音）和戴侗的自擬音（如「毐、鴨、鵠、囝、卅、颰〔註7〕」等）外，我們歸爲時音異讀。列表如下：

字	《六書故》中的異讀音	《廣韻》（《集韻》）音〔註8〕
蠹	直六切	初六切
欲	余谷切	余蜀切
黴	府移切	武悲切
扯	齒只切	昌者切
趙	津私切	取私切
屎	息遺切	奴弔切
秕	匹履切	卑履切
廿2	尼至切	人執切
績	側吏切	則歷切
蜼	許偉切	愈水切
疽	子余切	七余切

〔註7〕　「颰」字讀音很可能不是戴侗自擬，但也跟語音對應無關。我們暫把它歸在此類，本章不作分析。

〔註8〕　《廣韻》（《集韻》）多音者取最接近者，下表格皆同。

貯	竹慮切	丁呂切
傅	後遇切	符遇切
忤	五古切	五故切
滴	丁計切	都歷切
螠	烏介切	於賜切
唾	吐外切	湯臥切
薈	古外切	烏外切
騃	五來切	五亥切
紿	他亥切	徒亥切
瓃	盧每切	魯回切
虺	呼每切	呼回切
帥	所對切	所類切
潰	戶對切	五怪切
淬	祖內切	七內切
顛	側鄰切	都年切
繽	毗民切	匹賓切
矻	逆訖切	苦骨切
熨	紆問切	於胃切
齦	康根切	康很切
狠	口根切	康很切
狔	胡恩切	胡田切
墩	都昆切	他昆切
炱	徒魂切	徒哀切
蠡	助達切	私列切
阿 1	於曷切	於何切
篡	初官切	初患切
攢	祖官切	在玩切
莞	古丸切之上聲	古丸切
姶	舉友切	烏合切
黠	功八切	胡八切
桔	古八切	古屑切
阿 2	於黠切	於何切
駽	古玄切	火玄切
甌	卑眠切之上聲	布玄切

悁	規緣切	於緣切
鷦	堅蕭切	于驕切
澆	虛垚切	古堯切
縹	鋪沼切之平聲	敷沼切
驃	匹召切之平聲	匹召切
㿄	必妙切	卑遙切
瞭	力照切	落蕭切
歊	許交切	許嬌切
拗	於較切	於交切
脞	倉過切	倉果切
他	湯加切	託何切
眾	古華切	古胡切
痂	其加切	古牙切
蝸	烏華切	古華切
媧	烏瓜切	古華切
爹	的奢切	陟邪切
母	莫假切	莫厚切
打	都假切	德冷切
廖	昌者切	尺氏切
蕈	補各切	匹各切
嚇	郝各切	呼格切
弸	北耕切	普耕切
䞓	止成切	丑貞切
訇	維頃切	胡涓切
錚	側耕切	楚耕切
夐	渠營切	休正切
偵	知盈切	丑貞切
磧	資昔切	七迹切
鷊	郎毃切	五歷切
泬	呼域切	呼決切
疼	徒登切	徒冬切
儂	呼若能	奴冬切
傴	衣口切	於武切
嫗	衣候切	衣遇切

灊	以侵切	昨淫切
眹	直稔切	直引切
顑	古憾切	苦紺切
弇	古襌切	古南切
罨	烏敢切	衣檢切
墢	丘盍切	丘蓋切
錑	側洽切	楚洽切
釅	子廉切	七漸切
蹀	子葉切	七接切
欠	去檢切	去劍切
廿1	音念	人執切
莢	古狎切	古協切
讝	語劍切	女監切

以上 92 例單字音的異讀，與《廣韻》、《集韻》中最接近的讀音比較，差異可以歸類如下：

1、韻母、聲調均同，只有聲母差異的 31 例

a、同發音部位的聲母差異 20 例：

唇音 5：黴、粃、繽、蕁、弸。

舌音（端組）2：紿、皽。

齒音（包括知組）10：蠡、趞、疽、淬、頳、偵、鎗、磧、錑、蹀。

牙音 2：痂、顑。

喉音 1：蜼。

b、不同發音部位的聲母差異 11 例：

牙-喉 7：薈、騆、黠、鴞、蝸、媧、澆。

舌-齒 1：爹。

唇-喉 1：傅。

舌-牙 1：鷈。

齒-喉 1：灊。

2、聲母、聲調均同，只有韻母差異的 23 例

陰聲 10：扯、帥、螠、歊、眾、廖、他、母、傴、嫗。

陽聲 6：佷、訇、疼、儂、睃、罷。

入聲 5：欲、桔、嚇、沉、莢。

陰-陽 2：炱、打。

3、聲母、韻母均同，只有聲調差異的 20 例

平-上 10：駿、珊、唑、齦、狠、莞、甌、縹、篋、弅。

平-去 5：攢、悁、瘵、驃、拗。

上-去 5：忏、貯、瞭、脞、欠。

4、聲調同，聲母、韻母不同的 7 例

齂（舌-齒，陽聲）；廿 1（舌-齒，陽-入）；廿 2（舌-齒，陰-入）；砭（牙音，入聲）；齟（齒音，入聲）；姶（牙-喉，入聲）；聵（牙-喉，陰聲）。

5、韻母同，聲母、聲調不同的 3 例

夏（牙-喉，平-去）；醶（齒音，平-去）；讞（舌-牙，平-去）。

6、聲母同，韻母、聲調不同的 7 例

簒（陽聲；平-去）。

陰-入 5：績、滴、阿 1、阿 2、墋。

陽-入 1：尉（熨）。

7、聲母、韻母、聲調均不同 1 例

尿（舌-齒；陰聲）。

從上面的比較可以看到，這些異讀絕大多數是音近關係，聲母、韻母、聲調中只一項不同的有 72 例，占總數的 78%。聲母方面，大都是同發音部位的轉化，不同部位主要是牙喉音之間和舌齒音的端、知組和泥、娘、日母之間，關係都很密切。韻母方面，主要是陰聲、陽聲、入聲韻內部的轉化，陽聲韻均爲同韻尾，入聲韻除「沉」字外，也均爲同韻尾。聲、韻、調都有差異的「尿」字，是不同的音義來源。

5.2.2 異讀的性質

這些單字音異讀，性質大致可分爲兩類：

1、通語時音的新變

前文（第 2、3 章）根據當時其他文獻證據和今天普通話的讀音參照，確定 24 例是反映通語時音的新變。其中「他、爹」二字，實際是古音讀法的保留，兩字因爲常用，沒有和同類音一起發生系統變化，成了特殊的例外。其餘 22 例，則是後起的系統變化之外的單字音，包括聲母變化 5 例（偵、疸、蹉、蝸、媧），韻母變化 6 例（繢、帥、熨、打、疼、莢），聲調變化 8 例（貯、忏、駥、攢、莞、縹、瞭、拗），和聲母、韻母均變 3 例（聭、廿 1，廿 2）。新音大都是同義異讀，「繢、拗」兩字則包含有音變構詞的因素。

2、吳方音中字音

通過戴侗的論述以及與今天吳方音的比較，可以肯定其中是南宋吳方音的有 14 例。其中「尿、蟴」二字是不同的音義來源。其餘 12 例，聲母不同 1 例（弸）是同發音部位聲母的轉化。韻母不同 9 例，包括陰聲韻間（唾、母、傴、嫗）的轉化，同韻尾陽聲韻的轉化（儂），同韻尾入聲韻的轉化（嚇），陰、陽聲韻間的轉化（灸）和陰、入聲韻間的轉化（滴、阿 2）。聲調不同 2 例（覷、狠）是平、上聲的轉化。

其餘的 54 例特殊字音，由於掌握的材料不足和學識能力所限，暫時還不能完全肯定其性質，初步判斷大都也應是南宋通語時音或吳方音中的異讀。我們從前文的分析中可以看到，有些特殊字音，戴侗在注一字多音時放在首音（如「秕、蜼、淬、繢、矹、曒、篡、點、悁、瘵、歂、痂、䪼、弇、蹉、欠」），應該是其熟悉的讀音；還有些特殊字音，與聲符或同聲符的字讀音相同（如「扯、薈、瓓、矹、眔、夐、磧、鷈、傴、嫗、眹、讞」），也很可能是當時的實際讀音；還有些特殊字音有明確的異音別義，（如「桔、澆、箴、欠」），也應是當時的實際讀音。也有個別字音可能是爲其他相關的字注音或音注訛誤（如「傅、編、鶃、顅」等）。這些字音，都可以作爲語音史上的異讀材料，進一步的深入研究。

5.3　《廣韻》、《集韻》未收字

《六書故》中有 5 例《廣韻》、《集韻》未收字 [註9]，討論於此。

〔註 9〕若僅依據字形，《六書故》中還有一些《廣韻》、《集韻》未收字，但可作爲異體比較，就不再討論了。

1、趕，古旱切

趕，古旱切，追逐也。《說文》有赶，舉尾走也。孫氏巨言切。

《漢語大字典》「趕」字反切取《字彙》古旱切，釋義引《正字通》：「趕，追逐也，今作赶。」反切釋義均與《六書故》同，但《字彙》、《正字通》的時代都遠晚於《六書故》，應取《六書故》反切釋義。

「赶」字，《廣韻》有巨言切、其月切二音，義均與《說文》同爲「舉尾走也」。《集韻》又增渠焉切音，「馬走。」《類篇》則取渠焉、其月二音，義「舉尾走」。由《類篇》看，《集韻》的「馬走」和「舉尾走」意義差不多。

《六書故》小字引《說文》「赶」字，顯然是以「趕、赶」爲一字，但「赶」字的舊音義則不取。古旱切音和「追逐」義是新音義，「趕」是爲新音義造的新字形，「赶」則是取原有的舊字形賦予新音義，兩者成了異體字。《六書故》是最早收錄「趕」字新音義的字書。《中原音韻》「赶」字在寒山部上聲，與《六書故》音合。

2、鮰，戶恢切

鮰，戶恢切。鮰魚不鱗，狀似魠，生大江中。

《漢語大字典》「鮰」字音切引《六書故》。注釋引《本草綱目》：「鮑，北人呼鱯，南人呼鮑，並與鮰音相近。邇來通稱鮰魚，則鱯、鮑之名不彰矣。」其實《六書故》中的「鮰」與「鮑」並非一物。《六書故》又有「鮑」字，音五回切，「魚似鮎而口小，皮黃，亦有黑者。」小字注：「《本草》曰鮑似鮎，色黃而美，秦人呼爲賴魚。按，此魚甌人謂之黃頰魚。」「鮰」音戶恢切，匣母；「鮑」音五回切，疑母，兩字音義均不同。《正字通》已指出《六書故》中「鮰」與「鮑」「分二音二物，非並可也。」

《本草綱目》所述是明代的情況，明代以後「鮰」字通行，取代了「鮑」字，後人已不知鮰魚和鮑魚在宋代的區別。蘇軾詩《戲作鮰魚一絕》：「粉紅石首仍無骨，雪白河豚不藥人。寄與天公與河伯，何妨乞與水精鱗。」詩中所述應即《六書故》中的鮰魚。

3、蟳，徐林切

蟳，徐林切。青蟳也。敦似蠏，殼青，海濱謂之蛸蟘。

《漢語大字典》「蟳」字反切引《正字通》徐盈切，下引《六書故》釋義。《正字通》較晚，且反切與《漢語大字典》拼音不合，不知爲何不引《六書故》反切。

《正字通》原文：「蟳，徐盈切，音尋，《六書故》：『青蟳也。螯似蟹，殼青，海賓謂之蝤蛑。』《說文》、《六書統》不載，舊本闕。」其直音「音尋」與《六書故》同音，但反切以清切侵，-m 尾與-ŋ 相混。

4、蠔，乎刀切

蠔，乎刀切。蠣眾生相附如山，俗謂之蠔山。

《漢語大字典》「蠔」字反切引《篇海類編》胡刀切。書證引唐韓愈《初南食貽元十八協律》：「蠔相粘爲山，百十各自生。」唐劉恂《嶺表錄異》：「蠔，即牡蠣也。有高一二丈者，巉巖如山。」均與《六書故》釋義相合。可見，「蠔」字唐代已有，而《廣韻》、《集韻》不收。

5、鯢，均規切

鯢，均規切。說見鯸鮐下。

「鯸、鮐」字下注：

《博雅》曰：「鯸鮐，魨也。背青黑，腹白，觸物即嗔怒，其肝殺人。亦謂之鯢，又謂烏狼，亦謂探魚。其黃者謂之黃鯢，尤毒。生淡水者謂之河豚。」

《漢語大字典》「鯢」字反切取《六書故》音。書證引宋羅願《爾雅翼·釋魚》：「鯢，今之河豚，狀如科斗，腹下白，背上青黑有黃文，觸物輒嗔，腹張如鞠，浮於水上，一名嗔魚。」

第 6 章　結　論

6.1　《六書故》音注的音系特點

　　上文通過反切的比較和系聯，以及具體例證的討論，全面地分析了《六書故》的音注，發掘了其中時音和方音信息。從中我們可以看到，《六書故》的音注雖大多數繼承自前代字書韻書，但戴侗重視審音，有所取捨，尤其注重當時的實際語音變化，所以《六書故》中與《廣韻》不同音韻地位的音注往往能反映出南宋時音或吳方音的特色。

　　總體來看，《六書故》音注在音系上表現出的南宋通語特點主要有：聲母方面輕重唇分化，非敷母合流，輕唇音變爲洪音；端、知組聲母分化，知組與莊章組合流。喻三、喻四母合流。韻母方面則是韻類大幅度簡化，四等韻均與三等韻合流，同等內的重韻也大都混同。此外，江、宕攝合流，梗、曾攝合流，部分通攝三等字轉入一等，部分佳、夬韻系字轉入麻韻，戈三等韻轉入麻韻，部分侯韻唇音字轉入模韻，都是宋代通語時音的新變。聲調方面主要表現爲全濁上聲變去聲，《六書故》中有很多常用字兼注上去兩聲，表示濁上變去還在進行的過程之中。

　　《六書故》音注在音系上表現出的吳方音特點也相當明顯，主要有：聲母方面微母與明、奉母相混；少量知組字保留了古端組的讀法；知、莊、章組與精組聲母相混，齒音濁塞擦音（澄、崇、船、從母）與濁擦音（禪、邪母）相

混，日母與禪（船、邪、從）母相混；匣母與喻母相混。韻母方面則主要是山、咸二攝一二等韻的特殊關係：寒、談韻牙喉音字與桓、覃韻合併，舌齒音字與二等韻相混。蟹攝一等泰韻舌音字轉入二等，也是吳方音的特徵。

6.2 《六書故》音注的價值

《六書故》音注的價值主要體現在音系特點和單字音異讀上。音系上表現的大量南宋通語和吳方音信息上文已論，單字音方面則更直接地記錄了南宋的時音和方音。戴侗重視文字的古今意義和用法的演變，重視常用字的常用讀音，他收入了一些《廣韻》、《集韻》沒有收錄的新字，包括我們今天常用的「扯、擦、趕」等字，並為其注音，這些字大都是在《六書故》中有了最早的反切注音，反映了漢字的最新發展。還有一些字，發生了新的特殊音變，《六書故》也忠實地記錄了下來，如「帥」音所對切、「打」音都假切、「廿」音念、「熨」音紆問切、「蝸」音烏華切等，這些字音大多數也都是《六書故》中首次記載。這些單字音的記錄，也充分體現了《六書故》音注的時音價值。前人對《六書故》中單字音的時音價值沒有足夠的重視，《漢語大字典》新字新音反切多引《字彙》和《正字通》，而《字彙》和《正字通》的時代要遠晚於《六書故》，且其中有的反切也有可能是沿用了《六書故》，如《字彙》「趕」音古旱切，正與《六書故》相同。這些字音，若改引《六書故》反切應更合理。

《六書故》中還有一些特殊字音，是吳方音的記錄。有的字音戴侗直言是方音，如「阿」字注「越人呼於點切」，「儂」字注「甌人呼若能」，「炱」字注「東甌呼徒魂切」，是南宋吳方音的明確記載。還有一些字音雖未說明方音，但可在今天的方音中找到對應的證據，如「母」音莫假切，「齦」音康根切，「尿」音息遺切等，《六書故》中的這些字音也為我們提供了珍貴的南宋方音的材料。此外，還有一些特殊字音，與《廣韻》、《集韻》不同，也很難在現代方音材料中找到相應的證據，但也很有可能是戴侗的方音讀音，可做進一步深入的研究。

《六書故》音注中還有少量戴侗的古音叶讀音，戴侗的古音理論和《六書故》中的古音叶讀音，都可以豐富古音學史的內容。

6.3　本文在研究方法上的收穫

　　後人著述對前人的繼承，是一種普遍的現象。字書音注大量繼承前代反切，也是一種正常的現象，但是，我們不能因為這種現象，就否定其價值，不同的情況需要不同的對待。本書中綜合多種因素，來具體分析。

　　古今語音演變，有分化和合併兩種趨勢。在音類分化的情況下（如輕重唇聲母分化、端知組聲母分化等），後人若注了類隔切，有可能是實際語音的反映，也有可能是生僻字音的沿用或有意識的存古。我們逐條分析了《六書故》唇音和舌音類隔反切，發現唇音反切都是有來歷的，而且大都是戴侗在給較古的字或較早的義項注音時所選擇的，有很明顯的存古性質。戴侗以輕唇注重唇的反切，還出現了非敷母的混用，這種失誤更凸顯示出實際語音已經分化的事實。舌音類隔切則不盡然，有一部分不見於前代音注，很可能是實際語音的表現。

　　在音類合併的情況下，後人沿用前人的音切，並不會造成拼切上的隔閡，編撰者實際上並沒有更換反切的必要。所以若出現了混切，說明編者對兩類音的差別已經不再注意，如果不是極少數的孤例（可能歸因於個別字音的異讀或版本的問題），是能說明音類合併的。在具體音注分析中，我們還加入了多種因素的考量，比如混切的被切字中若有常用字，更有可能說明音類相混；混切的被切字若作為反切用字，更有可能說明音類相混（這種相混也可以在系聯中體現出來）等。此外，本文還通過對立分析以及語音條件的分別，來判定音類的分合，這在蟹、效、山、咸四攝一二等韻關係的判定中發揮了重要的作用。

　　個別字的特殊音變是對語音發展系統性的補充，也應是語音史研究的一個重要方面。字書的形式特點使得個別字音及其與意義的結合體現得更加明顯，本書注重在單字音方面做出更細緻具體的考察，雖得到不少收穫，但也多有未盡如人意之處，希望在以後的研究中能有更多發現。

參考文獻

一、古籍類

1. 許慎《說文解字》，徐鉉校定，中華書局，1963 年。

2. 徐鍇《說文解字繫傳》，中華書局，1987 年。

3. 周祖謨《廣韻校本》，中華書局，1960 年。

4. 余迺永《新校互注宋本廣韻》，上海辭書出版社，2000 年。

5. 丁度等《宋刻集韻》，中華書局，1989 年。

6. 司馬光等《類篇》，中華書局，1984 年。

7. 顧野王《原本玉篇殘卷》，中華書局，1985 年。

8. 陳彭年等《大廣益會玉篇》，中華書局，1987 年。

9. 陸德明《經典釋文》，中華書局，1983 年。

10. 班固《漢書》，顏師古注，中華書局，1997 年。

11. 楊軍《韻鏡校箋》，浙江大學出版社，2007 年。

12. 釋行均《龍龕手鏡》，中華書局，1985 年。

13. 朱熹《詩集傳》，上海古籍出版社，1980 年。

14. 朱熹《楚辭集注》，上海古籍出版社，1987 年。

15. 吳棫《宋本韻補》，中華書局，1987 年。

16. 毛晃、毛居正《增修互注禮部韻略》，景印文淵閣四庫全書本，台灣商務印書館，1986 年。

17. 甯忌浮：《校訂五音集韻》，中華書局，1992 年。

18. 戴侗《六書故》，党懷興、劉斌點校，中華書局影印李鼎元刊本，2012 年。

19. 戴侗《六書故》，上海社會科學出版社影印明影抄元本，2006 年。

20. 戴侗《六書故》，景印文淵閣四庫全書本，台灣商務印書館，1986 年。

21. 黃公紹、熊中《古今韻會舉要》，中華書局，2000 年。

22. 張玉來、耿軍《中原音韻校本》，中華書局，2013 年。

23. 梅膺祚：《字彙》、吳任臣：《字彙補》，上海辭書出版社，1991 年。

24. 張自烈《正字通》，中國工人出版社，1996 年。

25. 紀昀等《四庫全書總目提要》，中華書局，1965 年。

26. 阮元校勘《十三經注疏》，中華書局，1980 年。

27. 陳澧《切韻考》，羅偉豪點校，廣東高等教育出版社，2004 年。

二、工具書類

1. 北京大學中國語言文學系語言學教研室編，王福堂修訂，《漢語方音字彙》（第二版重排本），語文出版社，2003 年。

2. 郭錫良《漢字古音手冊（增訂本）》，商務印書館，2010 年。

3. 漢語大字典編輯委員會編《漢語大字典》，湖北辭書出版社、四川辭書出版社，1992 年。

4. 李榮主編，游汝杰、楊乾明編撰《溫州方言詞典》，江蘇教育出版社，1998 年。

5. 許寶華、宮田一郎主編《漢語方言大詞典》，中華書局，1999 年。

6. 宗福邦、陳世鐃、蕭海波主編《故訓匯纂》，商務印書館，2003 年。

三、專著與論文類

1. 陳會兵《〈六書故〉的六書理論和語言學思想》，學術論壇，2005 年第 3 期。

2. 陳會兵《〈六書故〉的漢語漢字系統論》，溫州大學學報，2006 年第 4 期。

3. 陳燕《「爹」字二音考》，辭書研究，2003 年第 3 期。

4. 陳穎《試論方以智對戴侗「因聲以求義」說的繼承與發展》，四川師範大學學報（社會科學版），2006 年第 6 期。

5. 陳源源《戴侗〈六書故〉所見宋代溫州方音三例》，溫州大學學報（社會科學版），2012 年第 6 期。

6. 党懷興《〈六書故〉詞義系統研究》，陝西師大學報（哲學社會科學版），1988 年第 3 期。

7. 党懷興《〈六書故〉「因聲以求義」論》，陝西師大學報（哲學社會科學版），1992 年第 2 期。

8. 党懷興《〈六書故〉所引唐本〈說文解字〉》，陝西師範大學學報（哲學社會科學版），1999 年第 4 期。

9. 党懷興《〈六書故〉研究》，陝西師範大學出版社，2000 年。

10. 党懷興《論戴侗的〈說文解字〉研究》，陝西師範大學學報（哲學社會科學版），2001 年第 3 期。

11. 党懷興《〈六書故〉運用鐘鼎文考釋文字評議》，中央民族大學學報（人文社會科學版）2001 年第 4 期。

12. 董建交《〈集韻〉寒桓韻系開合混置的語音性質》，語言研究，2009 年第 4 期。

13. 方孝岳《廣韻韻圖》，中華書局，1988 年。

14. 馮蒸《〈爾雅音圖〉音注所反映的宋代濁音清化》，語文研究，1992 年第 2 期。

15. 馮蒸《〈爾雅音圖〉音注所反映的宋初四項韻母音變》，載《宋元明漢語研究》，山東教育出版社，1992 年。

16. 馮蒸《〈爾雅音圖〉音注所反映的宋初三四等韻合流》，漢字文化，1995 年第 4 期。

17. 耿振生《明清等韻學通論》，語文出版社，1992 年。

18. 耿振生《論近代書面音系研究方法》，古漢語研究，1993 年第 4 期。

19. 耿振生《音韻通講》，河北教育出版社，2001 年。

20. 耿振生《20 世紀漢語音韻學方法論》，北京大學出版社，2004 年。

21. 郭瓏《戴侗語言文字學思想述評》，廣西教育學院學報，2008 年第 1 期。

22. 何九盈《中國現代語言學史》，商務印書館，2008 年。

23. 黃德寬、陳秉新《漢語文字學史》，安徽教育出版社，1994 年。

24. 魯國堯《魯國堯語言學論文集》，江蘇教育出版社，2003 年。

25. 魯國堯《語言學文集：考證、義理、辭章》，上海人民出版社，2008 年。

26. 李昌禹《〈五音集韻〉異讀字研究》，北京大學碩士論文，2013 年。

27. 李紅《朱熹〈儀禮經傳通解〉語音研究》，廈門大學出版社，2011 年。

28. 李榮《切韻音系》，中國科學院，1952 年。

29. 李榮《颱風的本字》（上）、（中）、（下），方言，1990 年第 4 期、1991 年第 1 期、1991 年第 2 期。

30. 李新魁《李新魁音韻學論集》，汕頭大學出版社，1997 年。

31. 李新魁《射字法聲類考》，《古漢語論集》第一輯，湖南教育出版社，1985 年。

32. 李智慧《〈六書故〉詞義引申術語研究》，石家莊經濟學院學報，2000 年第 4 期。

33. 李智慧、陳英傑《〈六書故〉引申規律及其影響》，石家莊經濟學院學報，200 年第.4 期。

34. 李智慧、崔竹朝《〈六書故〉詞義引申條例研究及釋義指瑕》，石家莊職業技術學院學報，2004 年第 1 期。

35. 李子君《〈增修互注禮部韻略〉研究》，社會科學文獻出版社，2012 年。

36. 林燾、耿振生《音韻學概要》，商務印書館，2004 年。

37. 林燾主編《中國語音學史》，語文出版社，2010 年。

38. 劉斌《戴侗與〈六書故〉》，辭書研究，1988 年第 2 期。

39. 劉斌《論戴侗文字學理論的價值》，陝西師大學報，1989 年第 2 期。

40. 劉福根《戴侗因聲以求義說的理論與實踐》，古漢語研究，1996 年第 4 期。

41. 劉曉南《宋代閩音考》，嶽麓書社，1999 年。

42. 劉曉南《宋代文士用韻與宋代通語及方言》，古漢語研究，2001 年第 1 期。

43. 劉曉南、張令吾主編《宋遼金用韻研究》，香港文化教育出版社有限公司，2002 年。

44. 劉曉南《論朱熹詩騷叶音的語音依據及其價值》，古漢語研究，2003 年第 4 期。

45. 劉曉南、周賽紅《朱熹吳棫毛詩音叶異同考》，語言研究，2004 年第 4 期。

46. 劉曉南《毛氏父子吳音補正》，山西大學學報，2009 年第 5 期。

47. 馬君花《〈資治通鑑音注〉音系研究》，首都師範大學博士學位論文，2008 年。

48. 馬君花《〈資治通鑑音注〉聲母系統反映宋末元初的幾個方音特點》，漢字文化，2009 年第 3 期。

49. 馬君花《〈資治通鑑音注〉音系性質研究》，圖書館理論與實踐，2010 年第 7 期。

50. 馬君花《〈資治通鑑音注〉特殊音切韻母關係的研究》，畢節學院學報，2010 年第 12 期。

51. 馬明俊《增修互注禮部韻略音韻研究》，北京大學碩士論文，2000 年。

52. 甯忌浮《古今韻會舉要與相關韻書》，中華書局，2000 年。

53. 甯忌浮《中原音韻表稿》，吉林文史出版社，1985 年。

54. 甯忌浮《漢語韻書史（明代卷）》，上海人民出版社，2009 年。

55. 甯忌浮《洪武正韻研究》，上海辭書出版社，2003 年。

56. 錢乃榮《當代吳語研究》，上海教育出版社，1992 年。

57. 邵榮芬《邵榮芬音韻學論集》，首都師範大學出版社，1997 年。

58. 邵榮芬《切韻研究（校訂本）》，中華書局，2008 年。

59. 邵榮芬《邵榮芬語言學論文集》，商務印書館，2009 年。

60. 邵榮芬《集韻音系簡論》，商務印書館，2011 年。

61. 孫玉文《漢語變調構詞研究》，商務印書館，2007 年。

62. 唐作藩《音韻學教程（第三版）》，北京大學出版社，2002 年。

63. 田耕漁《〈六書故〉所引〈說文解字〉唐本、蜀本材料輯評》，古籍整理與研究學刊，2012 年第 4 期。

64. 田耕漁《戴侗〈六書故〉考論》，古籍整理與研究學刊，2012 年第 1 期。

65. 田耕漁《〈六書故〉所引李陽冰〈廣說文解字〉輯論》，古籍整理研究學刊，2011 年第 6 期。

66. 汪業全《朱熹〈詩集傳〉與吳棫〈詩補音〉音叶考異》，南通大學學報（社會科學版），2005 年第 2 期。

67. 王力《龍蟲並雕齋文集（第三冊）》，中華書局，1982 年。

68. 王力《漢語史稿》，中華書局，1980 年。

69. 王力《中國語言學史》，復旦大學出版社，2006 年。

70. 王力《漢語語音史》，商務印書館，2008 年。

71. 王曦《試論歷史語音研究中多音字常讀音考察》，載《中國音韻學暨黃典誠學術思想國際學術研討會論文集》，廈門大學出版社，2014 年。

72. 魏慧新、陳邦雄《詞韻「上去通押」與「濁上變去」》，古漢語研究，2005 年第 4 期。

73. 吳澤順《戴侗的充類說》，語言研究，2004 年第 1 期。

74. 徐通鏘《歷史語言學》，商務印書館，1991 年。

75. 薛鳳生《中原音韻音位系統》，魯國堯、侍建國譯，北京語言學院出版社，1990 年。

76. 嚴學宭《廣韻導讀》，中國國際廣播出版社，2008 年。

77. 楊耐思《中原音韻音系》，中國社會科學出版社，1981 年。

78. 楊耐思《近代漢語研究（增補本）》，商務印書館，2012 年。

79. 楊清澄的《論戴侗的文字觀》，懷化師專學報，1998 年第 4 期。

80. 楊小衛《〈類篇〉對〈集韻〉注音的繼承與革新》，華中科技大學學報（社會科學版），2008 年第 6 期。

81. 姚志紅《〈說文解字〉大徐反切音系考》45-46 頁，首都師範大學碩士學位論文，2004 年。

82. 袁賓、徐時儀、史佩信、陳年高編著《二十世紀的近代漢語研究》，書海出版社，2001 年。

83. 張令吾《宋代江浙詩韻特殊韻字探析》，古漢語研究，2000 年第 2 期。

84. 張民權《宋代古音學考論》，首都師範大學學報（社會科學版），2002 年第 1 期。

85. 張民權《元代古音學考論》，陝西師範大學學報（哲學社會科學版），2003 年第 4 期。

86. 張民權《宋代古音學與吳棫〈詩補音〉研究》，商務印書館，2005 年。

87. 張民權《歐陽修〈州名急就章〉音韻特點與宋代語音史問題》，語言學論叢（第四十六輯），商務印書館，2012 年。

88. 張渭毅《中古音論》，河南大學出版社，2006 年。

89. 趙元任《現代吳語的研究》，商務印書館，2011 年。

90. 鄭張尚芳《溫州方言志》，中華書局，2008 年。

91. 周祖謨《問學集》，中華書局，1966 年。

92. 周祖謨《唐五代韻書集存》，中華書局，1983 年。

附錄　宋詞韻山攝舒聲分部考

摘要：以往關於宋代押韻材料的研究，山攝舒聲字往往歸爲一部。本文分析了宋詞押韻中，部分詞人山攝平聲字分爲寒山與仙先兩部，上去聲字則完全混押的用韻現象。並且通過平仄通押的《西江月》詞牌，證明這兩部的上去聲字雖然混押，但在當時大多數人的語感中，能夠確定上去聲字與平聲字相對應的韻部歸屬，上去聲字也能夠分爲兩部。宋詞韻中山攝舒聲分爲寒山與仙先兩部，必然有語音事實作爲基礎，應是宋代通語音系的反映。上去聲字的混押，可能是因爲仙先部的上去聲字出現了「異調變韻」現象。

關鍵字：宋詞韻、山攝、寒山部、仙先部、異調變韻

一、從二晏父子用韻說起

利用押韻材料考察宋代韻部的論文很多，代表作是魯國堯關於宋詞韻研究的一系列論文[註1]。他總結了《全宋詞》兩萬餘首的用韻情況，將宋詞韻分爲十八部，入聲四部單列，山攝舒聲韻歸爲一部「寒先部」。並且與金元詞韻相比較，認爲寒先部分爲寒桓、先天兩部（元好問、白樸等）或寒山、桓歡、先天

〔註 1〕包括《宋代辛棄疾等山東詞人用韻考》、《宋代蘇軾等四川詞人用韻考》、《宋代福建詞人用韻考》、《宋元江西詞人用韻研究》、《宋詞陰入通葉現象的考察》、《論宋詞韻與金元詞韻的比較》等。

三部（張可久）是金元演化的結果。〔註2〕魯文「寒先部」的分部具有代表性，其餘關於宋代詩、文、詞用韻的研究結論大抵無出於此〔註3〕。

但是，宋詞中山攝舒聲韻有一個特殊的情況頗值得注意，下面以晏殊、晏幾道父子爲例加以說明。北宋詞人中，二晏父子名氣很大，他們籍貫是江西，魯國堯《宋元江西詞人用韻研究》〔註4〕均有論述。二人在山攝上去聲用韻上比較一致，寒桓刪山元仙先各韻上去聲字都有混押，但在平聲用韻上，則有著明顯的不同，具體列出：

晏殊山攝平聲字共押韻 12 次，包括寒韻 1 次：「殘干寒（《清平樂》一 92〔註5〕）」；寒桓 1 次：「冠看（《菩薩蠻》一 105）」；寒仙先 2 次，如「圓難天煙絃傳（《破陣子》一 88）」；寒刪仙先 1 次：「蓮蠻圓蘭（《喜遷鶯》一 93）」；寒桓刪仙先 1 次：「天圓煙絃船年難筵顏歡前（《拂霓裳》一 105）」；刪仙 1 次：「鬟〔註6〕仙（《菩薩蠻》一 105）」；仙先 5 次，如「煙蓮船前天（《浣溪沙》一 89）」

〔註 2〕 《論宋詞韻與金元詞韻的比較》，《魯國堯自選集》第 131～176 頁，河南教育出版社 1994 年。

〔註 3〕 可參看《宋遼金用韻研究》，香港文化教育出版社有限公司 2002 年。另外，也有一些不同意見，如朱曉農《北宋中原韻轍考》（語文出版社 1989 年），他認爲魯國堯根據辛棄疾等人的詞韻得出的韻部是一種韻腳部，「從押韻上看是一個韻轍，但韻轍內部的主母音並不相同，甚至不屬於同一個音位，否則就無法解釋《中原音韻》和《西儒耳目資》中寒與桓的區別了」（第 6 頁）。顯然，他不承認元代的分部是後來分化的結果。朱曉農採用數理統計的方法，利用離合指數的計算判斷韻類的分合，認爲山攝可以分爲四組，「桓元[f]元[合]是一組，寒獨自是一組，山刪是一組，仙先元[開]是一組」。這種資料分析反映了一定的押韻傾向，但還無法具體解釋混押的問題。

〔註 4〕 見魯國堯《語言學文集：考證、義理、辭章》150～189 頁，上海人民出版社 2008 年。

〔註 5〕 「一 92」表示《全宋詞》第一冊第 92 頁，下皆仿此。

〔註 6〕 「鬟」，《全宋詞》作「鬢」（「插向綠雲鬢，便隨王母仙。」），未出校語。魯國堯《宋元江西詞人用韻研究》以「鬢」爲韻腳字系聯，列入「寒先部與個別眞文部字通葉」，並有討論：「『鬢』字，《廣韻》、《集韻》並震韻必刃切。宋元江西詞人亦以『鬢』作去聲……但有一例外：晏殊《菩薩蠻·秋花》下片三四句葉『鬢仙』，則『鬢』爲平聲。」今查明崇禎刻本宋名家詞本《珠玉詞》作「鬟」字，不知「鬢」字版本何據，且未見「鬢」字有其他平聲用例，所以定韻字爲

「煙筵絃船天年仙（《燕歸梁》一108）」。可以看出，晏殊山攝平聲字各韻之間均有混押，可以合爲一部。

　　再看晏幾道〔註7〕詞韻。山攝平聲字共押韻30次，包括寒桓1次：「寒寬（《菩薩蠻》一235）」；寒刪1次：「寒干彎看（《慶春時》一257）」；寒山5次，如「寒殘山干鞍看（《愁倚闌令》一243）」；寒刪山3次，如「殘干還閒顏寒（《鷓鴣天》一225）；」寒桓山2次，如「端山干（《清平樂》一233）」；桓刪山1次：「閒間鬟彎歡（《浣溪沙》一240）」；仙先17次，如「眼前天船憐圓（《臨江仙》一222）」「仙絃蓮筵年邊船前」（《浪淘沙》一244）。與晏殊相比，晏幾道詞韻中山攝平聲字分爲兩組，寒桓刪山和仙先，兩組之間沒有混押。

　　這個特殊情況涉及到兩個問題：一是晏幾道詞韻中山攝平聲分爲兩部，是不是宋詞押韻中的一種普遍現象，該怎樣解釋？二是同一地域的兩位作家，甚至是父子關係，他們的用韻也會有所不同，這種複雜性不能只由方音來概括。

　　其實，山攝韻平聲分部在前人的研究論文中已發現端倪，陳鴻儒歸納劉克莊詞韻，平聲和上去聲分別進行，系聯發現山攝平聲字分爲三組，寒桓刪山爲一組、先仙爲一組，元韻字與魂、痕韻爲一組，而上去聲字中，寒桓刪山元仙先則合爲一組，他根據四聲一貫將山攝字合爲一部。〔註8〕四聲一貫是歸納韻部的一個方法，對於宋代押韻材料的分析，因爲入聲分列，往往是平、上、去三聲一貫，各家的統計資料也往往是涵蓋三個聲調。這一方法得出的資料和結論是否能夠展示全部的語音事實，或許不然。若根據上去聲合用（或將上去聲與平聲合用的數字一起統計）將山攝舒聲字合爲一組，等於是把問題簡單化，抹殺了平聲分部這一押韻事實。如果我們深入研究，會發現這種平仄分別在多人

「鬟」。另，「鬢」字作去聲在江西詞韻中確有1例與山攝上去聲字通押，黃庭堅押「懶眼鬢算見短院管」（《河傳》一413）。

〔註7〕晏幾道有1首《西江月》詞，押「殘閒懶」、「寒難晚」，平仄通押。本文因爲平仄分別統計，所以通押的韻段不計入統計數字中，後面有專門的討論。另，晏幾道有1例元韻「源」字押入魂痕韻：「源塵門尊魂昏痕（《兩同心》一247）」。對於這樣個別元韻字混入臻攝的用例，本文也不計入統計數字中，僅在注釋中說明。而對於山攝韻中混入少量臻攝字的，則計入統計數字中，並在注釋中說明。

〔註8〕陳鴻儒《後村詞韻雜談》，龍岩師專學報1989年3月。

的押韻中都有出現，應該正視這種現象。

　　周祖謨分析南北朝詩人的用韻，認爲「不同的作家因方音的不同或講究音韻協和的精細程度不同，分韻也不完全一樣。有人在作品中有時相近的兩部通押，有人分別得很嚴。」〔註9〕這裏面，他講了兩個條件，一是方音不同，二是講究音韻協和的精細程度不同。也就是說，方音是分韻的基礎，是分韻的實際語音條件，但並不是唯一條件。即使方音相同，分韻也不一定相同，因爲講究音韻協和的精細程度不同，也會對分韻的寬嚴產生影響。二晏父子用韻的差異，既可能是方音的原因，也可能是分韻寬嚴的不同。晏殊生於江西撫州，父親爲撫州府獄吏，自幼生長在江西，直至十五歲賜同進士出身，任秘書省正字。晏幾道是晏殊的第八子，出生時晏殊已經四十八歲，自幼居汴京，後身世顛沛，輾轉於京城和地方之間。所以，兩人的方音很有可能不同。相比之下，因爲生在京城，晏幾道的方音應該更接近中原地區和當時雅言。再者，即使二人的方音相同，用韻的精細程度也未必相同。李清照《詞論》說：「至晏元獻、歐陽永叔、蘇子瞻，學際天人，作爲小歌詞，直如酌蠡水於大海，然皆句讀不葺之詩爾，又往往不協音律者，何耶？蓋詩文分平側，而歌詞分五音，又分五聲，又分六律，又分清濁輕重。……乃知（詞）別是一家，知之者少。後晏叔原、賀方回、秦少游、黃魯直出，始能知之。」雖然李清照論述的重點不在押韻這方面，但通過這個評論，可以看出在李清照眼裏，晏殊（晏元獻）與晏幾道（晏叔原）對詞律的運用大有不同，而晏幾道在審音方面更有其獨到之處。所以，二人用韻的區別也可能是因爲晏幾道用韻更嚴，審音更細。總之，對材料同質性的區分，特別是按照方言區的劃分，不能忽略個人的用韻特點。對於押韻材料，往往是證明其合韻容易，證明其分部困難。個人用韻現象，不管是出於方音還是出於審音，都必然有實際語音的依據，可以體現韻類的分別。

　　考慮到上述問題，本文嘗試對宋詞中山攝舒聲字的用韻情況作一番詳盡全面的分析，主要從三個角度進行：一是平聲與上去聲分別觀察；二是將地域與個人用韻相結合，以地域爲綱、以個人用韻爲單位進行對比分析；三是對於宋詞韻，嘗試把體裁進一步細化，調查某一詞牌的押韻表現。詞人的選擇和籍貫

〔註9〕周祖謨《切韻的性質和它的音系基礎》，《周祖謨學術論著自選集》278 頁，北京師範大學出版社 1993 年。

的確定，依據魯國堯關於宋詞韻研究的若干論文以及唐圭璋《兩宋詞人占籍考》
〔註10〕。

二、宋詞山攝舒聲用韻分析

1、江西詞人用韻的比較

分析過二晏父子用韻之後，我們可以繼續考察更多江西籍的詞人，看看他們山攝舒聲字的用韻情況。在分析二晏詞韻和綜合觀察的基礎上，爲簡明起見，本文討論先假定山攝舒聲韻分爲寒山（包括寒桓刪山韻及元韻輕脣音字）與仙先（包括先仙與除輕脣音字之外的其他元韻字）兩部，分析分用、混押。另外，山咸混押在很多詞人的用韻中都存在，這種情況尚不能完全確定是-m尾併入-n尾還是音近合韻。因爲山咸分合與本文論述的主旨關係不大，故不作討論，只作以下簡化處理：根據音系的系統性，對於押入山攝的咸攝字，按照平行的原則，假定咸攝字也分爲兩組，相應歸入寒山與仙先兩部（覃談銜咸凡（輕脣）歸入寒山部，鹽嚴添凡（除輕脣）歸入仙先部），整體觀察其分用與混押，若一致則不論，若有因咸攝字造成的混押則加以說明。

今據魯國堯《宋元江西詞人用韻研究》討論寒先部時列舉的主要詞人的資料，取用韻10次以上的詞人（包括山咸混押，後同），除二晏外，共14人，其用韻情況列表如下：

用韻 詞人	平聲			上去聲		
	寒山	仙先	混押	寒山	仙先	混押
歐陽修	2	4	5	2	6	27
黃庭堅	15	5	6〔註11〕	4	1	4〔註12〕
謝逸	2	3	0	0	2	4
向子諲	11	13	0	2	4	3
楊無咎	1	4	4	1	0	16
洪適	3	3	6	0	0	5
趙彥端	4	5	0	1	4	6

〔註10〕 見唐圭璋《宋詞四考》第1～16頁，江蘇古籍出版社1985年第二版。

〔註11〕 其中1次因咸攝字導致的混押「簾談南帆環（《浣溪沙》一414）」。

〔註12〕 包括1次押入臻攝「鬢」字，見註6。

袁去華	1	5	2	0	1	1
趙長卿	14	7〔註13〕	2	4	6	10
石孝友	6	3	1	1	2	3
趙師俠	7	5	1	1	9	6
郭應祥	7〔註14〕	7	1	1	2	2
楊澤民	4	1	0	1	1	6
劉辰翁〔註15〕	17	24	3	4	2	4

　　由上表，我們發現，在上去聲的混押上，詞人們大體一致，但是在平聲字的分合上，表現出兩種押韻傾向，完全分用不混的有謝逸、向子諲、趙彥端、楊澤民，混押較多的有歐陽修、黃庭堅、楊無咎、洪適、袁去華，而混押較少的有趙長卿、石孝友、趙師俠、郭應祥、劉辰翁。

　　趙長卿平聲的 2 次混押都很整齊，前後可以分成兩個韻段，看似不得已而合用，如「天芊綿煙娟間斑（《畫堂春》三 1789）」「前筵天酸山（《眼兒媚》三 1813）」前者前五韻字為仙先，後二韻字為寒山；後者更清楚，上片（即前三韻字）為仙先，下片（後二韻字）為寒山。而且趙長卿平聲分用例較多，其山攝平聲字可以分為兩部。

　　趙師俠的 1 次混押為「岏寒泉淵然絃言湲丸（《促拍滿路花》三 2077）」，仙先部混入寒山部 2 字。趙師俠分用 12 次，韻段大都較長，有七八字的如寒山部「寬寒看蘭溥間寰還（《醉桃源》三 2089）」「巖丹顏間閒看單寒（《伊洲三臺》三 2096）」，仙先部「天鮮喧翩牽前年（《聽前柳》三 2086）」。所以，趙師俠山攝平聲字可以分為兩部。

　　而劉辰翁，雖然有 3 次混押，但在平聲共 44 次押韻中所占比例很小。3 次混押為「難天煙遷眠年（《臨江仙》五 3205）」「寒干干安元看殘殘還閒難瞞（《江城梅花引》五 3213）」「元間顏寰斑山蠻還（《水調歌頭》五 3240）」，均只混入一字，且後兩次押入寒山部的均為元韻「元」字。所以，3 次混押可看作偶然

〔註13〕 包括 1 次與梗攝字混押例：「船前生燈眠邊（《鷓鴣天》三 1803）」。

〔註14〕 包括 1 次混入臻攝字：「番看干門盤斑（《南歌子》四 2232）」。

〔註15〕 有 1 例元韻「喧」字押入魂痕韻：「痕村門昏論喧（《臨江仙》五 3204）」，暫不計入統計數字中。

的合韻或個別韻字的讀音問題。劉辰翁分用例中多有長韻段，如寒山部「寒衫安殘官閒難番山蘭（《木蘭花慢》五 3228）」，仙先部「先年泉然田鞭緣邊禪（《沁園春》五 3233）」。所以，劉辰翁用韻山攝平聲字可分為兩部。

　　郭應祥山攝平聲用韻比較複雜，有 2 例押入臻攝字，1 例是寒山部押入臻攝「門」字（見注釋 15），另 1 例則是寒韻與元韻混押，且押入臻攝「尊」字：「繁蘭園喧尊（《朝中措》四 2228）」，押入山攝的兩個臻攝字均為魂痕韻字。郭應祥的混押，可能受詩韻的影響，也可能是個別韻字的讀音問題。郭應祥的山攝平聲的長韻段較少，多為二字，如寒山部「歡閒（《菩薩蠻》四 2218）」「關難（《減字木蘭花》四 2229）」，仙先部「言傳（《菩薩蠻》四 2217）」，最長的六字，如寒山部「頑間顏鐶閒山（《臨江仙》四 2231）」，仙先部「圓仙賢鮮邊年（《鷓鴣天》四 2219）」。雖如此，畢竟 1 次混押所占比例還是相當小的，可以認為郭應祥山攝平聲字分為兩部。

　　綜上，山攝平聲字分成寒山、仙先二部，在謝逸、向子諲、趙彥端、趙長卿、趙師俠、郭應祥、楊澤民、劉辰翁等江西詞人用韻中存在，無論這體現的是通語或是方言現象，都必然是實際語音的反映。

2、四川詞人蘇軾與程垓詞韻的比較

　　蘇軾與程垓都是四川眉山人，魯國堯《宋代蘇軾等四川詞人用韻考》[註16]均有論述。蘇軾詞韻中山攝平聲押韻 46 次，其中寒山 14 次，如「山間關彎斑還鰥潺鬟顏（《江神子》一 299）」「殘閒（《菩薩蠻》一 305）」；仙先 11 次，如「煙錢園連前然妍年（《雨中花》一 282）」；混押 21 次，如「干圓然寬顏間闌眠（《南鄉子》一 292）」「間年（《菩薩蠻》一 304）」。上去聲字押韻 27 次，其中寒山 4 次，如「晚滿（《菩薩蠻》一 304）」；仙先 5 次，如「獻箭（《減字木蘭花》一 312）」；混押 18 次，如「宴甸觀半遠亂雁（《點絳唇》一 308）」「晚半篆宴散限伴燕（《一斛珠》一 324）」。可見，蘇軾詞韻中，山攝舒聲字無論平仄，均合為一部。

　　程垓詞韻中山攝平聲押韻 12 次，其中寒山部 7 次，如「闌難殘鞍閒慳寬寒（《一叢花》三 1995）」「山看（《菩薩蠻》三 2008）」；仙先部 5 次[註17]，如「川

〔註16〕見《語言學論叢》第八輯第 85～117 頁，商務印書館 1981 年。

〔註17〕其中一次，韻字為「仙天華年連（《朝中措》三 1999）」，原注「陸校：『華』字

眼（《菩薩蠻》三 2008）」，沒有混押。上去聲押韻 11 次，其中寒山部 3 次，如「斷散（《最高樓》三 1990）」；仙先部 3 次，如「院顧面見遠扇便（《點絳唇》三 2002）」；混押 5 次，如「遠雁怨斷（《卜算子》三 2000）」「願管遍雁怨斷（《木蘭花》三 2013）」。

程垓的山攝平聲字分成兩部，截然不亂，而上去聲字亦多混押。同為四川眉山籍的兩個詞人，蘇軾和程垓的押韻也體現了和晏殊父子一樣的特點。山攝平聲字分成兩部，在四川詞人的用韻中同樣存在。

3、福建詞人用韻的比較

劉克莊是福建人，陳鴻儒《後村詞韻雜談》對劉克莊詞韻的分析，我們前文提到，此處不再列舉，根據陳文韻字列表，劉克莊元韻只出現「言蕃」二字，與魂痕韻押，可能是受詩韻的影響。除此之外，劉克莊詞韻山攝平聲字亦分為寒山和仙先二部。現根據魯國堯《宋代福建詞人用韻考》〔註 18〕的資料，押山攝舒聲字超過 10 次以上的詞人除劉克莊外，還有柳永、李彌遜、張元幹、葛長庚、陳德武、蔡伸、鄧肅等 7 人，考察他們的押韻情況列表如下：

用韻／詞人	平聲			上去聲		
	寒山	仙先	混押	寒山	仙先	混押
柳永	1	5	5	3	1	21
蔡伸	3	9	10	4	4	7
李彌遜	3	0	1	0	2	6
張元幹	8	7	2	1	4	4
鄧肅	6	2	0	0	2	0
葛長庚〔註 19〕	7	4	2	0	0	5
陳德武	3	5	0	2	1	2

上表的福建詞人中，山攝平聲字分部表現得並不那麼明顯，完全分用的只有鄧肅、陳德武二人，兩人的詞作數量也不是很多。而柳永、蔡伸則大量混押。

非韻，誤。」除去「華」字不入韻，韻字為元仙部。

〔註 18〕見《語言學文集：考證、義理、辭章》150～189 頁，上海人民出版社 2008 年。

〔註 19〕葛長庚平聲字有 1 例元韻與臻攝混押：「轅春（《菩薩蠻》）」，可能是個別字的讀音問題，不計入統計數字中。

李彌遜用例較少，且分用均為短韻段，難以判斷其分部。

張元幹平聲字的 2 例混押為「椽仙年蟬班磚蓮（《喜遷鶯令》二 1092）」「寒丹潛鬢園闌然斑殘（《十月桃》二 1098）」，前者仙先部只混入寒山部一「班」字，後者也是以寒山部為主，混入仙先部「園、然」二字。他分用的例證亦多有長韻段，如寒山部「間干歡閒蠻山頒還（《水調歌頭》二 1077）」仙先部「連然翩仙圓眠船鮮（《水調歌頭》二 1077）」「天膻年川煙箋偏蓮（《水調歌頭》二 1080）」，三個長韻段詞譜同為《水調歌頭》，寒山與仙先分用截然不亂。可見，張元幹詞韻山攝平聲字是分為寒山與仙先兩部的，2 次混押屬於合韻。張元幹是江西詞人向子諲的外甥，雖然兩人地域不同，但在山攝舒聲字的押韻上還是體現出了一致性。

葛長庚平聲字的 2 例混押為「間灣玕猿丹難鸞山（《水調歌頭》四 2570）」「安閒蟠仙軒然殘難山（《促拍滿路花》四 2585）」，前者寒山部只混入元韻「猿」字，後者雖有仙先部三字，但也有分段的趨向。葛長庚的分用例也基本上都是長韻段，如寒山部「難寒還丸山關丹顏端（《沁園春》四 2564）」「閒寒間丸山關翻還寰（《沁園春》四 2587）」，仙先部「傳眠田仙顛天然年（《水調歌頭》四 2568）」「錢煙川猿天甅拳眠縣仙（《行香子》四 2585）」。所以，葛長庚的平聲韻是可以分為寒山與仙先兩部的。葛長庚是道士，他的詞多有關於道家修煉的主題，內容通俗，用韻應該能體現其口語的特點。

總之，山攝平聲字分為兩部，在劉克莊、張元幹、鄧肅、葛長庚、陳德武等福建詞人的用韻中也同樣存在。

4、周邦彥與江浙詞人用韻的比較

周邦彥是錢塘（今浙江杭州）人，是北宋著名的詞人，在填詞上對後世影響很大，我們看他的山攝舒聲字押韻情況，平聲押韻 9 次，其中寒山 5 次，如「山寒看鞍安（《少年遊》二 599）」「寒玕殘翻瀾歡盤看（《紅林檎近》二 608）」；仙先 3 次，如「圓煙灩船年椽前絃眠（《滿庭芳》二 601）」；混押 1 次：「軒寒緣顏闌看（《醜奴兒》二 624）」。上去聲押韻 19 次，其中寒山 3 次，如「滿斷（《虞美人》二 618）」；仙先 4 次，如「轉釧展見覘面便匾（《蝶戀花》二 624）」；混押 12 次，如「暗院爛見面畔散館歎斷（《拜星月》二 613）」。值得注意的是，平聲混押的《醜奴兒》詞，《全宋詞》注「清真集不載」，「見汲

古閣本《片玉詞》」〔註20〕，或許是周詞中混入他人詞作也未可知，不能據此認定周邦彥詞韻中山攝平聲字混押。這也提醒我們，對於混押較少的詞人，如上面張元幹、葛長庚等人的詞作，也有混入他人作品的可能性，《全宋詞》中多注一詞互見，唐圭璋《宋詞四考》中《宋詞互見考》〔註21〕所占篇幅最大，說明這種可能性的存在。

其餘江浙詞人，根據唐圭璋《宋代詞人占籍考》，在《全宋詞》中輯出存詞較多的 14 人，其山攝舒聲字的用韻情況列表如下：

用韻 詞人	平聲			上去聲		
	寒山	仙先	混押	寒山	仙先	混押
張先	0	3	7	2	2	21
秦觀	1	1	3	4	2	6
毛滂	8	9	5	6	4	23
葛勝仲	2	5	0	4	0	3
葉夢得〔註22〕	6	5	1	7	4	4
葛立方	4	3	1	2	0	1
張鎡	4	3	1	1	2	2
高觀國	9	2	1	0	4	7
方千里	4	1	0	1	1	6
黃機	2	3〔註23〕	9	0	1	6
吳文英	10	1	13	0	0	33
陳著	1	2〔註24〕	5	2	0	6〔註25〕

〔註20〕《全宋詞》第二冊 624 頁，629 頁。

〔註21〕《宋詞四考》第 207～373 頁，江蘇古籍出版社，1985 年 9 月第二版。

〔註22〕葉夢得用韻平聲有 1 次元韻與魂痕通押：「論存門尊根園軒昏言」（《念奴嬌》二 767），不計入統計數字中。另，葉夢得詞韻與詩韻頗近，平聲寒桓、刪山、仙先分用。合韻 1 例，為刪山韻混入 1 先韻字：「山灣溪間菅顏閒攀關斑」（《江城子》二 770）。上去聲分用、合用均只出現了寒桓韻和元仙先韻字。

〔註23〕黃機詞韻山攝字絕大部分混押，合為一部。押元仙韻有一長韻段「前鞭帘船簾年弦然顛天（《江城子》四 2542）」含有咸攝字。但這首詞小題為「次洪如晦韻」，為次韻之作，並不能體現作者本人的韻部特點。

〔註24〕其中 1 首《一剪梅》（四 3041），韻字全為「年」字，不能作為分韻的證據。

〔註25〕其中 2 例各混入一臻攝字：「眷本遣便案電見滿萬箭膽面辦遠（《寶鼎現》四 3034）」「寒晚遠穩（《卜算子》四 3042）」。

| 仇遠 | 6 | 1 | 0 | 0 | 1 | 1 |
| 張炎 | 17 | 11 | 2 | 1 | 0 | 8 |

　　從上表可以看到，江浙詞人用韻中，山攝平聲字完全分用的有葛勝仲、方千里、仇遠三人。對於混押較少幾位的詞人，我們有以下的分析：

　　葛立方雖然用韻較少，但平聲韻體現出明顯的分用，因爲韻段大都是 8 字以上的長韻段，如寒山部「寒看顏酸闌巒盤寬山（《滿庭芳》二 1341）」「端闌官巒寒團幡聃（《錦堂春》二 1342）」「彎寬鬟閒寰翻攀安鸞（《滿庭芳》二 1344）」「閒殘鞍寒彎關攀闌（《風流子》二 1345）」，仙先部「筵煙妍賢邊船前年（《滿庭芳》二 1341）」。混押的 1 次「寒斑丸盤園歡閒幡蘭（《風流子》二 1343）」，寒山部僅雜入仙先部一「園」字，這個「園」字是過片第二字，在《風流子》這個詞牌中，過片第二字可以入韻，也可以不入韻，所以，此處完全可以不將「園」字列爲韻字。所以，葛立方詞韻中，平聲可分爲寒山與仙先兩部。

　　張鎡平聲字的 1 次混押爲《南鄉子》，全詞爲：「翠袖怯春寒（韻字下加「一」表示），對雪偏宜傍彩闌。弱骨豐肌無限韻，憑肩。共看南窗玉數竿。　　羌酒莫留殘，更覺嬌隨飲量寬。小立妖嬌何所似，風前。柳絮飛時見牡丹。」（三 2128）全詞押寒山部，上下片均爲第四句的二言句押仙先部字「肩」、「前」，非常整齊，看似有意爲之。且張鎡用韻，寒山部與仙先部亦有長韻段相區別，如寒山部「看看鸞闌難難丹顏（《長相思》三 2127）」「山間閒關姦檀干難（《風入松》三 2134）」；仙先部「鮮邊賢泉天絃年全傳（《木蘭花慢》三 2139）」，可以認爲其詞韻山攝平聲字分爲兩部。

　　高觀國平聲字的 1 次混押爲「絃彈濺簾傳纖饜邊（《南鄉子》四 2362）」，與咸攝通押，仙先部僅混入寒山部一「彈」字，可看作偶然合韻。且高觀國亦多有長韻段，如寒山部「闌殘關彈斑鞍寒山（《金人捧露盤》四 2350）」「閒彎彎鬟歡難難山（《憶秦娥》四 2355）」「看寒鬟殘閒鸞山間（《風入松》四 2362）」「鞍冠山彈韓難寒壇（《雨中花》四 2365）」，仙先部「船煙蓮仙蟬緣（《思佳客》四 2359）」。可以判定高觀國詞韻中山攝平聲字分爲寒山和仙先兩部。

　　張炎平聲字的 2 次混押爲「圓懸蟬園千娟環簾前鵑（《玉蝴蝶》五 3487）」「邊寒彎環間瀾難關山（《甘州》五 3499）」各只混入一字，可看作偶然的合韻。且後者「邊」字可以處理爲不入韻，因爲《甘州》（即《八聲甘州》）這個詞牌

的常用格式是上下片各四平韻，首句不入韻。張炎分用數量很多，且絕大多數
爲長韻段，如寒山部「山闌寒開巒攀間關看鸞（《瑤臺聚八仙》五 3500）」「壇
玕山關攀還寒丹間閒（《木蘭花慢》五 3501）」，仙先部「玄煙猿眠邊泉天川（《風
入松》五 3473）」「天煙川禪懸仙田年前船（《江城子》五 3501）」。可見，張炎
詞韻中，山攝平聲字分爲寒山與仙先兩部。

綜上，在江浙詞人中，周邦彥、葛勝仲、葛立方、張鎡、高觀國、方千里、
仇遠、張炎的詞韻中山攝平聲字分爲寒山和仙先兩部，而上去聲字則混押。

5、河南詞人用韻的比較

若討論宋代通語或中原地區用韻，從地理上來講當以河南爲最關鍵。現根
據唐圭璋《宋代詞人占籍考》中所列河南詞人，從《全宋詞》中輯出收詞較多
的 9 人，列表如下：

用韻\詞人	平聲			上去聲		
	寒山	仙先	混押	寒山	仙先	混押
賀鑄	11	23	0	6	6	8
朱敦儒	18	10	8	2	4	17
曹勳	7	3	6	0	4	5
曾覿	7	1	1	1	3	2
韓元吉	4	3	1	0	3	2
張掄	2	4	2	0	2	6
韓淲	10	13	0	2	1	2
史達祖	1	4	4	0	4	6
李曾伯	8	7	2	0	0	0

河南詞人中，山攝平聲完全分用的有賀鑄、韓淲二人，下面討論混押較少
的詞人：

曾覿的 1 次混押爲「寒殘彈絃干（《眼兒媚》二 1317）」，寒山部混入仙先
部一字，可看做偶然合韻。曾覿的押韻大都爲五、六個字，沒有太長的韻段，
仙先部只有 1 個韻段「年鞭前天娟（《浣溪沙》二 1316）」，但寒桓刪山合用明
顯，如「寒闌開慳殘山（《訴衷情》二 1316）」「看鞍端安山（《眼兒媚》二 1317）」
「山安間闌寒干（《南柯子》二 1322）」。可以認爲曾覿詞韻中，山攝平聲字分
爲兩部。

韓元吉的 1 次混押爲《水調歌頭》（二 1397）小序爲「席上次韻王德和」，是據王德和的韻腳所寫的唱和之作，不能代表韓元吉的語音。除去這首，則韓元吉的山攝平聲字完全分用。韓元吉是韓淲之父，父子的用韻體現出了一致性。

李曾伯的 2 次混押爲「看顏寒端干鶯歡年（《八聲甘州》四 2813）」「顛簾漫看天年占寒煎言（《江神子》四 2817）」，前者寒山部只混入仙先部一「年」字，可看作偶然合韻；後者韻字交叉，混用較爲明顯。但是李曾伯的混用例所占比例較小，分用者也多有長韻段，如寒山部「山還盤難闌丹看間（《八聲甘州》四 2790）」「彎看間山顏丹開關（《水調歌頭》四 2827）」，仙先部「前鮮連天川拳氈鯿傳（《滿庭芳》四 2810）」「全圓天眠然川緣仙（《水調歌頭》四 2828）」等。所以李曾伯用韻山攝平聲字也可分爲兩部。

綜上，河南詞人中，賀鑄、曾覿、韓元吉、韓淲、李曾伯用韻山攝平聲字均分爲寒山、仙先兩部，上去聲字亦多混押。

三、對於山攝舒聲用韻特點的解釋和進一步驗證

上節分析了近 50 位宋代詞人的用韻情況，可以看到宋詞中山攝舒聲字的押韻特點：一部分詞人平聲和上去聲字都混押，可合爲一部。另一部分詞人平聲字分爲寒山和仙先兩部，而上去聲字則混押。這兩種分部各占半數左右，在各個方言區都有分佈。面對這種現象，若認爲宋代山攝舒聲字已合爲一部，就無法解釋平聲分爲兩部的押韻了。所以，我們應該承認在宋代通語或某些方言中，山攝舒聲字確實是分爲寒山、仙先兩部的，這兩部主元音不同。

那麼，在山攝舒聲字分爲兩部的前提下，如何解釋上去聲字混押的現象呢？這可以有兩種解釋：

第一種解釋，是押韻慣例的問題，因爲寒山和仙先兩部主元音接近、韻尾相同，所以詞韻可以通押。而通押在平聲和上去聲字上的表現有所不同，因爲平聲入韻字多，所以很多人仍按照主元音的不同分爲兩部；而上去聲入韻字較少，所以押韻較寬，可以合用。而且押上去聲的詞長調居多，韻段越長通押的可能性就越大。這種解釋面臨的問題是，就算上去聲字用韻寬，但我們幾乎沒有發現一個上去聲字完全分用的詞人，無法通過分用證明上去聲字分部的語音事實。

第二種解釋，是宋代的仙先部字發生了「異調變韻」，或者稱爲「調值分韻」

現象。這種現象在現代漢語方言中比較普遍，前人多有研究，陳澤平《福州方言研究》，分析了這種現象，他舉例說：「例如『恭、容、勇、供、共』五個字在中古同屬通攝合口三等鍾韻，在《戚林八音》中同屬『銀』韻，在福州、屏南棠口，連江曉澳三個地點音系中都歸為同一個韻母。該韻母在福州話中，凡屬陰平、陽平、上聲（本韻調）的字讀[-yŋ]，凡屬陰去、陽去（變韻調）的字讀[-øyŋ]；在屏南棠口話中，凡屬陰平、上聲、陰去（本韻調）的字讀[-yŋ]，凡屬陽平、陽去（變韻調）的字讀[-øŋ]；在連江曉澳話中，凡屬陰平、陽平、上聲（本韻調）的字讀[-yŋ]，屬陰去（變韻調）的字讀[-ɤŋ]，屬陽去（變韻調）的字讀[-øyŋ]。」〔註26〕

對於這種現象，曹志耘總結說：「『調值分韻』是指由聲調的長短、高低等因素而使韻母產生分化的現象。聲調的讀音（調值的長短、高低等）可能會影響到韻母的讀音，使韻母元音的單複、高低、前後以及韻尾等產生變化，從而造成原本同一個韻母在不同聲調裏有著不同讀音的現象。」「在漢語方言中，現已發現在北京話、中原官話、晉語、吳語、徽語、湘語、鄉話、閩語、粵語、平話等不同方言中都不同程度地存在著調值分韻現象。」曹志耘對多種調值分韻現象排比歸納，認為高低調分韻的機制是低調導致韻母元音低化、後化、複化。〔註27〕

人們對《中原音韻》中先天部的主元音一般構擬為[e]，而寒山部的主元音一般構擬為[a]。若宋代山攝舒聲字分為兩部，仙先部與寒山部的主元音與此也大致對應。若仙先部字發生「異調變韻」，上去聲字的主元音低化、後化，在用韻上多與寒山部字合押就不足為奇了。

現代方言中的「異調變韻」現象，還有一個特點：雖然「同一韻母不同變體之間音值差異相當大，有的已構成元音音位的交叉，有的甚至構成了韻位的交叉，但在當地人的感覺中，他們仍屬於同一個韻母。」〔註28〕

那麼，在宋代人眼中，仙先部的上去聲字是否與平聲字有相應的歸屬，即

〔註26〕陳澤平《福州方言研究》第76頁，福建人民出版社1998年。

〔註27〕曹志耘《漢語方言中的調值分韻現象》，《中國語文》2009年第2期第141～148頁。

〔註28〕陳澤平《福州方言研究》第76頁，福建人民出版社1998年。

人們是否認爲它們屬於同一韻母，也可以通過宋詞中一些材料加以驗證，即平仄通押的用例。宋詞絕大多數都是平仄分押的，也有或換韻、錯葉的，通押的詞牌很少，且基本都不常見，但是，有一個詞牌《西江月》在宋代詞人中相當流行。《西江月》，分上下兩片，每片第二、三句押平聲韻，第四句押同韻部的上去聲韻。如「明月別枝驚鵲，清風半夜鳴<u>蟬</u>。稻花香裏說豐<u>年</u>，聽取蛙聲一<u>片</u>。　　七八個星天外，兩三點雨山<u>前</u>。舊時茅店社林<u>邊</u>，路轉溪頭忽<u>見</u>。」（辛棄疾（三 1899））上片押「蟬（平聲）年（平聲）片（去聲）」，下片押「前（平聲）邊（平聲）見（去聲）」。一般情況，上下片押同一韻部，但也有換韻的情況，如：「畫幕燈前細雨，垂蓮盞裏清<u>歌</u>。玉纖持板隔香<u>羅</u>，不放行雲飛<u>過</u>。　　今夜塵生洛浦，明朝雨在巫<u>山</u>。羞蛾且莫　彎<u>環</u>，不似司空見<u>慣</u>。」（周紫芝（二 876））所以，我們把每首詞按上下片分爲兩個韻段，便於分析統計。

《全宋詞》中收《西江月》441 首（不含元明小說話本中依託宋人詞），押山攝舒聲字的有 68 首 132 個韻段。其中，平聲字已混押[註29]的有 20 個韻段，看似比例很大，但有 10 首 13 個韻段都出自南宋夏元鼎一人之手，且爲一組半次韻詞，如其一：「四十修眞學道，金魚要換金<u>丹</u>。龜齡鶴算不知<u>年</u>，行滿身衝霄<u>漢</u>。　　此事希夷玄奧，功參造化難<u>言</u>。眼前有藥耀山<u>川</u>，好把元陽脩<u>煉</u>。」（四 2713）[註30]此後九首上片第二、四句，下片第二、四句韻字全同。除去這些用例，平聲字混押的僅剩 7 個韻段，還是相當少的。在平聲字分用的 105 個韻段中，平聲與上去聲的對應關係如下表所示：

平聲 ＼ 上去聲	寒山	仙先
寒山	35	10
仙先	4	56

從上面資料可以看出，寒山、仙先兩部的上去聲字與平聲字的整齊對應達到了近 90%。可見，在宋代人眼中，寒山和仙先兩部的上去聲字均有與各自平聲字相對應的韻部歸屬，那麼，上去聲字也可以分爲兩部。同時，仙先部上去

[註29] 包括元韻與魂痕韻相押的。

[註30] 爲了統計的純潔性，下面資料將夏元鼎的 10 首詞 20 個韻段全部排除，包括 7 個元仙部平去自押的韻段，所以後面分用的資料是 105 個韻段。

聲字與寒山部平聲字相押的韻段有 10 個，說明仙先部的上去聲字有可能發生了「異調變韻」，韻母音值變得與寒山部更爲接近。

　　值得注意的是，《西江月》詞中平仄對應的用例不僅包括出現在上文中的平聲分部的詞人，如晏幾道、陳德武、葛勝仲、仇遠、張炎等，也包括平聲大量混用的詞人，如蘇軾、陳著、吳文英、朱敦儒等，這說明某些人的混用或許只是因爲押韻較寬而已。

　　上述檢驗結果，使我更傾向於認爲山攝舒聲字分爲兩部是宋代通語音系的反映。而且，從邏輯上推論，分部必然反映語音實際，而混押既可以反映語音實際，也可以只是合韻行爲。那麼，若認爲混押反映宋代通語的語音實際，即宋代通語音系中山攝舒聲字已合爲一部，根據上節各地詞人都有混押和分部的例證，就只能得出各地方言山攝舒聲字都分爲兩部的結論，這樣的話，通語音系也就沒有了方言基礎。所以，認爲宋代通語中山攝舒聲字分爲兩部，某些地區的混押確是因爲實際語音已合爲一部，某些地區的混押則只是合韻行爲，這樣的推論比較合理。上文和對二晏父子用韻和身世的分析，也爲分部是通語音系的特點提供了支援。

　　雖然山攝上去聲字的通押可以解釋爲仙先部發生了異調變韻。但還有兩個問題值得注意：第一，異調變韻是與特定調值有關的，現代方言中的異調變韻現象，有上聲變韻的，有去聲變韻的，或者有以聲調陰陽爲條件的，幾乎沒有上去聲全體變的。而在宋詞押韻中，與寒山部相押的仙先部上去聲字，無法再分出上去清濁的具體的條件。這是把山攝上去聲字混押解釋爲異調變韻現象的一個障礙。第二，現代方言中異調變韻現象，往往不只是發生在一個韻母中，而是多個韻母中成系統的變化，宋代是否有這種情況，還需要對更多韻部材料的分析和考察，若能證明其他韻部亦有此種情況，才可以爲這種解釋提供更多支援。但是，要在其他韻部中發現這種情況有很大的難度，因爲即使發生異調變韻也未必能形成韻位的交叉，不一定能在押韻材料中體現出來。

四、結　論

　　本文分析了宋詞押韻中，部分詞人山攝平聲字分爲寒山與仙先兩部，上去聲字則完全混押這一用韻現象。並且通過平仄通押的《西江月》詞牌，證明這兩部的上去聲字雖然完全混押，但在當時大多數人的語感中，能夠確定上去聲

字與平聲字相對應的韻部歸屬，上去聲字也能夠分爲兩部。宋詞韻中山攝舒聲字分爲寒山與仙先兩部，必然有語音事實作爲基礎，應是宋代通語音系的反映。上去聲韻的混押，可能是因爲仙先部發生了「異調變韻」現象，這一推論還需要進一步的研究和驗證。

（本文全文發表於 2013 年國際中國語言學會第 21 屆年會。後主要內容發表於《語文研究》2014 年第 1 期。）